喜马拉雅的灵魂

西藏阿里旅行随笔

苏洪宇 著

海天出版社（中国·深圳）

图书在版编目（CIP）数据

喜马拉雅的灵魂：西藏阿里旅行随笔 / 苏洪宇著. —
深圳：海天出版社, 2016.12
（行走文丛）
ISBN 978-7-5507-1764-0

Ⅰ.①喜… Ⅱ.①苏… Ⅲ.①游记 – 作品集 – 中国 –
当代 Ⅳ.①I267.4

中国版本图书馆CIP数据核字（2016）第223913号

喜马拉雅的灵魂
XIMALAYADELINGHUN

深圳出版发行集团
海天出版社

出 品 人	聂雄前
责任编辑	张小娟　孙　艳
责任技编	蔡梅琴
封面设计	李松樟

出版发行	海天出版社
地　　址	深圳市彩田南路海天综合大厦　（518033）
网　　址	www.htph.com.cn
订购电话	0755–83460137(批发)　83460397(邮购)
设计制作	深圳市人杰文化艺术传播有限公司
印　　刷	深圳市华信图文印务有限公司
开　　本	787mm×1092mm　1/16
印　　张	16.75
字　　数	280千
版　　次	2016年12月第1版
印　　次	2016年12月第1次
定　　价	52.00元

谁的灵魂不西藏

戴　斌

　　于此寒冬的京城，读完老友苏洪宇先生的新作《喜马拉雅的灵魂——西藏阿里旅行随笔》，感动与温暖挥之不去。

　　西藏，是一个充满神秘色彩的地方，也是当今中国最热门的旅游目的地之一，去西藏旅游的游客逐年大幅增加。关于西藏主题的各种旅游类书籍也纷纷上架，但关于西藏阿里的书却很少。阿里可能是中国旅游门槛最高的目的地之一，关于这里的一切，外人甚少进入，也就无从了解。即使是专程远赴阿里旅游的游客，也大多是匆匆而过，不敢久留。但恰恰越是这样的地方，大众的关注度反而越高。按说随手写来都可以填补空白，甚至引起轰动的，而洪宇先生却足足写了4年，足见其对篇章文字的用功之至，对西藏阿里的感情之深。在这个一切都强调速度、强调效益的今天，如此的精耕细作着实让人感动。

　　西藏阿里，雪峰林立，湖泊众多，平均海拔4500米以上，被誉为"世界屋脊的屋脊""西藏的西藏"，是西藏文明的源头。洪宇先生的旅行随笔为大家打开了一扇深入了解西藏阿里的大门。为什么藏族聚居区群众如此向往阿里？为什么印度人和尼泊尔人如此崇拜阿里？为什么古格王朝一夜消亡？为什么阿里是西藏文明的源头？为什么阿里也是丝绸之路的组成部分？为什么阿里会诞生如此丰富多彩的文化？为什么阿里的自然景观摄人心魄？为什么一座海拔只有6656米的雪山被誉为"神山之王"？为什么世界上藏传佛教、印度教、本教、耆那教等四大宗教唯一共同信仰的"世界的中心"在阿里？……对这些问题的解答是洪宇先生用脚走出来、用心感悟出来的。来自一线都市的旅游规划专家对远方的西藏阿里发自内心的热爱，让每一位阅读者都能够感到旅行的温暖。

事实上，洪宇先生的新作不是一本指南攻略类的旅游书籍，也不是一本探奇煽情的文学作品，更不是理论研究的学术著作，而是一本兼具纪实性、史料性和可读性的文化散文。跟着他，我们如同亲历阿里，尤其是自然与人文极致荟萃的普兰、札达、噶尔及日土等西四县的自然环境与历史人文；跟着他，我们会像研究者一般去了解西藏阿里与藏族聚居区、阿里与新疆、阿里与其他地方，以及我国西藏阿里与中亚、南亚的关系。当然，跟着他，我们也就有了去西藏阿里深度旅游最好的向导。

得去一次阿里了，我想。

2015年1月29日

于初雪的京城

（作者系中国旅游研究院院长、教授，华侨大学博士生导师）

序二

告诉你一个真实的阿里

罗　浩

　　阿里，有一种说法，"西藏是世界的屋脊，阿里则是世界屋脊的屋脊"；在阿里，还有一句流传甚广的谚语，"这里的土地如此荒芜，而通往它的门径如此之高，以至于只有最亲密的朋友和最深刻的敌人才会前来探望我们"。虽说被一般性地冠之为"三围之地"，但只有将自己真实地置身于那片高远、辽阔而又广袤的土地，你对这些话的理解，才可能变得更加深刻，甚至远甚于此。

　　好朋友、著名实战型旅游专家苏洪宇先生，将自己2005年以来，20多次的涉藏经历，其中包括最为重要的，累计时长达一个半月之久的两次阿里之行，高度浓缩于《喜马拉雅的灵魂——西藏阿里旅行随笔》一书中，给在西藏长大，生活于此、工作于此，常年奔波、往返于阿里高原的我，带来了一次别开生面的感受和巨大的情感冲击。

　　这种震撼，不是"会当凌绝顶，一览众山小"式的急剧与彻底颠覆，而是携带着一股"遥知不是雪，为有暗香来"式的涓流，经由心田深处，经过他书中描绘过的，那些插满青稞穗及酥油花的切玛盒、煨桑炉上的桑烟、仓央嘉措的情诗，还有八角街上已记不得名字的小店等平凡细微的事情，以及与转经道上打趣的阿佳、念酒吧里流浪的歌手老王、为阿里魂牵梦萦奉献生命的晋美

003

先生等人的交往故事，裹着温暖，携带爱意，饱含诚挚，孕育深情，不显山露水，却有一种力量，悄悄穿透纸背。

这是一场跨界的文化探寻之旅。

作为中国屈指可数的理论和实践相结合的复合型旅游专家，由于工作的特殊性，他走遍了中国34个省区市，对中国各地的人文地理均有不同程度的涉猎和研究。受聘于阿里地区的首席旅游顾问后，足迹更是遍及阿里各地：从"雪山环抱"的普兰，到"千山之宗"冈仁波齐、"万水之源"玛旁雍错；从"藏西女儿国"科加村，到"天边小城"狮泉河、"湖泊环绕"的日土；从拉卓章岩画，到羌塘高原的野生动物、原产于阿里的山羊绒"开司米"；从"土林环抱"的札达，回溯到远古的象雄、古格王国……他以自己第一手考察资料为基础，以一个旅游专家的视角，厘清、甄别和构建了阿里地区最具代表性的旅游吸引力系统。

这是一本深度的史地人文之书。

从3000年前周穆王与西王母瑶池相会的美丽邂逅，到2000多年前西方人对于阿里盛产黄金的传说，到1300多年前文成公主进藏带来汉藏文化史无前例的大交流，再到380多年前传教士开启西方人了解西藏的窗口……作者透彻地将此前看似风马牛不相及的诸多历史碎片和关键要素，进行了多维度研究和重构，全方位探析形成今日阿里人文地理格局的内在联系和外部影响，更是通过对阿里几千年的自然、历史、民族、宗教、军事、经济等方面的全面梳理和要素串联，揭示和描绘出了一个不为外界了解的真实阿里。

这是一次追溯和辨析的解构之行。

在中原腹地成长起来的"典型中国人"，容易无形中形成以华夏文明为中心看待中国文化的偏颇视角。作者不仅通过自己进藏的经历，彻底扭转了自己对西藏的认知，更亲身倡导人们，带着一种宽容和理性的文化观，去领略中国文化板块结构的丰富性、独特性和复杂性，特别是西藏以及阿里悠久的历史文化"通道"作用。他在"神山门户"塔钦，从来自欧美、印度、尼泊尔和中国各地的旅游者身上，开始思量构筑与设计"阿里"这一世界级旅游目的地的概念；在神秘的雪域边城普兰，他结合丽江、平遥等古城保护案例，对城里越来越内地化、越来越模糊化的建筑严重侵蚀普兰历史风貌和城市肌理奔走于各个部门并发出呼声。

同时，他还秉持"走进阿里看西藏，跳出西藏看阿里"的著书理念，力图以国际化的视野，以开放包容的心态，揭示一个被过度妖魔化、过度神圣化背后的真实阿里。

由于地理位置的边远性以及文化传统上的独特性，西藏阿里，曾给西藏之外的人们提供了无穷的想象和设计的空间。对西藏阿里的解读，我一贯提倡既不要仰视，也不要俯视，而是要平视。也就是既不要过度地神圣化、神话化、诗意化，给它披上精神乌托邦的虚幻外壳，也不要诋毁和嘲弄，将之视为荒蛮之地，视为落后和愚昧的代名词。而应该不以猎奇为目的，平实地去接触那里的天、地、人，探寻那里的过去、现在、未来。我想，在这一点上，我和苏洪宇先生，是有着高度的精神默契的。

谢谢洪宇，给大家提供了这样一部精彩、诚挚的西藏文化读本。

2015年3月6日

于拉萨

（作者系探险家、纪录片导演、西藏摄影家协会副主席、西藏生物多样性影像调查TBIS创始人）

目录

在大昭寺黝黑的大殿内，
在熙熙攘攘的香客与游人的摩肩接踵中，
在沉闷而浑厚的诵经声中，
一声清脆的手机短信提示音擦破苍穹。
我掏出手机，
点击屏幕，
刚看了两眼，
就惊得说不出话来。

透过暗黄色纯铜卧香炉的镂空缝隙，藏香的青烟缓缓弥漫着，像一缕缕捉摸不定的轻柔触角，无声无息地钻进了我的心里。那浓郁奇妙的藏香药味，又一次将我的思绪带回到了2005年。

那年是我的本命年，那年我第一次进藏。

进藏的机缘，说起来非常奇妙，这里就不赘述了。总之，我是在2005年9月下旬的某个阴天，乘坐中国南方航空公司的飞机从广州经停香格里拉（中甸）然后飞往拉萨的。大清早到达位于广州花都的白云机场，在截止登机前匆忙换完了登机牌，并请求机场地勤人员以应急方式将我们的行李单独送上飞机。刚刚气喘吁吁地在机舱坐定，飞机就呼啸着冲向蓝天，飞向我神往已久却一直没有涉足的神秘西藏。

对于任何一个没去过西藏的人来说，第一次进藏都是终生难忘

布达拉宫

的。我也不例外。

　　飞机在当天下午两点左右安全降落在拉萨贡嘎机场。走出机舱的时候，我有些忐忑不安，本能地默默提醒自己：头会不会痛？心跳会不会加速？胸会不会闷？腿会不会抖？……我像第一次跳进大海游泳的人一样，小心翼翼地，一步步走向航站廊桥。

　　咦，怎么没有传说中的高原反应呢？是真的，确实没有高原反应。当我还沉浸在没有高原反应带来的受宠若惊的状态里时，拉萨清凉的气温让我打了一个冷战。

　　我四下一看，整个候机楼到达厅只有我一个人是只穿一件短袖衫的。在旁人怪异的眼光注视下，我焦急地等待着我的托运行李出现。当我取完行李，迅速拿出一件抓绒衫披挂整齐。再朝四周一望，自己已经安然融入了五颜六色的户外衣服包裹的人群中。随着人流缓缓走出室内黝黑清冷的航站楼到达厅的时候，拉萨用她那明媚灿烂的阳光温暖地拥抱了我。

由于担心我在飞机上没有吃饱，接机的人安排我在机场岔道口的一家陕西餐厅补用了午餐。我永远也不会忘记，我在西藏的第一餐竟然不是我预想中的藏餐，而是我在内地平时就很喜欢吃的陕西风味的肉夹馍和羊杂汤，而且味道出人意料地不错。

那一刻，又仿佛时空转换般将我从海拔3600多米的拉萨，拉回到了海拔400米的西安，甚至又拉回到了海拔70米的深圳。后来，我还在这家陕西餐厅吃过几次。每回都是乘兴而来，满意而去。遗憾的是，几年后拉萨贡嘎机场升级改造，原来岔道口的这些小餐厅所在的建筑物被拆除了。我曾经向几位接送我的藏族司机打听过，据说那家陕西餐厅还在，只是搬到了附近的一条大路旁。从那以后，尽管我进出贡嘎机场达30多次，却再也没有光临过那家陕西餐厅了。

那天接机的越野车，是丰田陆地巡洋舰4500。后来我知道，这是最适合西藏这种高原地区使用的车型，既安全，又舒适，仿佛这车就是为西藏而生的。

车过了波光粼粼的雅鲁藏布江，又过了嘎拉山隧道，然后我们沿着拉萨河一路前行。我好奇地左右张望，一路上和藏族司机热烈地打听着各种在自己看来很新奇的事物，双眼恨不得将周边的美景都吞了下去。藏族司机可能是见多了我这种初次进藏的可怜怪物，不紧不慢地用最简约的汉语平静地回答着。不知不觉中，我们开上了有行道树的三级公路。多年的旅行经验告诉我，前方可能离县城或城市不远了。

进入拉萨市区的第一印象也是奇特的，总感觉那条宽阔得出人意料的金珠路好像在哪儿见过，尤其是路两旁那古朴的路灯，像极了微缩版的北京长安大街。我似乎明白了什么。

拉萨市区比我想象中要现代化，要干净，只不过我感兴趣的好像并不是这些现代化的城市设施。当看到越来越多的藏式建筑、藏式服饰、藏族同胞时，我才有了到达西藏的真实感觉。

车停在林廓南路的喜玛拉雅饭店门口。这是座既不高大也不豪华的藏式酒店，低调而沉稳地矗立在拉萨河畔。我没有想到的是，从此以后，这里竟成了我20多次进藏在拉萨的不二之选。

一进酒店大堂，一股淡淡的只有藏族聚居区才有的味道环抱了我。大多第一次进藏的内地朋友，可能对这种味道并不是很熟悉，有些人甚至觉得很难接受。而我却觉得这似乎是一种久违的熟悉味道。大堂四根粗大的柱子，将人的视线一路引上二楼的跑马廊，中空的设计让并不宽敞的酒店大堂视野开阔。

大堂的右侧是酒店前台，几位身着藏族传统民族服装的藏族服务员正安静地忙碌着。前台背后的正中位置，供奉着一个插满青稞穗及酥油花的斗形木盒。下午的阳光透过玻璃外墙照射在上面，显得格外金碧辉煌。这是我从来没有见过的，这到底是什么呢？木盒上刻有月亮和星星，中间好像是用隔板分开的，一头装有拌好的酥油糌粑，另一头装满青稞，都垒成金字塔型，两头顶上插有青稞穗，中间插着一朵鲜花。如此隆重的摆放和装饰，一定寓意着什么？

好奇地问过服务员，才知道这叫做"切玛"，象征着人寿年丰、吉祥如意。在藏族人民的生活中，凡举行重大的庆典仪式或者欢度藏历新年之时，切玛盒作为吉祥物是必不可少的，而且它在这些场面里充当重要的角色。如果在藏历新年，当你走进藏族朋友的家里，主人向你献"切玛"，你就要从堆放在木盒中的"切玛"里拿出一点来，并说"扎西德勒"，再往自己的嘴里放进一点，预祝新春如意，身体康健。

望着对面不远处的切玛，我已经确认自己实实在在是身在西藏了。

房间早就提前安排好了，我被带入一间宽敞的客房。客房的格局与配置大体与内地的三星级酒店无异，只是房间最里面的角落摆着一个我不熟悉的东西，好像是一台设备。服务人员介绍说，这是一台吸氧机，并向我介绍了简单的使用方法。同时，他告诉我，床头柜上有几盒特别为我这种首次进藏的客人准备的红景天口服液及其他预防高原反应的药品。我谢过他，环顾了一下房间四周，发现窗户外边的天特别蓝，云特别厚，给人一种变化莫测的感觉。

安放好行李，我推开窗户，哇，蓝天白云下，著名的布达拉宫就屹立在不远处的山顶！

布达拉宫白宫

布达拉宫红宫

我将抓绒衣脱下扔到床上，搬了把椅子放在窗前，坐在椅子上，双脚晾在窗台，头轻轻靠着椅背，放松一下长途奔波而疲惫不堪的身躯。我的眼前被广阔的蓝天白云满满覆盖。远远望去，下午的阳光给布达拉宫披上了一件金光闪闪的外衣。美哉，西藏。

那一下午，我像中了魔似的，一动不动地坐在窗前，看着那湛蓝的天空，看着那变幻的云彩，直到有人喊我去用晚餐我才回过神来。那时正好是晚上7点，我竟然足足在窗前呆坐了3个小时！

第一次进藏，布达拉宫和大昭寺是一定要去的。作为达赖喇嘛冬宫的布达拉宫，与作为其夏宫的罗布林卡以及作为佛殿的大昭寺，以其高度的建筑艺术成就、真实的历史原状、伟大的装饰艺术成就、重大的历史和宗教意义，已经分别于1994年12月、2001年12月入选世界文化遗产，共同奠定了拉萨圣城世界级旅游目的地的地位。

　　拉萨城区西北部有一座小山，当地人谓之红山。在藏传佛教徒心中它如同观音菩萨的道场普陀山，所以藏语称之为布达拉，就是普陀的意思。为了迎娶文成公主入藏，松赞干布在红山上修建了气势宏伟的宫殿，这就是著名的布达拉宫。

　　布达拉宫所在的红山周围，在吐蕃时期大多为湖泊星罗棋布、河流纵横交错的湿地。为了纪念他的尼泊尔妻子赤尊公主入藏，松赞干布准备择址修建一座可以供奉赤尊公主带来的释迦牟尼八岁等身像的寺院。因文成公主精于历算，就推举她全权负责寺院的选址和修建工作。文成公主推算出吐蕃的疆域仿佛一个女魔仰卧的形状，而拉萨城中心的一个湖泊正好位于女魔的心血汇聚之处，也就是心脏的位置，于是决定填土建寺以镇之。

　　由于当时驮运土方的是上千头山羊，所以寺院最早叫作"惹萨"，即RASA，"惹"是山羊的意思，"萨"是土地的意思。后来几经变迁，"惹萨"从一座寺院的名字逐渐演变成了今天的"拉萨"的名字，正可谓是"先有大昭寺，后有拉萨城"。

　　寺院建好后，起初并不属于任何教派。直到15世纪，黄教创始人宗喀巴大师为了歌颂释迦牟尼的功德，召集各教派在寺院举行传昭大法会。因"昭"在藏语中是佛的意思，于是寺院被命名为"大昭寺"。

　　相对于布达拉宫和大昭寺来讲，罗布林卡是最晚建成的。

　　18世纪40年代，七世达赖喇嘛在夏季时喜欢走出布达拉宫，经常在布达拉宫西面500多米的一处人烟稀少的小树林休憩散心。当时的清朝驻藏大臣遵照清廷旨意，为其在里面修建了一座鸟尧颇章（凉亭宫），这是罗布林卡的前身。七世达赖又在鸟尧颇章的东面修建了一处以自己名字命名的宫殿格桑颇章，后来就演变成了历代达赖喇嘛夏季处理政务和会客的地方，所以人们也称之为夏宫。罗布林卡建成后，西藏有了第一座真正意义上的人造园林，不仅规模最大、风景最秀，而且文物古迹和奇花异草也堪称西藏最佳。从园

罗布林卡

林的角度看，罗布林卡之于拉萨，有些类似颐和园之于北京。

　　去布达拉宫参观是一早安排好的，据说必须提前通过旅行社或自己前往售票窗口预约才行。虽然说对于旅游者来讲，这样的安排似乎并不是最方便的，但我本人对此举非常赞赏。陪同我参观布达拉宫的是一位厦门援藏的导游，据她介绍，布达拉宫早在2003年就开始实行游客限时限量制度，在当时是非常超前的。

　　2009年3月10日，西藏自治区政府发布了《西藏自治区布达拉宫保护办法》，规定布达拉宫实行预售与限售结合的售票制，每天参观人数限制在2300人内（散客票约700张），每天下午5点后预售次日以后门票，每人限买4张等具体措施。这个专门针对布达拉宫的保护办法实施以来，布达拉宫每天接待的旅游者人数从此前的平均3000人下降到现在的2300人，降幅达23%。作为西藏的象征，作为西藏旅游的必去之处，布达拉宫长期以来都是超负荷接待来自世界各地的旅游者。但作为西藏唯一一座最完整、最宏伟的土木结构古建筑，作为一座有着1300多年历史的世界文化遗产，布达拉宫的保护意义，远大于它的旅游意义。所以游客限时限量制度不仅应该得到广大旅游者的理解和支持，更值得内地许多旅游景区学习和借鉴。

由于是典型的走马观花式参观，而且参观的时间是严格控制的，所以至今我对布达拉宫内部的印象仍然十分淡漠。布达拉宫的外部，其建筑依山就势、步道迂回曲折、宫殿红白相间、气势巍峨挺立的形象，则经常可以在拉萨城区不同的角度感受到它的恒久魅力。至今仅参观过一次布达拉宫，所以只依稀记得布达拉宫主体建筑是由白宫和红宫组成。其中，白宫是达赖喇嘛起居生活和政治活动的场所；红宫是历代达赖喇嘛的灵塔和各类佛殿，是宗教活动的主要场所。

我努力地回想2005年游历布达拉宫的记忆，可惜只剩下一些记忆的碎片：统一的花岗岩石墙体、外挑的窗檐设计、整体的铜瓦鎏金装饰、经幢、宝瓶、摩羯鱼等装饰的屋脊等等，这一切在我的脑海中遗留下来的就是极具藏族风情的富丽堂皇。布达拉宫，作为西藏历史上政教合一的统治中心，是一座少有的能将"庄严"与"恬静"两种截然不同的气质融汇在一起的历史建筑。如果我们从远处望去，布达拉宫真的就好像是从红山上自然生长出来的一样，不愧是世界的文化遗产。

那天参观完布达拉宫，已接近中午，我被带到著名的八角街用午餐。去过拉萨的朋友，应该对八角街并不陌生。其实它的正式名称应该叫作"八廓街"。为什么明明叫作"八廓街"，但大多数人却叫它"八角街"呢？当地的汉族朋友告诉我说，西藏的汉族人中以四川人最多，他们四川话中"廓"的音与"角"的一样，所以可能后来就以讹传讹地将"八廓街"叫成"八角街"了。

八角街的形成，其实与大昭寺密不可分。大昭

八角街琳琅满目的商品摊档

寺建成后，四面八方的佛教徒赶来拉萨进行朝拜。时间一长，围绕着大昭寺就形成了一条朝圣之路。为了给佛教徒们提供必要的餐食和住宿服务，这条路的两旁开始陆续出现了一些餐馆、旅店、日用品店、手工作坊等。后来，为了礼佛方便，越来越多的远近信徒们就搬迁到路两旁长期居住和生活。再后来，来自中原及蒙古、克什米尔、尼泊尔、印度等地的商贩、信徒和游民也开始集聚在八角街周围。于是，更多的店铺出现，逐步形成了现在八角街的雏形。八角街从最初的朝圣功能逐渐演变成了一条集宗教、观光、民俗、商业、文化等多功能为一体的人文街区。

我那天的午餐，是在八角街上的一家尼泊尔餐厅用的。这家餐厅叫什么名字已经不记得了，但它是在大昭寺正门斜对面不远处的街边建筑的二楼。

餐厅里静悄悄的，除了几位正在安静用餐的外国人外，基本上没有中国客人。从喧闹的八角街突然来到这个安静的尼泊尔餐厅，仿佛穿越了喜马拉雅山脉到了尼泊尔一样的感觉。整个餐厅空间并不是很大，格调像一个西餐厅，很古朴很艺术的感觉。

我们选择一张靠近八角街的窗边台桌坐下，窗外就是那条沿着顺时针方向朝圣的信徒们组成的人流，像一条大河静静地从我们眼皮底下流过。灿烂得有些耀眼的阳光，透过大昭寺屋顶的金色法轮双鹿，照在了我略显疲惫的身上。青藏高原猛烈的紫外线，经过窗户玻璃的过滤，居然温柔地轻抚了我的双颊。我的整个身体瞬间松弛了下来，轻轻地靠在木质椅背上，傻呆呆地将目光投向了一街之隔的大昭寺。

那里面的喇嘛，现在也在用餐吗？

餐厅的服务生，一个看起来好像未成年的尼泊尔小男孩，一身尼泊尔民族服装，态度恭谦，面容消瘦，只是眼神中偶尔现出一丝节制的机灵。他不会讲汉语，我们只能用简单的英语交流。候餐期间，我们随意聊着一些关于西藏的话题，不过，我的注意力经常不自觉地就转向了窗外的大昭寺。虽然说，我下午就会参观大昭寺，但是我的心，似乎早已飞入了八角街对面那座神秘的寺院里。

今天，我们来到大昭寺，吐蕃时期的沼泽和湖泊早已消失得无影无踪。这里已经是拉萨老城区的中心，宽阔平坦的广场一直延伸到大昭寺正门口。

2005年9月底的大昭寺，笼罩在拉萨的蓝天白云下。当时我站在大昭寺门

大昭寺前广场

前广场的中心，面朝大昭寺正门，静静地感受着这里的一切。广场的两侧是密密麻麻的商品摊档，说实话，第一眼见到大昭寺，略微有些失望。没来拉萨之前，我心中的大昭寺印象似乎是十分高大雄伟的，但当我真真切切地站在大昭寺门前，却觉得它怎么这么低矮平实呢？

　　大昭寺门前两座冒着青烟的高大的泥土垒成的白色炉子引起了我的注意。顺时针转经的藏族人，像河流一般流过大昭寺门前。有些人在经过这两座白色炉子时，会停下来往炉子下边的一个类似炉眼的里面，添加一些松柏枝、糌粑、青稞等物品。这个炉子的上方一直冒着缕缕青烟，闻起来有一股奇异的香味。那些青烟袅袅升空的时候，似乎也将我的思绪牵引、升腾、扩散，以至无穷。当时的我，不知道这两座炉子的名称和作用，也不知道这是什么仪式。后来，我才知晓，这是煨桑。

　　煨桑是藏族民众最普遍的一种宗教祈愿礼俗，是宗教场所不可或缺的形

大昭寺的煨桑炉

式之一。据说煨桑这一礼俗，源自西藏阿里诞生的原始本教。在公元7世纪佛教进入青藏高原时，为了适应当时的社会文化生态，佛教吸取了本教的一些教义及礼俗，煨桑就是一例。

煨桑成为藏族礼俗，是从吐蕃赞普牟尼为了让藏族人过上平等富裕的生活而燃桑求神演变而来的。"桑"在藏语中，有清洗、祛除等净化之意。煨桑的第一层功能就是净化和祛除自身及周边环境的污秽、邪气等，另外就是有明显的供献祭祀功能。煨桑时，除了点燃有香味的经过脱水的松柏枝和香草外，还要准备若干糌粑、炒青稞、茶叶、糖、苹果、清水等众多食品，所以有人也将其理解为"焚香祭""烟祭"等，这是有一定道理的。

煨桑时，袅袅青烟飘向天际，仿佛可以通往神仙居住的天界。而桑烟的香味，则仿佛可以让天上的神仙们能够感受到人间的美味和虔诚。人们以此祈求神仙保佑，同时自己的精神也得到净化和超脱。

在大昭寺左边的煨桑炉后边，就是历史书上都有记载的著名的唐蕃会盟碑。可能是为了保护这块见证了汉藏两大民族团结友好的珍贵文物，印象中这块碑是有围墙包围的，人们无法亲近接触。不过透过围墙边沿，我们还是可以看到那个高高耸立的碑首以及部分碑身。

任何一个第一次来到大昭寺的人，都会被寺院门口以光滑如镜的大理石石板铺就的凹凸不平的路面上，身着各色藏族服装的藏传佛教信徒们排排行五体投地大礼的场面所震撼。他们的人数之众多、态度之虔诚、礼俗之独特、时间之长久，令人震惊！

大昭寺究竟深藏着怎样的力量，能令他们如此虔诚？

在拉萨的外来旅游者中，一直流传着这样一句话："不去大昭寺，等于没来拉萨城。"而在藏族人的心中，一直流传着"先有大昭寺，后有拉萨城"的说法。这两句话，足以彰显出大昭寺在拉萨的崇高地位。

自大昭寺建成之日开始，大昭寺就一直是拉萨的中心。它不仅是拉萨城区的地理中心，更是藏族人精神生活的中心。

拉萨人自古就有围着大昭寺转经的传统。每天清晨，我都会看到成群结队的藏族人手持转经筒，上身前倾，口中念念有词，沿着一条我们看不明但他们心中却清晰无比的路线，顺时针围绕着大昭寺转经。实际上，拉萨的转经活动都是以大昭寺内的释迦牟尼佛殿为中心进行的。大昭寺的传统转经路线有三条，寺院内环释迦牟尼佛殿一圈为"囊廓"，即内圈；环绕大昭寺外墙一圈为"八廓"，即中圈；以大昭寺为中心，将布达拉宫、药王山、小昭寺包括进来的一大圈称为"林廓"，这就是外圈了。这从内到外的三个圈，便是藏族人践行转经仪式的路线。

第一次参观大昭寺时，有几个细节给我留下了深刻印象。

其一，收获一张精美的门票。我第一次参观大昭寺是由旅行社全程安排好的，自己并没有去直接购买门票。但当我进入大昭寺后，陪同的导游给了我一张类似信用卡大小的矩形卡片，上面印着大昭寺的照片，中间是一个圆圆的窟窿。我马上意识到，这不仅是一张门票，同时可能也是一张光碟。这张精美的门票，我至今还珍藏着。

其二，第一次读到仓央嘉措的诗。进藏前，曾听一位饱读诗书的朋友说起过六世达赖喇嘛仓央嘉措，说他是一位充满着浪漫主义情怀的达赖喇嘛，是一代情僧，虽然一生短暂，却充满了戏剧性，他的诗歌缠绵悱恻却又唯美动人……遗憾的是，我当时甚至还没有拜读过一首仓央嘉措的诗作。

当导游了解到这个情况后，马上掏出手机，发了一条短信给我。在黝黑的大殿内，在熙熙攘攘的香客与游人的摩肩接踵中，在沉闷而浑厚的诵经声中，一声清脆的手机短信提示音擦破苍穹。我掏出手机，点击屏幕，刚看了两眼，就惊得说不出话来。

那一日
我闭目在经殿的香雾中
蓦然听见你诵经的真言

那一月
我摇动所有的经筒，不为超度
只为触摸你的指尖

那一年
磕长头匍匐在山路，不为觐见
只为贴着你的温暖

那一世
转山转水转佛塔，不为修来世
只为途中与你相见

在大昭寺的佛殿内，收到仓央嘉措的这首绝美情诗，我当时有一种说不清楚的时空转换的错乱感觉。恐怕无人能够想象得到，在世界上海拔最高的青藏高原，一位藏传佛教的宗教领袖居然能够写出如此贴近人性、充满灵性、彰显浪漫的情诗。在西藏的历史上，他恐怕是绝无仅有的一位。

为什么仓央嘉措如此与众不同呢？恐怕与当时西藏的政治、宗教现状，以及仓央嘉措本人的宗教信仰和生长环境等因素有关。

仓央嘉措，是西藏历史上少有的来自藏南的达赖喇嘛，他的家乡在世界第一大峡谷——雅鲁藏布大峡谷出口处的门隅地区，这里原是西藏山南地区门巴族的主要聚居区，后被印度非法占有，成立了非法的阿鲁纳恰尔邦。

门隅地区，处于喜马拉雅山脉东南端的南麓，错落分布在海拔500～4000米的山区，温暖湿润的印度洋暖湿气流为这里带来了丰沛的降雨和茂密的植被，是一个热带与亚热带气候交汇的地区，气候条件与海南岛类似，地形地貌有些类似云南、广西的山区。

地形的复杂多样，气候的变幻无常，生物的多样珍稀，区位的偏远孤立，令从小在这样多姿多彩的自然环境出生长大的仓央嘉措，形成了对纯净的大自然的热爱，对世俗的乡村生活的依恋，以及无拘无束的个性特点。再加上门巴族居住地区的门隅，老百姓普遍信奉藏传佛教的宁玛派，即红教，僧侣均可与世俗社会的老百姓一样谈情说爱、结婚生子，这些都奠定了仓央嘉措喜欢世俗生活、充满灵性性情的个性基础。

对于从小生活在无论自然环境、气候条件还是宗教氛围与生活习惯等都与拉萨截然不同的地方的仓央嘉措来讲，14岁时发生的事情，彻底改变了他的一生。那年，他被认定为五世达赖喇嘛的转世灵童，从一个打小就信奉红教的门巴族少年，瞬间被赋予承接黄教（格鲁派）最高领袖的使命，命运转变之快、之大超乎想象。

残酷的政治斗争，复杂的人事格局，枯燥的宗教生涯，严格的黄教戒律，陌生的拉萨生活，这一切都让这个情窦初开的少年达赖喇嘛感到与周围的环境格格不入。他经常一个人悄悄走出高高在上的布达拉宫，走向山脚下那些寻常百姓日常生活的街区。据说，仓央嘉措为了能够更加自由自在地融入拉萨的世俗生活，就在大昭寺附近的八廓街修建了一座秘宫。

夜幕降临的时候，酷爱喝酒的仓央嘉措就以"宕桑旺波"这个平民名字，在八廓街一带的酒馆游荡。一天夜里，他来到了位于八廓街东南角的一家藏式小酒馆，邂逅了一位美丽的姑娘，好像在黑漆漆的夜空中忽然见到了一轮明媚的月亮。

从此，仓央嘉措在夜幕下频频光顾那间小酒馆，但是再也没有见到那位美丽的姑娘。痴情的仓央嘉措在酒酣耳热之际，在这间小酒馆里写下了那首著名的情诗，献给他心中的月光女神。

玛吉阿米餐吧

在那东方高高的山尖，

每当升起那皎洁的明月，

玛吉阿米醉人的笑脸，

冉冉浮现在我的心田。

　　在藏语中，玛吉阿米就是纯洁的少女、未嫁的姑娘的意思。300多年后，一位来拉萨创业的藏族青年，在大昭寺背后的八角街东南角的一座两层的黄色外墙的古老建筑里，创办了一间现在闻名中国的藏餐吧，名字就叫作玛吉阿米。

　　据说，这间玛吉阿米藏餐吧所在的黄色老房子，就是300多年前仓央嘉措邂逅那位美丽姑娘的小酒馆。是与不是，已经不是最重要的了。重要的是，这个美丽的爱情故事，加上这首脍炙人口的情诗，已经让所有来到这里的人们不自觉地沉浸在300多年前的那个美丽的爱情故事里。

　　玛吉阿米，今天俨然成为小资们寻梦的地方，成为外国旅游者体验新派藏餐的地方，成为中国人了解诗意拉萨的一个窗口，更演变成为拉萨一个极具代表性的文化符号。

小资心中的玛吉阿米

古色古香的藏式吧台

仓央嘉措，算不上是一位成功的达赖喇嘛，但他肯定是一位伟大的诗人！

遗憾的是，我们今天在达赖喇嘛的驻锡地——布达拉宫里，是无法找到六世达赖的塑像或灵塔的。原因是，在清康熙四十五年，仓央嘉措被清廷罢黜。对于这样一位在传统观念及宗教礼仪中属于离经叛道的六世达赖，布达拉宫是不会给他留下历史地位的。

仓央嘉措的一生是短暂的，据说他是在被罢黜后押解回京的路上于青海湖畔病故的，时年24岁。也有种说法，仓央嘉措并没有死，而是在佛教比较盛行的印度、尼泊尔等地游历。

仓央嘉措，他究竟去了哪里？

那天，当我们参观完供奉释迦牟尼佛的中心佛殿走出正门后，我发现有许多藏族群众沿着大殿的外墙在转动转经筒。本来，边走边转动转经筒是藏传佛教信徒们的必做功课，现在，许多外地旅游者也喜欢跟着信徒们转动转经筒。我第一次见到如此壮观的转经筒队伍，也好奇地随着他们边走边转。

当我转到大殿背后的一条幽暗的廊道时，前面的一大群信徒已经疾步拐弯，从我的视线中忽然消失。灿烂的阳光透过狭长的廊顶，照射到一个个金灿灿的转经筒上，折射的光线令我有些眩晕。眼前一排排前人转过的经筒，渐渐减慢了旋转的速度，直至一个个静静地矗立在墙边，仿佛正在召唤着我

017

大昭寺内的转经筒

木雕伏兽

的到来。

　　参观大昭寺，是一定要上金顶的。转完转经筒后，走出庭院，我被带着由售票处附近的楼梯上了金顶。大昭寺殿高4层，整个建筑的金顶、斗拱为典型的汉族风格，碉楼、雕梁则是西藏样式，主殿二、三层檐下排列成行的103个木雕伏兽和人面狮身，又呈现尼泊尔和印度的风格特点。第四层就是金顶所在的地方。

　　走上大昭寺中心大殿屋顶，四座鎏金铜雕金顶矗立在屋顶四方，显得特别庄严、华贵，它们把大昭寺的古老建筑也烘托得更加辉煌、美丽。东边这座金顶的形制和装饰是四座金顶中最豪华的，一看就知道它的地位卓尔不群。原来，这座金顶下方，就是大昭寺的主供佛释迦牟尼佛的中心佛殿。北面的金顶，是建在十一面观世音菩萨像所在的佛殿上面。南面的金顶，则建在供奉未来佛的佛殿之上。而西面的金顶下面，是中心佛殿的正门，并没有任何重要的佛殿。按理说应该是一殿一顶，那么西面没有佛殿为什么还要建一座金顶呢？究其原因，可能源自大昭寺的建筑风格是来源于坛城风格，而坛城建筑风格是讲究对称审美的，所以大昭寺中心佛殿屋顶上就应该东西南北各立一座金顶。

018　　除了那四座金顶以外，大昭寺中心佛殿建筑屋顶上还有铜雕鎏金胜利宝

印度的建筑元素

胜利宝幢

幢、宝瓶、人面兽身像、鳌头、法轮双鹿、毛制伞盖等。那一天，在拉萨蓝天白云下，我突然心血来潮，脱掉了冲锋衣，身着我们公司的印有大大的雷锋头像的短袖文化衫，以不远处的布达拉宫为背景，在金顶上留下了一张大昭寺的珍贵照片，以见证这难忘的一刻。这张照片，至今仍摆放在我办公室的显要位置上，一直陪伴着我。

参观完大昭寺后，天色已近黄昏。虽然拉萨的黄昏仍然像内地的中午，我还是决定晚上去玛吉阿米坐坐，顺便用个晚餐。

远远地，在八角街与一条支路的交叉口上，就看到了那幢黄色外墙的古老建筑。由于是在街口，依着所有转经的人们的视线看去，这幢老房子的正立面是一个弧形外墙。一楼是日杂商铺，高高卷起的卷闸门形成的商铺"门头"与二楼窗户之间的那块狭长的弧形外墙上，居中的位置挂着一块长方形的招牌。招牌最醒目的是中间靠下的那一长条手写体的英文 MAKYEAME，招牌右上角是四个手写体的汉字——玛吉阿米，旁边的那个小小的商标注册符号默默地告诉我们，拉萨的知名品牌、著名的藏餐吧——玛吉阿米到了。

来到这幢只有三层的黄色老房子跟前，我一时竟找不到它的入口。不像我们内地酒楼食肆的大门，一般都是开在靠近主路的建筑正中，金碧辉煌，气派非凡。玛吉阿米的正门却没有开在人流如织的八角街上，而是低调地开在旁边的那条支路上，以至于我找了半天还没见到。陪同的朋友们习以为常地给我指明了方向，那是一个小得不能再小的黑乎乎的门口，门边坐满了正在休憩的藏族老人。

从雪域高原强烈的紫外线照射下的户外环境，突然进入到一个黑乎乎的小门洞里，我的眼睛一下子没有适应过来，迟疑地停在了那个黑乎乎的门洞里。原以为一进来就可以看到餐吧的干净整洁的座椅和餐具，却被堵在一个狭小得几乎只能容得下两三个人的黝黑空间里。

正在诧异之际，朋友们告诉我左手边有一部窄长而陡峭的木头楼梯，从那儿可以上二楼。我手扶着那油漆斑驳却也光溜溜的木头扶梯的护栏，踏上了那条又黑又陡的木头楼梯。上到二楼，一转左，终于进到了那梦寐以求的玛吉阿米餐吧里面。

门口的左首是一个吧台，聚集着几个正在说笑的年轻的藏族服务员。一见我进来，纷纷友好地打着招呼，其中一个藏族姑娘引导着我们找座位。玛吉阿米里面的光线相对于户外的晴朗猛烈，显得清幽柔和。黄色与黑色交融的光线，带给人一种年代久远的深邃和神秘感觉。咖啡色的原木桌椅占据了大部分空间，也有沙发围成的独立空间隐藏在一个书架的后面。墙上挂着众多的大小不一的铜质藏式厨房用具、古老的藏族乐器，还有一面墙上是一幅幅经过装帧的西藏老照片，年代久远的黄色内墙透露出一丝丝吉祥和温暖。

由于我们来的时候比正常晚餐时间早，所以里面的客人比我想象中要少。但还是有一些身着鲜艳户外冲锋衣的游客模样的人，三三两两地坐在里面上网和读书。我们要了一个靠近窗户的座位坐了下来，这里正好可以看到八角街上转经的人流，以及一街之隔的大昭寺。

窗台上的洋绣球红艳艳的，正含苞待放。这种年少时经常见到的大众花卉，不知为何已经很久没有在内地的大城市见到了，反而是在遥远的拉萨，却处处可见，连大昭寺这样庄严神圣的地方也不例外。在朋友们点餐之际，我好奇地上了三楼。三楼其实是一个大露台，只是搭建了一个硕大的绘制着藏式花纹的顶棚，四周景观一览无余，空气格外清新。相比于二楼，三楼上的外国旅游者居多，可能与这里视野开阔、空气清新有关。

那天晚上，我们到底点了什么餐食，吃了什么特色，我几乎没有印象了。只是觉得食物的出品比我想象的要好，既有特色又很好吃，价格也适中。由于是第一次进藏，又是第一次来到玛吉阿米，朋友与我聊的话题多为西藏的历史传说及旅游经历。陪同我的这几位朋友，其中不乏资深"藏漂"和"藏熬"，听着他们讲述自己在西藏到处探险游历的故事，我的心里不时涌起一股热潮。是啊，谁不想来西藏旅游？恐怕每个人的心中，都有一个去西藏的梦。但在这些资深"藏漂"及"藏熬"眼里，西藏不仅仅是拉萨，不仅仅是布达拉宫、大昭寺。

那天晚上，我记住了那个被大家频频提及的地方，它的名字叫"阿里"。

在他们的眼中，那才是一个顶级的旅游和探险目的地，那里有着悠久的历史，有着原始的宗教，有着神秘的传说，有着壮丽的风景，有着最高的海拔，有着著名的神山圣湖……

那天晚上，我定下了一个在当时似乎并不切实际的目标：今生一定要去阿里。

第一章

阿里，我来了

阿里，阿里，
那是一个什么样的地方，
能让出身显赫、受过高等教育、长期工作生活在西藏的
晋美先生魂牵梦萦呢？

可能，是冥冥中我的诚意，感动了西藏，感动了阿里。

2007年，因主持西藏阿里神山圣湖旅游规划项目之故，我终于如愿以偿地踏上了前往阿里的旅途。2010年8月，我又受命为阿里的普兰、噶尔、日土三个县域编制旅游规划，在时隔三年之后又一次带队远赴阿里。这一次，我们在阿里待了一个月，对阿里地区尤其是旅游资源富集的普兰、噶尔、日土三县进行了地毯式实地考察。通过这先后两次侧重点不同的旅游考察，我对阿里尤其是旅游资源相对富集的西四县（普兰、噶尔、日土、札达）的历史、文化、民俗、宗教、经济、地貌、气候、水文，以及与周边地区的关系有了相对全面的了解。

2007年4月19日，我与同事们一起乘飞机离开深圳，经成都中转，20日飞抵拉萨，还是住在我当年第一次进藏入住的喜玛拉

5100米昂仁山口

雅饭店。

　　原来，喜玛拉雅饭店堪称西藏登山史的一道缩影。自创办以来，它一直都是世界顶级专业登山队和超级山友在拉萨首选下榻的三星级涉外酒店。万科王石、搜狐张朝阳、2008"奥运圣火"登顶珠峰工作团队，以及无数中外专业登山运动员都曾在这里驻留。这间西藏自治区内唯一拥有藏戏博物馆的酒店，沉淀、记录、分享了来自世界各地的藏迷和山友们的传奇经历与浪漫故事。

　　当天的晚宴，是在酒店二楼的一个包房里举行的。邀请方领导介绍了一大圈陪同用餐的领导和嘉宾。

　　"苏先生，给您介绍一下，这位是我们西藏阿里地区佛教协会会长、圣湖玛旁雍错南岸楚果寺的活佛洛桑山丹……"我一听是活佛，肃然起敬，起身四下张望，却并没发现身穿绛红色袈裟的喇嘛。正在纳闷之际，坐在我对

023

面的一位个头中等、体态微胖、身体强壮、行动迅捷的中年人从圆桌边站了起来。他上身穿浅蓝色衬衣,下身是深灰色西裤。我还没反应过来时,中年人已经笑眯眯地站在了我的面前。

"苏先生你好,我是洛桑山丹。"

我迟疑了一下:是按照藏传佛教的礼仪双手合十呢,还是按照一般社交场合的礼仪单手相握呢?看着活佛躬低身躯双手伸了过来,我赶紧也躬低身躯双手迎了过去。

出于礼貌,我赶忙取出随身携带的名片夹,取一张名片递给活佛。活佛接过名片后仔细端详了一下,然后迅速从自己的衬衣口袋也掏出了一张名片递给了我。我双手认真地拿着这张双折的名片,低头扫了一眼,却差点惊出声来。折页的名片上赫然印着"西藏阿里冈仁波齐资源开发总公司总经理"的名衔。打开后,又看到一串排列整齐的头衔:政协西藏自治区第八届委员会委员、中国佛教协会西藏分会常务理事、西藏阿里地区佛教协会会长、普兰县楚果寺住持……

在座的领导们显然看出了我的疑惑。"啊,苏先生,是这样的,活佛给你名片上的那个公司,主要是开发我们西藏阿里最神圣的神山冈仁波齐的天然矿泉水。活佛觉得神山冈仁波齐冰川融化的雪水那么神圣而纯净,每天就这样白白流走了,有些可惜;而我们阿里工业基础极其薄弱,没有多少像样的开发企业,所以活佛本着造福阿里的目的,帮助我们地区搞了那个天然矿泉水开发企业。苏先生,那是真正的没有任何污染的海拔6000多米的神山之水呀!你过两天就要去阿里了,到时一定要品尝一下。"

原来如此!

那一次的阿里考察结束后,在返回拉萨前我还特意从阿里带了一整箱矿泉水,作为阿里之行的代表性礼物送给深圳的同事们与内地的好友们。

除了懂经济的洛桑山丹活佛,那晚让我印象深刻的还有另外一位。他叫德伦·晋美旺久,是西藏旅行社协会会长,西藏自治区中国印度民间香客服务中心主任。晋美先生身材高大伟岸,我起身握手时,发现他像一座雄伟的雪山一样"矗立"在我面前,我这个身高一米八的内地汉子得举头仰望。

那天晚上,晋美旺久先生十分高兴,他酒兴很高,酒量也很大。席间,我被告知,德伦·晋美旺久先生,有着显赫的出身,其祖上是日喀则的大贵族。晚宴期间，他多次紧握我的手，非常庄重地和我说起"我的前世在阿里"这句话，中间冗长的内容如今已记不清楚了，但是这句话我永生难忘。这是为什么呢？

回到酒店后，我躺在大床上，一直没有睡意。明知道刚刚进藏需要好好休息适应，而且过两天就要启程远赴遥远的阿里，我需要保存体力。但那一晚，我却怎么都睡不着，脑海中一直浮现的都是晋美旺久先生多次重复的那句话："我的前世在阿里……"

阿里，阿里，那是一个什么样的地方，能让出身显赫、受过高等教育，又对西藏的旅游了如指掌的晋美先生魂牵梦萦呢？

为了让首次进藏的同事们有个适应的过程，我们在启程前往阿里前在拉萨休整了两天。22日午餐后，我们阿里之行的大队人马在喜玛拉雅饭店门前集中，两部丰田陆地巡洋舰4500已经整装待发，两位藏族司机正在帮我们将行李装车。这两位藏族司机，胖一点的叫米玛，瘦一点的叫巴桑（为了和作为随行导游的大巴桑区别，我就叫他小巴桑），一胖一瘦，一个和蔼一个严肃。德伦·晋美旺久先生将作为领队全程陪同，另有两位配合我们工作的西藏地质勘测大队的工程师、一名资深的西藏阿里导游大巴桑，以及我们一行四人。临出发前，一名背着一米多高的超大户外背包的年轻人匆匆打车赶来，一身NORTHFACE户外冲锋衣裤，长发飘飘，英俊潇洒。据说是《西藏人文地理》杂志社的一名记者，将全程跟踪报道我们的阿里之行，大家都叫他"晓东"。

米玛熟练地插入车钥匙，随着"轰"的一声，两辆越野车像猛兽般驶离拉萨，向阿里方向一路疾行。

当晚，我们入住了日喀则地区当时条件最好的日喀则饭店。由于饭店总经理与晋美旺久先生是多年老友，晚宴又是典型的藏式大联欢，最后大多数人均毫无悬念地大醉而归。

半夜时分，我刚刚睡着，就被一阵猛烈的拍门声惊醒。

这么晚了，能是谁啊？

我在日喀则也没什么很熟的朋友啊，可能是拍错门了，我又自顾自地继续睡了起来。不料，拍门声越来越重。

我只好迷迷糊糊地从温暖的被窝里很不情愿地爬起来，戴上眼镜，打开房灯，蹑手蹑脚地走到房间大门前，透过小小的猫眼向外一看，门外的景象大出所料。只见晋美先生正一手吃力地扶着走廊的门框，一手大力地拍着门。

我赶紧打开房门，看着眼前已经醉醺醺的晋美先生，赶紧用双手扶他，想把他搀扶进房间坐坐。结果，无论我如何用力，身材高大的晋美先生还是如一尊雕像般纹丝未动。我一看自己一个人的力量很难扶得动晋美先生，就想走到隔壁找人帮忙。殊不知，晋美先生见我要出去，一把就将我拉回房间，大声地嚷嚷起来。

一开始我以为他讲的是含混不清的藏语，只好一再给他解释我是苏洪宇，请他讲普通话。然而我的解释只能令他的语调更加高亢。我一边令自己慢慢冷静，一边仔细辨认。我曾听说晋美先生的英语水平很高，所以我又用英语与他交流。但讲了几句后发现他的口音还是没变，横竖听下来也不是英语，甚至连南非英语都不是。我一边扶着他安慰着，一边仔细辨别着。猛然，我诧异地发现，他讲的居然是日语！

关于那天晚上的这件趣事，日后我曾在大家一起相聚的时候多次提起。当周围的人哄堂大笑之际，晋美先生总是憨厚地嘿嘿一笑，仿佛那件趣事没有发生过一样，安然自若。

23日上午，日喀则阳光灿烂，我们考察了著名的扎什伦布寺。其实，当我们前一日从拉萨驱车前往日喀则的时候，在我们还没有见到日喀则市区面貌之前，就已经在车上远远地望见一座高山山脚下的那一大片寺院。其实，我当时并没有太在意，以为那只是一个规模较大的乡镇或者某个我们并不知晓的县城。但同车的藏族司机米玛，虽然平时沉默寡言，但他当时显然是看出我根本就不知道那儿是哪里。他认真地边开车边与我说，那里就是班禅大师驻锡地扎什伦布寺。

扎什伦布寺，藏语全名为"扎什伦布白吉德钦曲唐结勒南巴杰瓦林"，意为"吉祥须弥聚福殊胜诸方州"。扎什伦布寺是其简称，意思是"吉祥的须弥山寺"，为日喀则地区规模和影响力最大的寺院。

当我们一行真正来到扎什伦布寺大门时，我才意识到，这座著名的藏传佛教格鲁派寺院的规模，远比我们汉传佛教的大多数寺庙要大许多倍。远远望去，这里仿佛是一座山脚下的古老藏族县城。

班禅驻锡地扎什伦布寺

　　拔地而起的尼玛山，紧紧环抱着这座黄教六大寺之一的著名寺院。扎什伦布寺的开山鼻祖，是黄教创始人宗喀巴大师的最小弟子根敦朱巴。根敦朱巴是历史上第一位将黄教传到后藏的人，他后来也被格鲁派追尊为一世达赖喇嘛。由于后来主持扎什伦布寺的四世班禅是第一位被册封的班禅喇嘛，所以后来这里就成了历任班禅喇嘛的驻锡地。

　　扎什伦布寺背靠高山，依山而建，坐北朝南。殿宇高低错落，依次递接，整体对称，疏密均衡，金顶红墙的主殿高大雄伟，金碧辉煌。沿着寺院南北向的主路，我们一路拾级而上。由于殿宇建筑数量众多，多数已经印象不深了，唯有那座强巴佛殿让我至今印象深刻。

　　藏传佛教的强巴佛，也就是我们汉传佛教里的弥勒佛。由于强巴佛主掌未来，所以很受信徒重视，在藏传佛教中是佛殿里的主供佛之一。扎什伦布寺的强巴佛殿，我之所以记忆深刻，主要的原因是这尊铜质佛像高达26.2

027

扎什伦布寺的措钦大殿

米，肩宽11.5米，据介绍是世界上最高最大的室内铜佛像。除此以外，这尊佛像上还镶嵌有大小钻石、珍珠、琥珀、珊瑚、松石1400多颗，甚为珍贵。

在参观扎什伦布寺的过程中，我们经常能在不同角度看到一座高高耸起的类似白色墙壁的地上构筑物，那就是扎什伦布寺著名的晒佛台。此晒佛台高32米，宽38米，厚3.5米，在寺院所有殿宇中鹤立鸡群。每年的藏历五月十五日前后三天，寺院会将过去佛（无量光佛）、现在佛（释迦牟尼佛）、未来佛（强巴佛）这三大幅刺绣佛像展挂在晒佛台向阳的面壁上，供僧众和信教群众顶礼膜拜。由于时机不巧，那一天，我无缘现场观看这一盛事，只能留待将来了。

当天扎什伦布寺也有一些佛事活动，大家都感觉氛围非常吉祥。随后，我们又去了班禅夏宫参观。这里刚刚下过雨，来的人很少，整个建筑好像刚刚修建完成。

能容纳2000人诵经的措钦大殿门外

　　下午，我们又在日喀则市区考察了一间藏式银器手工作坊。作坊在一个四合院内，门口挂着一块象征合法经营的日喀则某某公司的牌匾。藏族工匠们都看似随意地散坐在房间四周，每个人身边都摆放着一堆工具、原材料和半成品等。表面上看起来工匠们衣衫褴褛，作坊杂乱无章，但每一位工匠专注的眼神、熟练的技法以及他们制作出的精美银器，还是令人叹为观止。

　　在一间相当于产品展示厅的平房里，我们欣赏了这些分门别类摆放的藏式银器。据该工厂负责人介绍，藏式银器可分四大类：宗教用品、生活用品、首饰、服装饰品等。宗教用品有酥油灯、净水壶、平安顶、银塔、银帽、护身佛龛、唢呐、喇叭等40余种；生活用品有银碗、银勺、银筷、酒具、银壶、银盘等30余种；首饰有银耳坠、耳环、发卡、银簪、项链、戒指、手镯、发箍等40余种；服装饰品有银饰刀具、银盾、奶钩、带环、腰盘、腰牌、针线盒等大小规格20余类。藏族银器工艺品配套的加工材料有铜（白、黄、紫、红）、铁、木材、牛羊角、玛瑙、珊瑚、松石等。银器的工

029

艺表现形式有高浮雕、浅浮雕、嵌丝、镂空、镶嵌等。

日后，当我在阿里普兰县的科加村，真正看到当地妇女身着那美轮美奂的缀满各类宝石、金银铜饰品的华丽服装时，我才透过藏族服饰这一小扇窗口，深刻体会了西藏历史文化的悠久和灿烂。

24日上午10时，阴云密布，我们的两部丰田陆地巡洋舰4500从日喀则饭店正式出发，继续踏上西行阿里之路。越向西行越苍凉，但自然风光却也越来越壮丽。我开始慢慢明白，这就是为什么那么多人甘愿冒着巨大的风险要挺进阿里的原因。

哪怕一生只有一次！

出了日喀则城区后，司机米玛告诉我们，越往阿里的方向行驶，路面也将越来越烂，甚至许多地方是没有路的。经过我的打听，米玛是一位有着近20年来往阿里驾驶经验的老司机。按照他的说法，这条去阿里的南线上的每一块石头他都熟悉。每年他至少要在拉萨与阿里之间开车行驶超过10趟，多的时候超过20趟。正如米玛预料的一样，很快我们就在荒无人烟的山谷中蜿蜒行驶了。我好奇地测了一下海拔，已经超过4000米了。米玛侧眼看了一下，平静地告诉我，从现在开始的整个下午，我们都将行驶在海拔4000米以上的地区；如果要翻越山口，那些山口的海拔都会超过5000米。我们一车人顿时兴奋起来。

由于当时国道219正在进行局部维修和路面硬化，所以我们的越野车也是时走时停。傍晚7点，我们顺利到达了马泉河边检站。

穿着厚厚军装的武警战士来到我们的车前，提醒我们要下车接受边防检查。这时，我才意识到，今天及以后几天我们开车经过的地区，无论是日喀则，还是阿里，都是与尼泊尔、印度接壤的边境地区。这些地方，对于外国人来讲还是未开放地区。对于我们中国人来讲，通往这些地区是需要办理边防证的。

我们纷纷拿出各自的身份证和提前办妥的边防证，全部交给随车司机。司机米玛告诉我们，不愿意下车的就呆在车上，想活动一下手脚的就下车走走，但只能待在车辆附近，千万不要走远。

我下了车，外面很冷，虽然附近没有高大的山脉，地形也较为平缓，但是明显这个地方是一个高地，而且海拔应该较高。我用自己的户外手表测了一下，显示为4500米。除了检查站那个小小的房子，周围只有零星的几间简陋的土房子，垃圾遍地，苍凉荒蛮。大约过了20分钟，我们的两个藏族司机从检查站里走了出来，手里拿着一沓证件。看来，检查完毕，马上要启程了。

过检查站时，我向站在路边目送我们离去的一位年轻的武警战士敬了一个礼，向这些常年坚守在雪域高原的武警战士们表示小小的慰问。一过检查站，很快向右一拐就到了萨嘎县城。进入县城的第一个T字路口左侧，是萨嘎宾馆。司机米玛告诉我们，今晚我们就住这里，这也是萨嘎县城条件最好的一间宾馆。

下车后，我们从已被泥浆和灰尘包裹得严严实实的越野车里取下行李，横七竖八地堆在宾馆门口，仿佛一座小山一般。萨嘎宾馆的正门及旁边的大窗户是落地玻璃的，上面贴满了大大小小、各式各样的贴纸，有某某登山协会的，有户外俱乐部的，有酒吧的，也有一些外国的贴纸，估计都是经过此地留宿该酒店的人们贴上去的，颇有一番江湖英雄帖的豪迈感觉。

我们边活动活动由于长时间坐车有些僵硬发麻的手脚，边等待着大巴桑在里面办理入住手续。我闲着无聊，就测了一下萨嘎宾馆门口的海拔：4420米。

萨嘎县城规模很小，类似于内地稍大一点的乡镇。虽然街上行人不是很多，但无家可归的野狗却成群结队。萨嘎虽小，但是其区位却非常重要。由此向东，可以去到日喀则、拉萨等地；由此向南，可以到达唯一一座完全在中国境内的8000米级的山峰——希夏邦马峰，并可抵达中国和尼泊尔的边境；由此向西，可以到达西藏阿里、新疆、克什米尔等地。毫不夸张地讲，马泉河畔的萨嘎，是西藏西部的重要战略枢纽。

天色彻底暗了下来，气温也骤然下降，我正准备背起行囊进入宾馆，宾馆的自动感应大门却忽然打开了。大巴桑笑哈哈地走了出来，手里拿着一沓房卡：手续办好了，赶紧入住吧，一会儿在一楼餐厅吃晚饭。晚餐是川菜，既在意料之中又在意料之外。后来，随着我进藏次数的增加，随着我在西藏游历的地方增多，我逐渐接受了一个现实：不管是再偏远再艰苦的地方，哪怕那里只有一家对外营业的餐馆，大多也是精明能干、吃苦耐劳、乐观向上的四川人开办的。所以在西藏各地的四川人中流传着一句半开玩笑的话：西藏就是小四川。

我们住在萨嘎宾馆的二楼。二楼的楼道很长，从一楼走上二楼会有些气喘，这很正常。只要慢慢调整好呼吸，放慢步伐，很快就没事了。房间虽然非常简陋，但是有独立洗手间，有充电电源，有电热毯，理论上讲晚上8点以后还有热水可以洗澡。尽管电视机又小又旧，基本上收不到什么频道；尽管电话机仅仅是一个摆设，无法与任何人通话；但是这里毕竟还是一个像模像样的宾馆。

夜晚寒冷得接近凝固了的室内空气，让我迅速钻进了被子里。床上用品应该是很久没有更换了，一股浓郁的兼有头油味、酥油味、烟味、酒味、体味等的怪味扑面而来。那一刻，我别无选择，只有默默忍受。对于当时貌似承受了巨大委屈的我，实际上尚不清楚，从萨嘎开始一路西行阿里，就再也没有条件如此"奢侈"的宾馆了。

客观地讲，我当时是身在福中不知福。

一整天在高海拔地区长途跋涉，一整天窝在车里的困顿麻木，让我很快就忘记了一切，安然入睡了。

为了确保第二天可以赶到阿里，我们一致决定要早起。第二天是4月25日，清晨7点30分，我们被叫醒，洗漱后匆匆收拾行李就上了车。

比内地晚了两个小时时差的萨嘎，天空还是黑漆漆的，街上一个人都没有，只有零星的几声狗叫能让我们感觉到这里还是有人烟的，只不过他们现在还在熟睡中。从萨嘎宾馆门口左转，在两部越野车超强的大灯灯光指引下，我们的越野车在黑漆漆的县城道路上风驰电掣。转了一个弯后，我终于看到前方路口有一丝微弱的灯光，倔强地从一小扇窗口透了出来。

本来刚上车时还想问问司机米玛在哪儿吃早餐，看来他们早就胸有成竹了。我们停在路口，果然，这是一间小吃店。可能是天气太冷的缘故，小店只开了半扇门。一下车，一股久违的香气扑鼻的肉包子味就瞬间钻进了我们的鼻孔。太香了！高高堆起的笼屉弥漫着浓厚的蒸汽，蒸汽后面忽隐忽现地显露出两个正在埋头苦干的人影。

我们一窝蜂地冲了进去，不是为了取暖，而是为了热腾腾的包子。小店很小，只有两三张破破烂烂的桌子，一对30多岁的汉族夫妻正在低着头麻利地包着肉包子。店里没有别的客人，我们一行将整个小店的桌子都坐满了。

每人要了一碗稀饭，每张桌子上面都上了两盘热气腾腾的肉包子。真没想到，在如此偏远的萨嘎县城，这么早居然有早餐店开门，而且还有香喷喷的肉包子吃。我好奇地问了一下这对夫妻：你们是哪里人啊？老板头也不抬，边包包子边回答：重庆的。

那顿早餐，是我近几天来吃的最好的一顿。随后的若干年，无论我在西藏的任何地方进行野外考察时，只要肚子一饿，马上就会想到萨嘎县城的那家包子铺。

距离阿里路途还很遥远，早餐一定要吃饱、吃好。谁知道午餐什么时候吃，在哪里吃，吃什么呢。当我们心满意足地饱餐一顿后，就与这对夫妻挥手告别，然后匆匆上车赶路了。

从萨嘎开始，沿着西藏的母亲河雅鲁藏布江的上游——马泉河逆流而上，一路向阿里方向前进。沿着山谷蜿蜒曲折的山路转来转去，翻过达吉岭山口、突击拉山口等，经过老仲巴，中午在帕羊镇吃饭。

印象中，我们是在一家外面挂着"绵阳饭店"招牌的川菜小馆子吃的饭。老板是来自四川绵阳的一对中年夫妻，丈夫负责在简陋的厨房炒菜，妻子则在外面招呼客人。我好奇地向他们了解，为什么从富庶的四川跑到如此遥远艰苦的西藏来做事？老板边炒菜边回答，因为这里比四川好赚钱。我又问他们，那么每年能回一次老家吗？老板说每年年底来往阿里与拉萨之间的客人就明显少了，他们一般都会关门歇业，回四川老家过年，陪陪老人和孩子。来年的三四月份再回到西藏的帕羊镇做生意。老板瘦瘦小小，性格开朗，动作麻利，边做事边与我聊天，啥事不耽误。望着这间上遮毡布、下摆炊具、面积不足3平方米的简陋厨房，看着站在只容一人活动的狭小空间里不停忙碌的老板，我一时竟有些酸涩的无语。

利用上菜前的一段无聊时光，我走出了这间饭馆。一排野狗慵懒地躺在门口，个个体型高大，人一不小心就可能踩在野狗的身上。我走在帕羊镇的街上，四处望去，几排简陋的黄色土坯房子构成了镇区的基本格局。有的土坯房子墙根前堆满了羊粪和牦牛粪饼，有的房子门头上也挂着某某饭店菜馆之类的招牌，街口上有一间小商店，站着几位身着藏族服装的妇女，好像在买什么东西，偶尔还好奇地扭头冲着我站着的地方看看。街口的另一边，是

帕羊镇绵阳饭店

几家沿街的汽车修理店，乱七八糟的废弃汽车配件和轮胎堆了一地，零星地停着几辆布满灰尘的汽车。街上行人很少，只有那些成群结队的野狗，仿佛主人般，在街上四处游荡。

2007年的帕羊，神奇苍凉，颇有一番18世纪美国西部小镇的荒蛮味道。

早上从萨嘎出发后，我们在途中意外邂逅了一种类似藏羚羊的动物。有几只就一动不动地站在我们越野车经过的土路边，我快速端起一直抓在手中的相机，果断地按下了快门。我当时以为自己真的近距离拍摄到了传说中的藏羚羊，所以十分兴奋。

中午在帕羊吃饭时，我告诉晋美先生我上午见到藏羚羊了。他疑惑地看着我，说他就坐在我们前面头车的副驾驶位上，怎么会没见到？按理说他的车在我们的前面，应该他先见到的呀。晋美先生又问了问周围的其他几位同行者，他们均摇摇头，疑惑地望着我。我于是将相机递过去，找出了上午拍到的照片给他看。他只看了一眼，就认真地告诉我说，这不是藏羚羊，他们藏族人叫这种动物是"guo"，与"锅"的音类似。原来，这种类似藏羚羊的动物，其实是藏原羚。中午从帕羊出发后，我们又陆续邂逅了藏野驴、苍鹰、藏野兔、野鼠、秃鹫等。

依据我们一路向西的行驶方向，从我们的左边，就可以见到远处那连绵不绝的喜马拉雅雪山。在蓝天的映衬下，喜马拉雅雪山就像一条白色的巨龙，一路陪伴着我们。

仲巴河谷的土地沙化非常严重，沙丘不断侵蚀着大片的草场，尽管蓝天、白云、雪山、湖泊、草原、沙丘构成了窗外的美景，但是一路西行一路沙化的现状，还是让我有些吃惊。正当我们兴奋地搜索着窗外的美景，我们的两部越野车又停了下来。这回不是因为修路的原因，而是我们又到了一个检查站，这里就是马攸桥检查站。通过检查后，我们一行就开始翻越前面的一座高山。司机米玛指着前方的那座山顶，那里是马攸木拉山口，是阿里与日喀则的分界线，过了那个山口，咱们就进入阿里了。

下午差不多两点时，我们到达了经幡环绕的马攸木拉山口。当我看到那块清楚地标着"马攸木拉山 海拔5211米"的蓝色路牌时，我突然意识到，我已经来到我向往已久的阿里了。

翻过马攸木拉山口后，就是一望无际的霍尔草原。当时是4月底，春天还没有来到阿里，整个霍尔草原黄秃秃一片。坐在副驾驶座位上的我远远看到了一个湖泊，兴奋地问司机米玛："那就是传说中的圣湖玛旁雍错吗？"米玛连头都没动，双眼直视前方，双手紧握方向盘，比我期待的回答时间稍长，直到我正要开口再问一遍时，米玛才不紧不慢地告诉我："那不是圣湖，那是公珠错。"下午4点，当我们的越野车爬上一个大坡后，司机米玛手指前方：圣湖到了。我抬眼望去，远处绵延的雪山下有一条粗粗的白线横跨天际。这是我从来没见过的一道奇特景观。

两部越野车驾轻就熟地停在这个平坦宽阔的坡顶，透过挡风玻璃，一个浩瀚无垠的白色湖泊瞬间呈现眼前。一眼望不到边际的湖泊，还结着厚厚的雪白的冰呢。这就是印度教徒、藏传佛教徒心中的第一圣湖——玛旁雍错。湛蓝的湖泊，我见过许多。但这种被洁白的冰雪全部覆盖、面积又广阔得超出想象的圣湖，还是第一次见到。准确地说，我当时被震撼了。时至今日，近10年过去了，当时的那一幕还清晰地出现在我的脑海。我觉得，它已经深深镌刻在我的心里，是一生所无法忘却的。

阿里，我来了。

第二章

雪山环绕的藏秘边城

西藏的阿里地区与新疆的和田、喀什一样，
在很大程度上就是一个世界文明的中转站。
凭借喜马拉雅山脉与冈底斯山脉之间开阔的绿色走廊，
以及南部的孔雀河、西部的象泉河和狮泉河这三条国际通道，
阿里自古就与外部世界保持着密切的联系，
尤其是与南亚的印度、尼泊尔等。
而普兰，
正处在这个中国与印度、尼泊尔三国文明交融的节点上。

在中国，我走过大概1000多个县，最让我难忘的县之一，就是西藏阿里的普兰县。

阿里被誉为"世界屋脊的屋脊""世界第三极"，而支撑阿里这极致体魄的就是由三条从南到北排列、从东到西延伸的世界级山脉——喜马拉雅山脉、冈底斯山脉、喀喇昆仑山脉，它们构成了阿里独特的高原地貌骨架。最南面的喜马拉雅山脉与其北面的冈底斯山脉交织出一条狭长的河谷，普兰就位于河谷地带的最南面。美丽的孔雀河（马甲藏布）穿城而过，向东南经斜尔瓦山口流入尼泊尔，再汇入印度的恒河，最后流向印度洋。

普兰县城的海拔只有3900米左右，是阿里地区7个县城中海拔最低的。但在藏族人以及印度人、尼泊尔人等的心目中，这里自古就有着世界任何地方都不可比拟的崇高地位。因为藏传佛教、印度

流向尼泊尔的孔雀河

教、本教、耆那教等四大教共同认定的世界的中心——神山冈仁波齐峰就位于普兰。

2007年4月，我第一次来到普兰县城的印象，至今仍像电影画面一样，经常在脑海中变幻播放着。

虽然我们从拉萨开车进入阿里的第一站就是普兰县境内的霍尔乡，但当时从霍尔乡经巴嘎乡通往普兰县城的快速路还没有修好，所以从霍尔乡赶到普兰县城还有3个多小时的车程。

2007年的阿里，除了巴尔兵站至阿里行署所在地狮泉河的一段路面已经柏油硬化，其他路段全是沙石路，或者按照当地人的说法可以称之为"搓板路"。这一段已经硬化的宽7米的柏油路属于"阿里大动脉"219国道的一段。这段路的两头各自竖着一块纪念碑，上面写着四个大大的字"雪域天路"，是为了纪念在"世界屋脊的屋脊"上修建这条平均海拔超过4500米的天路而竖立的。

从圣湖玛旁雍错附近的巴嘎检查站到普兰县城必须先要穿过圣湖玛旁雍错与鬼湖拉昂错之间的那段最典型的"搓板路"，好在有丰田巡洋舰4500为驾。路面蜿蜒曲折，迂回峰转，时而上坡时而下坡，时而可以见到广阔的圣湖，时而又藏于岸边的丘陵之下，时而望到鬼湖拉昂错，时而又在两山相拥的谷底行驶，但无论我们如何行驶，我们始终感觉到，我们的四周都是白雪皑皑的雪山，我们其实一直在雪山环绕之中。

从神山（冈仁波齐峰）圣湖（玛旁雍错）去普兰县城，必须要经过海拔7694米的纳木那尼峰山脚。当我们沿着圣湖行驶的时候，两边都是起伏平缓的阿里高原地貌。穿越纳木那尼峰山脚后豁然开朗，一个极度开阔而下沉的孔雀河谷展现在眼前。我们沿着孔雀河一路蜿蜒下坡，在经过几个零星的藏族村落后，看到"多油"字样的路牌。陪同的人告诉我们，普兰县城快到了。经过一个简陋的检查站，我们进入了雪山环绕的孔雀河谷。眼前一排排相对簇新而又有些内地县城感觉的建筑已然告诉我们，普兰县城到了。

普兰，藏语原名布让，"布"指一根毛，"让"是居住地，合起来"布让"就是地形狭窄的可以居住的地方。这个名字大概算是最早对普兰的描述了。

对于长期生活在中国内地低海拔地区的人们来说，湖南的凤凰古城在历史上已经是"边城"的象征了，那么我眼前的西藏阿里的普兰又该如何界定呢？恐怕和我几年前没去普兰之前的想法一样，认为普兰是荒蛮之外的荒蛮之地。

实际上，根据现有的考古资料证明，距今一万年以前，普兰先民就已经在这片土地上繁衍生息。只不过，我们现在无法找到象雄文明之前关于普兰的文字记载。有一种说法，藏族文字是在松赞干布统一青藏高原后才派吞米·桑布扎远赴天竺学习，引用梵文字母创制的。而藏文的出现，加快了西藏文明发展的进程，并由此为人类积累了大量珍贵的历史文献。现在关于普兰的记载，大多是从松赞干布的吐蕃王朝开始的。但是根据我两次远赴阿里普兰的经历，尤其是普兰那独特鲜明的城市气质，一定是历经几千年的岁月沉淀以及多元文化的熏陶才能形成的。

　　2010年8月，我带领项目组为了《普兰县旅游发展总体规划》的编制工作而进行实地考察。在普兰县收集资料的过程中，我发现普兰县政府提供的有关资料中提到：公元636年撰写的《隋书·西域传·女国》中，普兰等地被称为"女国"，反映了这里曾经有母系社会的一些特征，"在葱岭南……气候多寒，以狩猎为业……尤多盐，恒将盐向天竺兴贩，其利数倍"。

　　这一记载引起了我的极大好奇和强烈兴趣，因为按照上述记载，普兰县在隋朝以前就应该是女儿国。

　　而在现实生活中，目前普兰县的科加村就是一个活脱脱的小"女儿国"。于是，我就查阅资料做进一步了解。根据目前国内研究女儿国的学者们的主流观点，《隋书·西域传·女国》所指"女国"还有"东女国"和"西女国"之分。"东女国"大概是指今天四川雅安、茂县、汶川等地，而"西女国"就是指西藏历史上的"苏毗"，也就是今天西藏那曲、昌都地区与青海玉树州相连的这块区域。虽然根据由藏传佛教噶举派噶玛支系的第九世活佛巴卧·祖拉陈哇（1504—1566）所撰写的藏族历史文学名著《贤者喜宴》记载，象雄与吐蕃和苏毗接壤，象雄正好位于苏毗的西面，推断当时的"西女国"应该还包括不太为人所知的象雄，也就是今天的阿里地区。但是主流学者们认为当时的象雄远离当时西藏的文明中心拉萨，更远离当时中国的文明中心大唐长安，所以史书上的"西女国"不可能是指今天的阿里。

　　但是我在翻阅阿里和普兰县提供的资料时发现，早在公元636年的《隋书·西域传·女国》撰写之前的公元631年（唐贞观五年），象雄就派人出使唐朝，且唐太宗嘉许其远道而来并回赠厚礼。从这里的记载我们可以推断，当时唐太宗是知道象雄使节是从比吐蕃还遥远的地方来大唐的这一事实。如此之诚意，一定会被当时贤达智慧的唐太宗及大唐朝廷知晓的，神秘的象雄对于当时的大唐王朝的心理距离远甚于遥远的阿里对于今天的国人的感觉，相信象雄的点点滴滴都会被大唐王朝的官员认真记录的。所以，从公元636年由魏徵主持撰写的《隋书·西域传·女国》中的"女国"的位置、气候、狩猎到贩盐以及与印度的密切关系等的记载，到后来《旧唐书·东女国传》称东女国"文字同于天竺"，《大唐西域记》的类似记载，以及今天普兰县的"女儿国"科加村的历史沿革，我推断，史书上的"女国"至少是包括今天地处中国、印度、尼泊尔交界的藏地边城——阿里普兰县的。

另外，根据中国藏学研究中心和维也纳大学的最新研究成果《西部西藏的文化历史》也可以佐证史书上的"女国"是包括古之象雄今之阿里的。根据《汉藏史集》所载内容看，西藏早期的历史可分为三段：最初的一段被称为有雪吐蕃之国；中间的一段时期被称为"神魔统治"，按《五部遗教·王者遗教》的解释是"由神与岩魔女统治"，所以当时的西藏也被称为"神魔之域"；第三段就是我们熟悉的由雅隆河谷鹘提悉补野部落建立的赞普统治的吐蕃王朝。这说明，在吐蕃统治西藏之前，确实存在过另一个统治过西藏高原的部落。而在这个"神魔统治"政权中，"岩魔女"就是统治者。根据西藏历史文献记载，有藏人是由猕猴与罗刹女（又称"岩魔女"）结合的先祖起源传说。由此推断，今日之藏族至少是由猕猴种的父系与岩魔女种的母系融合而成。根据中央民族大学张亚莎教授撰写的研究论文《岩魔女·女国·古象雄》显示：

> 岩魔女作为统治集团中世俗的领袖，最突出也是最值得注意的标识是它明确的性别特征，也就是说岩魔女一定是位女性统治者。其实"岩魔女"这个称谓本身已经透露出一些古老的信息：1.她来自山岩或岩洞；2.她亦魔亦妖（即有些贬义，也间接反映出她的能量）；3.她是个女人。这一明确的女性特征，令我们想起了吐蕃王朝之前西藏高原西部曾有过的那个多少有些神秘色彩的"女国"，以及它多少有些奇特的女王制。

根据上述论文的研究成果，岩魔女、女国、象雄王国三者实为一体。岩魔女是有些神化了的女国领袖，而"象雄"与"女国"两种称谓的存在，很可能是因为汉藏文献的不同称谓所致，即对同一个部落或古代方国，汉文史料称之为女国，而藏文文献称之为象雄。由此推之，以岩魔女为始祖的族群，便是曾经活跃于藏北藏西地区的古代象雄人，或者说是女国人，而这一统治时期就是藏史中所谓的"神魔统治"时期。

关于古代"西女国"的具体区位，结合《隋书·西域传·女国》中"在葱岭之南"以及国学大师季羡林先生等校注的《大唐西域记校注》中提到女国"东接吐蕃国，北接于阗国，西接三波诃国"的两种论断，它正好就位于今天西藏的阿里地区，而阿里地区日土县的部分岩画所表现的内容也与《隋书·西域传·女国》所记载的女国生产生活形态如出一辙。我于2010年9月在日土县日松日姆栋、热帮芦布错、鲁日纳卡以及一些不知名的岩洞拍摄的大量岩画资料可以说明这点。由此可见，"西女国"就是指今天的阿里及邻近地区。普兰，作为古代象雄或者"西女国"中心辖区之一"大小羊同之小羊同"，当然就是女国的重要组成部分了。

如此看来，普兰曾经是一个雪山环绕的女儿国。

普兰，无论从这两个汉字的组合，还是藏语的发音，都似乎显得比其他县域名称更加具有女性的绚丽多彩，更加具有异域的浪漫情调，甚至还有一些童话的迷幻感觉。没到普兰县城之前，我就一直这么固执地认为。

实际上普兰县城规模很小。2007年首次去的时候，普兰县城好像只有两三条街道，新的建筑物大多呈现出中国内地县城的感觉。事实上，由于普兰地广人稀，大部分地区是农牧区，所以古时普兰人多居住于山间的洞穴，也就是"穴居"。

根据我两次阿里之行来到普兰县实地考察的结果显示，就在县城附近的孔雀河（马甲藏布，恒河上游的支流）两岸的崖壁上，至今还存在许多不知道什么年代的普兰人曾经居住过的洞穴。在普兰县赤德村境内的赤德河下游北岸，砾石崖壁的断面山根处，顺崖而建了几十间窑洞。据普兰县政府相关人员介绍，直到20世纪60年代，这些窑洞仍然是赤德村村民的栖身之处。在贤柏林寺以东的砾石崖壁下的孔雀河西岸，曾经是多油村村民的住所。后由于孔雀河的不断冲刷，给多油村村民带来诸多不便，就搬迁到东岸崖壁的窑洞里，并形成了强布窑洞群。所以普兰最早的原居民应该是先在洞穴居住，后来才迁至河谷台地居住的。

普兰近现代的传统民居是非常有特点的，非常讲究选择地形。一般择取吉祥和顺、近水避风之地建房。建房时，门朝哪个方向各家各有讲究。基于普兰县城是一个南北向长条形的河谷地带，所以大多数原居民选择门朝东开。现在最常见的是平顶宅院，一般平民居住的是一层或两层建筑，结构简单，土石围墙。房屋以柱梁作骨架，木柱均采用圆形截面，上细下粗，柱头

普兰县城临街的藏式
排屋

上置托木，再放木梁，梁上铺椽，再加树枝或短棍，最上层以石子和黏土覆盖。有些房屋，还用一种当地风化了的"阿嘎土"打实抹平，以防漏雨。农区住宅呈马蹄形的平房居多，一般坐北向南，几乎都有围墙。房顶四周以80厘米高的女儿墙相围，四角垒起垛子。

　　藏历新年时，每个垛台都插上树枝，各个枝梢缠系着彩色风马经幡，一般每年藏历新年时换一次，以示运气亨通。房屋前方正中设有煨桑炉，良辰吉日，焚桑祭祀。大门上方设有小佛龛，里面贴有标志密宗本尊的图文，以示祈求能避凶煞、晦气，逢凶化吉。普兰传统民居住房内部的布局：中间是经堂，两侧房间作卧室，厨房挨近卧室，厕所盖在离住房较远的围墙角落。住房窗户有檐，檐头用彩色方木叠起，这样既能保护窗台不受雨淋，又增加了房屋的美观，同时也彰显了藏族一般民居的建筑特点。住宅所有门窗两边均用黑漆装饰，与白色墙壁相互映衬，格外醒目。农区宅院内一般设有生产工具堆放室、饲草储存室和羊圈牛棚等。

　　普兰县城的藏族民居大多是土木结构，以两层居多，二层多作夏居，底层作冬居。尽管县城建筑已经受到现代城市的影响，但可喜的是，在2007年我们入住的普兰县宾馆前面的那条主路的南段，还残存一段临街的纯藏式排屋建筑。

普兰县宾馆是一座主体三层的现代建筑，门头以上部分为四层，镶有较大面积的透明玻璃外墙，两侧相连部分均是三层，外墙以浅黄色为主，窗户为圆角长方形，看起来有点像政府办公楼。在宾馆门口一侧的外墙上有一块镶在墙体上的黑色大理石，上面刻着"陕西省援建，普兰县办公大楼，1999年11月竣工"等字样。后来，这座办公楼被改为普兰县宾馆。虽然整体感觉较为破旧，但也确实是当时普兰县条件较好的宾馆了。由于阿里地区当时各个县的宾馆酒店洗手间的抽水马桶几乎都不能使用，我们住在二层，每天为了上洗手间，必须下楼出了宾馆，绕到宾馆大楼背后的一个平房式的蹲式旱厕解决。记得当时厕所前面好像是在施工，宾馆大楼与那排旱厕之间被挖了一条深约2米、宽约1米的长沟，两边堆着高高的石块和废土。每次为了去旱厕，必须在宾馆大楼一侧简单助跑后快速跨过那条长沟。几乎每次上完洗手间回到二楼的房间，每个人都气喘吁吁。尤其是晚上，不仅外面黑漆漆一片，而且随时都有与野狗相遇的可能。上洗手间，这个在内地简单得可以忽略不计的事情，在"世界屋脊的屋脊"却是每天困扰我们的一件大事。

2007年4月底的普兰清晨，清新的空气中还残存着一丝凉意。出了普兰县宾馆向右，我们沿着水泥路面的街道，迎着晃眼的阳光，缓缓向南走着。街上几乎见不到行人。除了县城人口不足2000人的原因外，最主要的是普兰比北京整整晚了两个时区。对于上午10点钟才上班的普兰人来说，那天我们8点多就在街上闲逛，显然我们起得太早了，难怪见不到什么人。看来，我们需要调一调时差了，哈哈。

由于4月底大雪封山，印度、尼泊尔的商人们还不能翻过喜马拉雅山脉来到普兰经商，所以我们参观唐嘎国际边贸市场的计划落空了。尽管似乎缺少了一些"国际色彩"，但是这一点都不影响我们继续考察普兰县城的兴致。

街上开始陆续出现手握转经筒的零星的藏族人，偶尔还能看到一两个新疆人或者操着四川口音的汉族人。普兰属于国家二类口岸，中印中尼朝圣、通商的重要口岸，经常可以看到军事管理区门口站姿挺拔的军人在站岗，或三五成群的军人在街上走过。

刚走到那排藏式风格的民居前，我惊奇地发现了一个低矮破旧的藏式门头上挂着一个不起眼的小木牌子，上书"山西馒头烤饼店"七个大字。木头色的底，"山西"两字竖排，天蓝色；"馒头烤饼店"横排，正红色。招牌正上方一排是藏文，估计是"山西馒头烤饼店"的藏语翻译。我当时几乎怀疑自己是不是看错了，难道真的是俺们山西老乡开的？不会是其他地方的人打着山西人的牌子在做生意吧？我心里这么胡乱猜测着，强烈的好奇心驱使我走进了这间低矮破旧的黑乎乎的小房间。室内光线很暗，只有靠近门口的地方，放着的一大簸箕的热腾腾香喷喷黄灿灿的大饼以及旁边一大簸箕的白花花的大馒头，让我嗅到了一丝熟悉的家乡味道。直到这时，我才猛然发现，在黑乎乎的屋子最里面，似乎还站着一个人，面目模糊，无声地望着我。

"你好！"我赶紧打招呼。"好，好。买馒头还是大饼？"未见人先闻声。典型的山西北部地区口音，而且应该是一位女性。随着说话声，她走到我面前。透过晨光我终于看清了那张黑红、粗糙、善意而坚强的中年女性的面庞。

"大嫂，你是山西人吗？"

"是的。我是大同的。"。

"大嫂，我是太原的。咱们是山西老乡啊！"

"是吗？哎呀，真是太巧了！"

此时的我，已经被这突如其来的"邂逅"惊呆了。谁说老乡见老乡，两眼泪汪汪？当时的我，只有惊愕。

对于山西人来讲，背井离乡走出黄土高坡是一件需要很大勇气的事情。在诸如山西、陕西等许多北方地区，尤其是山西大同等晋北地区，当地农村的人们，宁可半死不活地蹲在墙根无所事事地晒太阳，也绝不愿意走出黄土高坡寻找新的希望。而眼前这位大嫂，居然能从北魏时的首都平城（今大同），万里迢迢来到这个古代象雄文明的中心，居然还是靠山西人最拿手的馒头大饼维生，不能不说是一个奇迹！

我了解到大嫂是与丈夫一起来到普兰的，据说是通过一位曾经在西藏当兵的亲戚介绍来到西藏，后来又辗转来到普兰。大嫂说，在西藏普兰谋生要比在山西大同容易些，因为这里的竞争少些，县城里只有她一家在做馒头大饼生意。大嫂的丈夫有事外出了，我没有见到。和大嫂聊了很久，她是那年我在阿里见过的唯一的山西人。临走时，也不知道是肚子饿了，还是确实被馒头大饼那熟悉的家乡味道所诱惑，我就问一张大饼多少钱。大嫂说是一元。我从裤兜里掏出一张五元的纸币递给了她，随手拿了一张大饼就走出了

悠闲的边城普兰

小店。

一到外面，刺眼的阳光扑面而来，差点晃得我站不稳脚跟。我将大饼撕成几块分给同行的几位同事，一边嚼着香喷喷的大饼，一边恍恍惚惚地品味着久违的山西老家味道。

"哎，还差你4块钱呢！给你！"

大嫂从小店急匆匆跑出来，手里拿着零钱冲我喊着。我回头看着站在路边的大嫂，笑着冲她摆摆手，边咬着大饼边向边贸市场方向走去。谢谢你大嫂，让我在这遥远的西藏普兰，尝到了家乡的味道。不知为什么，鼻腔竟有些发酸了。

3年后的2010年8月底，我又一次来到普兰。

一日，我抱着侥幸心理在普兰街上寻找那间"山西馒头烤饼店"。令人喜出望外的是，小店居然还在，招牌比原来大了些，大嫂也在，她丈夫也在。遗憾的是，她已经不认识我了，仍是问着那句话："要馒头还是大饼？"

出了小店后，我又回头看了一眼那门头上的招牌，注意到门楣正中贴着一张内地春节期间家家户户都会张贴的春联横批"四季平安"。奇怪的是，大门两边并没有对联。横批旁边是一块门牌，我仔细看了看，这里是普兰县

045

普兰镇091号。

8、9月份，是普兰一年最美的季节。2010年8月底至9月初，我在普兰待了差不多10天。每次走在普兰县城的大街上，总能见到三三两两、干净整洁、气宇轩昂的印度商人，棱角分明、眼窝深陷、衣饰华丽的印度美女风情万种，衣衫褴褛的尼泊尔人卑微地闪烁其中，头戴维吾尔族小帽满脸雪白大胡子的新疆老人正拿着黝黑的铜壶坐在街边悠闲地喝着奶茶，身着古朴独特的藏饰衣服的藏族大叔大妈带着几个跑来跑去的小孩儿匆匆擦肩而过……偶尔，一个小孩儿会走着走着忽然回头盯着我们，纯净的眼睛或露出笑意，或透出一丝好奇，仿佛我们是天外来客一般。更有几头牛儿，自顾自地在街道中央慢慢悠悠地走来走去，一副"我的地盘我做主"的主人范儿。

清晨的阳光直射眼帘，迷幻的光晕中我仿佛穿越到了印度或者尼泊尔的一个小镇，甚至觉得找到了1400多年前唐玄奘西天取经途经西域的某些感觉。那一刻，我好像突然间明白了我为什么这么痴迷"普兰"这两个字的原因。

对于今天藏族聚居区以外的中国人来讲，西藏好像很神秘，阿里好像很遥远，普兰就更加不为人知了。而这一看似顺理成章的论断，恰恰是由于彼此人文地理的巨大差异，再加上缺乏实地考察与文献研究而主观臆断的荒谬结果。或者说，是由于对西藏的过度臆想而造成的。其根源在于五千年华夏文明熏陶出的汉地中国人，看待今天中国版图内的任何事物，均是以中原文化自我为中心的狭隘文明观造成的。

从2005年开始，20多次进藏的经历，已经彻底扭转了我对西藏的狭隘认知。两次阿里之行，更是让我对西藏以及阿里的悠久历史和灿烂文化叹为观止。

我出生、成长、接受教育都是在华北地区，这里被誉为是一个有着五千年灿烂华夏文明发展史的地方。长期以来，以华夏文明为主导的中国文化让我从小就有一种对中国中原地区的强烈文化认同，这也无形中让我从小就形成了以华夏文明为中心看待中国文化的偏颇视角。

尽管这十多年来，我由于从事旅游规划工作而踏遍了中国的大江南北长城内外，亲身领略了中国文化板块的丰富性、独特性和复杂性，更加深了自己对中原文化与其他文化板块之间的相互影响相互交融的文化生态系统的了解。走的地方越多，了解的也越多，自己看待不同文化板块的视野也就更加宽广，逐渐就形成了一个相对宽容和理性的文化观。每一个文化板块都有一个地区性的文化圈，文化圈里又有不同的类、不同的系。每个地方都是凭借当地的资源有意或无意地构建起当地的社会系统。经过社会系统内外的互相学习、互相模仿、商品的交换、知识的交换，还有人口的流动，最重要的是男婚女嫁等等，经过如此这般交流以后，慢慢才融汇成一条条相对清晰的文化脉络。

从中国大文化观的角度看，中国主流的传统文化板块就是几千年来与外部文化不断碰撞、冲突、比较和选择的结果。在这一过程中，外来文化的冲击无疑起了重要的催化作用。而承载起外来文化进入中国内地的重要中转站作用的，首推今天的新疆、西藏和甘肃等地。如果没有这些今天看来似乎遥远落后的地方的存在及作用，我们中国人都不知道什么时候才能吃到葡萄、核桃、胡萝卜、黄瓜、菠菜、石榴等蔬菜和水果，舌尖上的中国将留下千古遗憾。

虽然中国文化在几千年的演变过程中，由于政治、军事、宗教、经济等繁复的原因历经摧残，但儒家文化这条主脉还是侥幸地保留了几千年，它不仅统领了中国主流文化，而且还是中国文化屹立于世界文化之林的中流砥柱。在中国主流文化板块之外，还存在着许许多多与中国内地交流甚少但却与其他外部文化交流甚多的区域性文化板块，西藏文化板块就是其中重要的代表之一。

由于青藏高原地处古印度、古巴比伦及古中国的世界三大远古文明地区之间，从很早便与外界发生着密切的经济、文化联系。

从考古发掘证明，西藏昌都若卡的彩陶、生产生活工具、植物和居室等，均与黄河中上游地区的原始文化存在密切联系。跨越中国东北、西北直至西藏地区的细石器及草原文化带，更是把各地文明连在了一起。同样是昌都若卡遗址出土的一种长方形骨片，两端刻有的横槽与伊朗西部克尔曼沙区新石器时代早期遗址所出土的骨片如出一辙，这说明西亚文明很可能与西藏文化产生过交流。

如果我们站在东方文化与西方文化两大板块文化交流的高度看，今天的甘肃所起的作用，就好比喀什之于新疆与中亚，阿里之于西藏与南亚。实际上，普兰在西藏与南亚的作用，就好像喀什在新疆与中亚的作用。而根据考

雪山环绕的净土

　　古发现和历史文献记载，丝绸之路主要是通过今天新疆的和田、喀什一带翻过帕米尔高原进入中亚的。另外一条鲜为人知的丝绸之路是从阿里的日土、噶尔和普兰，翻越喜马拉雅山脉的山口进入南亚的印度或者尼泊尔的。同理，新疆的喀什与西藏的阿里都是佛教传入中国的主要通道。经过新疆的喀什等地传入的古印度佛教再经过河西走廊进入中原，尔后传入朝鲜半岛、日本等处，为汉传佛教中的重要的一支北传佛教；汉传佛教的另一支南传佛教经由南印度经海路传至中国南方；而经过西藏的阿里、日喀则最早传入西藏的佛教被称为藏传佛教。当然，随着文成公主、金城公主等入藏而带来的中原文明，对藏地宗教文化的形成也有重要推动作用。

　　站在北京看西藏，阿里很遥远，普兰很荒蛮。如果我们站在全球的高度看西藏，它是连接东亚文明与中亚、南亚和西亚文明的枢纽型物质载体。它的高度既是几大文明交流的天然屏障，却也让各自的文明更大程度上保留了

048

自己的特色。同时它也激发了人类文明进行交流的欲望，它是东西方文明交流的最重要的通道，或者可以概括为"东西方文明走廊"。而这个人类重要的文明走廊的重要节点之一，就在今天西藏的阿里。

可见，中国最早突破自我为中心的狭隘世界观，与西方的交流，都需要通过一个关键的地理区位进行中转，那就是包含帕米尔高原在内的青藏高原的西北角。

位于青藏高原西北角的西藏阿里地区，与新疆的和田、喀什一样，在很大程度上就是一个文明的中转站。凭借喜马拉雅山脉与冈底斯山脉之间开阔的绿色走廊，以及南部的孔雀河、西部的象泉河和狮泉河这三条国际通道，阿里自古就与外部世界保持着密切的联系，尤其是与南亚的印度、尼泊尔等国。

而西藏普兰，正是站在这个中国与印度、尼泊尔三国文明交融的节点上。

依普兰如此悠久灿烂的历史文化，普兰县城应该是中国最具风情的县城才对。没去普兰之前，我曾经一度这样幻想着，毕竟这是一座遥远的藏地边城嘛。然而，遗憾的是，始于2007年的两次普兰之行，让我对现在的普兰县城的城市风貌和城市肌理有些担忧。这座县城已经呈现出越来越内地化、越来越汉化、越来越模糊化的发展趋势。

从全世界城市发展的趋势来看，一座有魅力的城市和有发展潜力的城市，大多是这座城市的肌理至今仍能够充分展现。人们无论是从街坊、道路、桥梁、树木、花草、设施等，还是从房屋建筑所展示的色彩、高度、立面、体量、结构等，以及蕴含在城市中无形的又可以感受到的如人们的生活习惯、风俗民情、行为道德、礼仪风尚、文化宗教等，既可以看到她的过去，也可以看到她的未来，并且能够充分地感受这座城市的底蕴和魅力。而这样的城市通常要具备以下几个特点：自然环境的独特和优美，地域文化的悠久和奇特，历史风貌的传承和完整，城市肌理的丰满和演变，建筑风格的个性和精湛，以及当地居民独特的生产生活方式等。而这些也是构成这座城市独特旅游魅力的重要元素。

云南的丽江古城，之所以成为世界文化遗产和世界级旅游目的地，就缘于其独特而丰富的城市肌理。风貌年年如故，建筑色彩古朴厚重，街巷布局收放有序，处处洋溢着古代中国"天人合一"的城市思想。如果我们从旅游发展的角度重新审视丽江，就会发现丽江吸引人们的那些所谓透过古朴神秘的东巴文化浸染下的绵软、悠闲、浪漫的生活方式，都是建立在丽江先民选择在玉龙雪山以南建立出的古城肌理的基础上的。

当中国经过二三十年的城市化、工业化、现代化的高速发展后，我们"意外"地发现五千年文明古国竟然很难有完整而系统地承载伟大文明的现实物质载体。20世纪纷乱复杂的一百年中，中国大部分的文化遗址被摧毁。在这种时代背景下，尚保存着相对完整的城市肌理的山西平遥古城和云南丽江古城，就渐渐进入了世人的视野。令人欣慰的是，山西平遥古城和云南丽江古城一起在20世纪末的1997年12月被联合国教科文组织列入了《世界遗产名录》。2003年7月，作为人类自然遗产，丽江境内的"三江并流"景观也被列入了《世界遗产名录》；同年8月，作为人类记忆遗产，纳西东巴古典文献被列入《世界记忆遗产名录》。至此，丽江拥有了"一城三遗产"的举世成就。古城保护的重要性尤其是城市肌理的重要性开始渐渐为人所知。而这两座被冠以世界遗产名号的古城，也由于其独特的城市肌理和鲜明的地域文化，逐步发展成了极具品味的世界级旅游目的地。

其实，普兰无论是从由世界著名的冈底斯山脉和喜马拉雅山脉围合的雪山环绕的壮丽景观，还是从古老的象雄文明的悠久与神秘；无论是从"女儿国"的历史演变，还是科加服饰的华丽；无论是从佛教传入中国的重要走廊，还是从科加寺的藏传佛教后弘期的崇高地位；无论是从神山（冈仁波齐）圣湖（玛旁雍错）的世界级宗教影响，还是与印度、尼泊尔交界的国际性战略性商贸区位；无论是从亚洲四大江河（恒河、印度河、布拉马普特拉河、苏特累季河）的发源地，还是从中国少数民族文化的多样性，以及与印度、尼泊尔的外来文明的交融形成的国际性多元文化的绚丽多彩等角度，西藏的普兰都远胜于云南的丽江与山西的平遥。可令人遗憾的是，普兰的历史风貌和城市肌理已经被严重摧毁。而这，恰恰是这座县城最悲情的地方。

在普兰工作期间，我天天都会看到普兰县城街道两旁那些似曾相识的、不东不西、不现代不古老的崭新建筑物。每当此时，心里都会浮想联翩。如果这些建筑物还能够体现当地多元文化的特点该多好，哪怕是能体现一些阿里藏族建筑的特点都好。令人遗憾的是，大多新建的建筑物都是内地援藏的项目，尤其是县城的公共设施。如果那些规划师、建筑师或者设计师能够亲自来西藏的普兰实地考察一下，认真研究一下西藏阿里包括普兰的历史文化，他们也许会重新思考这些片区或者建筑物的规划设计了。我曾多次向普兰县政府反映，要尽快制定或者修订普兰县城的控制性详细规划，要对县城日益汉化、日益西化的发展趋势进行遏制，尽快通过街区、院落和建筑三个层级的城市肌理进行修复和重建。尤其是对于那些新规划新建设的片区或项目，要严格遵循普兰的历史风貌和城市肌理，尤其要突出以藏族风格为主的多元文化影响下的建筑特点，尽量恢复普兰曾经的历史风采。中国和印度，均属世界四大文明古国之列，两国的文明悠久、灿烂、独特，而在这两种世界级文明交融下形成的城市少之又少。

　　普兰，曾经惠泽于此；而今，路在何方？

　　这就是普兰，一座中国、印度、尼泊尔三国交界的边城，一片雪山环绕的净土。

喜马拉雅的灵魂

青藏高原的神山很多，
但被世界公认的"神山之王"只有一座，
那就是位于西藏阿里、海拔6656米的冈底斯山脉的主峰。
山峰四壁对称，
由峰顶垂直而下的巨大冰槽与横向岩层构成了佛教的万字格。
从远处看，就像连绵的群山中屹立着的一座白色金字塔。
没错，这就是世界上唯一一座
被印度教、藏传佛教、本教和古耆那教四大宗教
共同认定的"世界的中心"
——冈仁波齐峰。

　　被誉为"世界屋脊"的青藏高原，是由多条东西延展的世界著名的大型山系支撑起高原的地貌骨架，由南向北依次为喜马拉雅山脉、冈底斯山脉、念青唐古拉山脉、喀喇昆仑山脉、唐古拉山脉、昆仑山脉等。

　　而作为"世界屋脊的屋脊"的西藏阿里，其地貌骨架就是由冈底斯山脉与其南部平行的喜马拉雅山脉及其北部的喀喇昆仑山脉三条西北—东南走向、南北排列的巨大山系构成。冈底斯山脉西起阿里，东接拉萨附近的念青唐古拉山脉，绵延1100多公里，藏语的意思为"众山之主"。

　　青藏高原的神山很多，但公认的"神山之王"只有一座，那就是冈底斯山脉的主峰、海拔6656米的冈仁波齐。

神山之王冈仁波齐

　　转山，本身是一种盛行于青藏高原及周边藏族聚居区的庄严而又神圣的宗教活动仪式，是藏族人表达宗教虔诚的一种方式，每年都会有很多虔诚的信徒参加。转山习俗，实际上源自古代象雄文明的核心——本教。

　　今天，藏族人许许多多的习俗和生活方式，如藏族的婚丧嫁娶、天文历算、医学文学、歌舞绘画、驱灾除邪、卜算占卦等等，在不同程度上仍是沿袭着本教的传统。藏族人还有许多独特的祈福方式，比如转神山、拜神湖、撒风马旗、悬挂五彩经幡、刻石头经文、放置玛尼堆、使用转经筒等等，这些都是本教的遗俗。

　　众所周知，本教就发源于西藏阿里神山冈仁波齐附近。换句话讲，转山，是发源于阿里的神山冈仁波齐。

　　2007年4月底，当我第一次站在圣湖玛旁雍错边遥望远处的冈底斯山脉，那群峰争雄的古城堡式的独特地貌构成的白色蜿蜒山岭，让我痴迷神往。由

发源于神山的拉曲河上游

于云雾缭绕，那天我并没有在第一时间见到向往已久的神山冈仁波齐。

第二天清晨，圣湖玛旁雍错附近的海鸥在低空中翱翔，我被远处群山中屹立着的一座貌似白色金字塔的山峰所震撼。山峰四壁非常对称，由我所在的东南面望去可见到它著名的标志：由峰顶垂直而下的巨大冰槽与一横向岩层构成了佛教的万字格（佛教中精神力量的标志，意为佛法永存，代表着吉祥与护佑）。没错，这就是被印度教、藏传佛教、本教和古耆那教共同认定的"世界的中心"——冈仁波齐峰。

从地质学角度讲，冈仁波齐峰山体的上部，是由第三系砂岩和砾岩组成，岩层平缓，是西藏少有的构造变动微弱的始新世地层。看上去，它那质地坚硬的水平纹理岩层，构成十分诱人的金字塔式阶梯。塔形王冠坚实地嵌入它雄浑的身躯，亿万年冰雪浇铸而成的晶莹透明的冠顶，把它冷峻、刚硬、雄浑和人类赋予的神圣完美地呈现给世界。

从人文角度看，冈——仁波齐，在藏语中应该是这样念的。"冈"是"雪山"之意，"仁波齐"就是"仁波切"，意为"上师""宝贝"，"冈仁波齐"即"雪山至尊"之意。西藏的本土宗教——本教便发源于此。前佛

鲜为人知的神山西侧

教时代的象雄本教时期，冈仁波齐被称为"九重（万）字山"，相传有本教的360位神灵居住在此。本教祖师敦巴辛绕从天而降，此山为降落之处，为雪域藏地之灵魂。

冈仁波齐，原本只是藏传佛教体系中胜乐金刚的圣地。后来由于家喻户晓的佛教噶举派尊者米拉日巴与本教祖师那若本琼在神山斗法胜利，令佛教徒对它情有独"尊"。12世纪时，竹巴噶举派高僧果仓瓦·贡布多杰开辟了冈仁波齐的转山路，为藏传佛教噶举派在冈底斯山的修行和发展奠定了坚实基础。随着越来越多的信徒前往冈仁波齐修行，教派也慢慢不局限于噶举派，僧源也不局限于卫藏地区，冈仁波齐也因其修行者日盛而逐步奠定了其在藏传佛教中至尊神山的地位。据说，佛教中最著名的须弥山也就是指它。

冈仁波齐在梵文中意为"湿婆"（湿婆为印度教主神之一）的天堂，从印度创世史诗《罗摩衍那》以及藏族史籍《冈底斯山海志》《往世书》等著述中的记载推测，人们对于冈仁波齐神山的崇拜可上溯至公元前1000年左右。

耆那教把冈底斯山视为一座灵性的圣山。在公元前5～6世纪，在南亚次大陆与佛教同时兴起的耆那教中，冈仁波齐被称作"阿什塔婆达"，即最高

055

之山，是耆那教创始人瑞斯哈巴那刹获得解脱的地方。耆那教是一个以慈悲为宗旨的宗教，产生年代早于佛教。其许多信条都与佛教有着姻亲关系，主张世界是苦海，人应该解脱苦海成佛等理论。耆那教第一位祖师"曲却"曾在冈底斯神山苦修，严守戒律，后在冈底斯神山之前的"桑结许赤"成佛。此山在印度语中称"阿扎白哈"，意为"有八层岩床之地"。第20位祖师及众侍从也在此苦修成佛。总之，耆那教认为冈底斯神山是获得解脱的圣地，至今仍陆续有耆那教信徒朝拜神山。

值得一提的是，以印度人为代表的南亚大陆的人们对于冈仁波齐的情感源远流长。在印度，只要是"转神山归来的人"，都身价倍增。印度教徒们把冈仁波齐称作"凯拉斯"，即Kailash。他们认为，只要转过凯拉斯，其他山就不用拜了。转一圈者，可洗尽一生罪孽；转十圈者，可免受地狱之苦；而转百圈者，便可以升天成佛。在他们心目中，凯拉斯是宇宙的中心。

冈底斯山脉又被誉为"万水之源"。冈底斯山脉的主峰冈仁波齐峰与圣湖玛旁雍错所构成的地理板块，孕育有四条大河，分别流向东、南、西、北四方。

向东流淌的是马泉河（当却藏布），源头海拔5200米以上。宽阔的河谷中，马泉河就像一条银色缎带，铺展在烟云缥缈的雪山脚下。马泉河，是著名的雅鲁藏布江上游河段。

向南流淌的是孔雀河（马甲藏布），源头海拔5400米，经过拉曲后始称马甲藏布，继续流经普兰、科加，于斜尔瓦山口附近汇入尼泊尔王国，称为那卡那里河，在梅耳查姆折向南流入印度国境，在巴特那附近汇入印度著名的恒河。

向西流淌的是象泉河（朗钦藏布），源头海拔5300米，西藏阿里地区最主要的河流。从源头西流至噶尔县门士乡，经札达县境，穿越喜马拉雅山后流入印度河，为印度河最大支流萨特累季河的上游。

向北流淌的是狮泉河（森格藏布），向西流经噶尔县扎西岗附近与噶尔藏布汇合后，向西北流出国境进入印度控制的克什米尔地区后就形成南亚最长的河流——印度河，是今巴基斯坦境内印度河的正源。狮泉河流经印度和巴基斯坦后进入印度洋。据说《西游记》里的通天河，就是指狮泉河。

这四条河在相距不远的神山冈仁波齐附近同时出发，却背道而驰，流经

明久师傅在圣湖边捡
到的细尾高原鳅

不同的地域，蜿蜒跌宕千万里后又相聚在同一个归宿——印度洋。

这样的事实，好像冥冥中在向世人昭示：神山这里就是万水之源，世界的中心。

2007年4月下旬的一天下午，我第一次来到了神山冈仁波齐峰山脚下的色雄滩，这里也是转山的人们必须经过的第一个峡谷山口。那天神山风云变幻，天气阴暗寒冷，冈仁波齐峰云雾缭绕，忽隐忽现，捉摸不定。

考察的过程中，峡谷中吹出的凛冽的寒风仿佛要考验我们什么，或者是警示我们什么。经向当地人咨询，那几天神山的天气异常寒冷，据说转山中最艰难的海拔5700多米的卓玛拉山口还是大雪封山，恐怕这次我们转不了山了。那一天，我遗憾地迎着强风望了望远处幽深的峡谷，不断扩大的浓雾笼罩下的神山，虽然近在咫尺，却又遥不可及。

2010年8月27日，我们考察团一行在圣湖玛旁雍错周围考察。在果粗寺绝壁下的圣湖玛旁雍错湖畔，随行的藏族老司机明久师傅无意中捡到了一条躺在湖边的死鱼，大概有40多厘米长，是一条圣湖中常见的细尾高原鳅。在汉族人看来，这可能是一件非常平常的事儿，但在藏族人看来，这是非常吉祥的象征。据说圣湖中的鱼，如果哪一条受了神的派遣，就必须自我牺牲，主动上岸，解救人类的病痛。圣湖玛旁雍错是绝对禁止捕鱼的，而且当地自古流传着圣湖的鱼干拥有神奇医药价值的民间传说，所以能在圣湖边捡到一条自然死亡的鱼是非常罕见的，也是非常珍贵的。同时，这也说明这个人的运气非常好。

从那一刻开始，明久师傅的脸上就洋溢着喜悦的笑容，并兴致勃勃地用白色的哈达将那条鱼绑在丰田巡洋舰4500越野车车尾厢后门上。车一开，白色的哈达随风飘摆，传递着明久师傅欢快的心情，甚至还有一些小小的炫耀之意。

由于知道我们计划第二天转山，心情大好的明久师傅就从车上找出了一本皱巴巴的藏历，独自翻了起来。由于不认识藏文，尽管我凑过去看了半天，还是仿佛阅读天书一般。片刻，明久师傅兴奋地告诉我们，明天是一个非常吉祥的好日子，可以转山！本来，明久师傅原计划是不陪同我们转山的，准备在神山脚下的塔钦休息两三天，等我们转完山再与我们会合，此刻他改了主意，当即决定与我们同行，再转一次神山。据说，他之前已经转过5次了。

转山，是藏族聚居区朝圣者表示虔诚最常采用的方式。而能够有缘转神山中的神山——冈仁波齐，更是功德无量。据说，转冈仁波齐一圈，可以洗清本次轮回中的罪孽。在藏历四月十五日佛诞日转山，其功德远胜于平日，因为这天是释迦牟尼出胎、成道、涅槃之日。据说转一圈可以消除罪恶，藏族人一般以三圈为起点，转满吉祥的数字十三圈则获得转内道的资格。而转够一百零八圈就能升天成佛，完全洗脱你前生今世的罪孽。

由于佛祖释迦牟尼的生肖属马，马年转山一圈相当于其他年份转山十三圈，且最为灵验，也更能积功德。所以每逢马年，转山的朝圣者最多。2014年是马年，当时向我了解阿里转山情况的朋友一下就多了起来。

冈仁波齐转山，一般可分为内圈和外圈。内圈主要是绕神山南侧和西南侧的两个山谷进行转山，途经15世纪由喇嘛多吉仁青创建的噶举派寺庙——江扎寺和色龙寺。外圈转山又分大外圈和小外圈。大外圈转山首先要去噶尔县门士乡的直达布日寺先行转山朝拜，再赶赴普兰县境内的塔钦开始围绕神山冈仁波齐峰进行转山。小外圈转山就是直接围绕神山转山即可。

对于虔诚的藏传佛教徒，是一定要转完大外圈和内圈的。而对于印度教等其他教徒、探险者和旅游者来说，能从塔钦开始转完58公里的小外圈也就

直达布日寺

不错了。年轻力壮的藏族人一般一天就可转完神山，通常是天不亮就摸黑开始，当天晚上可以回到出发地塔钦。普通人转山通常需要3天左右，第一天从塔钦出发，下午到达直热蒲寺进行休整过夜。第二天翻过海拔5700多米的卓玛拉山口在神山东北侧河谷地带的临时帐篷休整，或者在附近的由15世纪喇嘛吉尊米拉热巴创建的噶举派寺庙——尊追蒲寺休整过夜。第三天回到塔钦。

至于那些最为虔诚的佛信徒，如果是以五体投地的方式磕等身长头转山，最少也要10天了。

2010年8月28日，藏历的七月二十九日，是一个无论汉族人还是藏族人都觉得很吉祥的日子。这一天，阳光明媚，温暖舒适，是我人生第一次转山的日子。

考虑到转山的艰难，我们必须轻装上阵。我将沉甸甸的长镜头佳能专业相机存放在塔钦休整待命的越野车上，随身只带了一部轻便小巧的松下LX3。

059

冲锋衣也换上了我挚爱的KAILAS（凯乐石）轻型户外冲锋衣。这件橙色的KAILAS轻型冲锋衣已经跟随我多年了，陪伴着我经历了许多艰难困苦的户外探险。每次穿上它，我都信心十足，仿佛神山保佑着我。更重要的是，这件衣服的品牌KAILAS，就是源自冈仁波齐。转神山，当然要穿KAILAS。

说到KAILAS轻型冲锋衣，我不得不想到这个品牌的创始人与神山冈仁波齐的真实故事。

20世纪60年代，在东南亚、南美地区和其他一些当时相对落后的国度里，流浪着一些奇特的人群。他们都来自物质充裕的发达国家，带着迷茫、反叛，带着反战和祈求和平的理想，以徒步、攀登的方式去体验人生，这是当时西方年轻人流行的一种特立独行的生活方式。尤其在印度和尼泊尔，就聚集着很多对东方文明充满了好奇和仰慕的西方朝圣者。

22岁的澳洲青年布莱恩·柯林斯（Brian Collins）就是这样的年轻人。他出身富有家庭，热衷户外运动，尤其是远足和登山。1968年，他来到喜马拉雅山脉南麓的尼泊尔，从尼泊尔的西部地区Simikot经过6天的艰难徒步，翻过一座座雪山与一条条河谷，终于到达了西藏阿里的普兰。当他如愿以偿地到达神圣的冈仁波齐山脚时，已经筋疲力尽、命悬一线了。但年轻的布莱恩怀着对未知的向往和对神圣的景仰，历尽艰辛，以透支生命的代价，用了3天时间完成了他转山的精神之旅。环境的恶劣、气候的残酷、历程的艰辛在他身上聚合的穿透力，打动了布莱恩内心深处久睡不醒的本真，让布莱恩在迷惘中找回了自己。

在长途旅行中，他为了适应恶劣多变的气候和环境，携带了各种衣物和帐篷，也正因为如此，过多的负重让布莱恩尝尽了苦头，也使他认识到在高海拔地区长时间徒步，专业的轻量装备实在太重要了。

当布莱恩·柯林斯回到故乡，发现当时的户外用品都过于粗糙和笨重，他决定改良传统的设计和制作工艺，并把"轻量"概念融入户外用品设计中。由于远赴神山冈仁波齐的神奇经历，布莱恩就将设计和经营的产品命名为"KAILAS"。在以后的6年间，他陆续攀登了欧洲的阿尔卑斯山、非洲的乞力马扎罗山、大洋洲最高峰查亚峰、南美洲的最高峰阿空加瓜峰等世界高峰，并以最真切实际的户外经验来指导KAILAS的设计。

2005年，我终于拥有了自己的第一件KAILAS轻量冲锋衣。今天，我将穿着这件在神山启迪下诞生的冲锋衣，沿着当年布莱恩·柯林斯的足迹，开始我自己的精神之旅。

塔钦是转山的起点和终点，位于神山南侧。历史上，这里曾是藏西重要的畜产品集散地。

我们先由塔钦出发到色雄滩，在大经幡阵后面的阿里地区最大的色雄滩天葬台下边，与提前等候在此的一名年轻挺拔的藏族背夫会合，这次转山的人员就此全部到齐。我们一行总共八人，除了我以外，还有我的同事——美女硕士朱小姐，普兰县工作人员三人，司机明久师傅，小喇嘛一人，藏族背夫一人。

出发前我看了一眼户外手表，时间是11:08。

开始的转山路段，两岸山势雄伟，多条瀑布飞流而下，景观壮美。很快我们就看到了前方峡谷左侧山腰上的一座寺庙。这是转山的第一座寺庙，是公元1033年由加瓦贵桑巴创建的噶举派寺庙——曲古寺，据说莲花生大师曾在此修行。

前进的路上，不时见到一些胖胖的骑着马的印度人迎面而来。我们一边与他们打着招呼，一边不解地问随行的当地人：他们又不是本教信徒，怎么和我们逆向而行呢？当地人习以为常地为我道出了原委，原来这些骑马出来的印度人，是由于自身身体原因不能翻越海拔5700多米的卓玛拉山口而被迫下撤的。想想他们千辛万苦前来阿里转神山，却不得已半途而返，真是终生遗憾。同时，我也暗自告诫自己，真正的挑战还在前面呢。加油！

15:00左右，我们到达了神山的第二座寺庙——直热蒲寺附近的临时休憩区。这个休憩区实际上是由为数不多的墨绿色临时帐篷组成的，主要方便简易住宿，提供方便面、热茶、啤酒等简单餐饮服

从色雄滩继续前进　　　　　　途中瀑布

务，当地藏族人一般叫这种地方为"茶馆"，因为这里可以喝到热茶，还可以顺便打尖。

这个"茶馆"与直热蒲寺仅隔一条拉曲河。我们原计划在这儿休整并且过夜，但大家在休息时边吃方便面边商量，都觉得各自的身体状况还行，时间也充裕，天气条件也不错，再加上阿里的日落时间比内地晚两个小时，于是一致决定继续前行，争取当天翻越最具挑战性的卓玛拉山口。这样，虽然第一天我们会比较艰苦，但第二天就可以轻松完成转山。

唯一让大家担心的是，翻过卓玛拉山口下到山脚时，是否还有可以过夜的类似"茶馆"的临时帐篷留宿。每次我们向这个"茶馆"的老板打听那里有没有临时帐篷可供住宿的问题时，他总是支支吾吾，不置可否，并不停地建议我们住在他的"茶馆"。老板模棱两可的态度虽然增加了我们的心理压力，但考虑到我们人多，现在又是转山的黄金季节，就算山下没有帐篷，我们仍可以坚持走到神山的第三座寺庙尊追蒲寺，那里肯定可以住宿。于是，我们就开始继续前行。

神山保佑……

从直热蒲寺附近的帐篷休憩区前行几百米，就开始顺时针沿着神山山脚转向右边的山谷，山势开始变得险峻，海拔也渐渐高了起来。好在那天天

062

拉曲河谷   拉曲河对岸的直热蒲寺

气晴朗，一路从任何角度都可清楚地看到冈仁波齐的白色金字塔山体。只不过，不是从每一个角度看去，神山都那么像金字塔的。这已经算是运气极好的了。据说，许多印度、尼泊尔和中国内地专程赶来的香客和游人，在神山待了很长时间或者转完山也无法一窥经常笼罩在云雾中的神山真面貌。

17:00左右，我们到达卓玛拉山脚。当地人用手朝山上指指告诉我，远处隐隐约约有经幡飘动的地方就是卓玛拉山口，这也是转山最危险、最艰难的地方。我们望着一座高过一座的三座小山后面的卓玛拉山口，重重地喘了几口气，深深地吸了几口清新但稀薄的空气，决定开始冲刺。

这一片山坡全是乱石滩。随着海拔进一步升高，我的体力也开始下降，攀登的难度也一步步增强。

通往卓玛拉山口的这一面山坡全是乱石滩，是没有严格意义上的登山道路的，只是走的人多了，地面上就间断式地露出一两条较为明显的长期被人踩出的路的痕迹。

神山冈仁波齐融化的清澈雪水，在乱石滩下潺潺流过，我手中的矿泉水瓶早已是空空如也，只是不想丢在神山污染环境才紧紧握着。嘴唇干裂的我马上用空瓶装上满满一瓶神山的泉水，坐在乱石滩上，一饮而尽！神山清凉甘甜的泉水一下通透了我的全身，瞬间带来万分清爽，仿佛是对心灵的洗

静卧在神山北侧山脚

涤，让我又重新振作起来。

　　登山路的旁边是一个面积较大的天然大石板，据说这是世界上历史最久远的两个天葬台之一，另外一个在印度。我当时测了一下海拔，大概是5300米。如此看来，这个天葬台，恐怕是离天最近的天葬台了。

　　天葬台及附近的山坡，到处都是用石头垒起来的高低不同、大小不一的小石堆，以及随处丢弃的衣物。这些衣物都是来神山的朝拜者随身脱下的，或者把随身的衣服脱下穿在石头上，据说这预示着一次生命的轮回。

　　和别处的玛尼堆不同，天葬场的这些石堆大多外面披着衣服，甚至上面还戴着各式各样的帽子。远处一看，还以为是一群人散坐在山坡上呢。在藏传佛教地区，人们把石头视为有生命、有灵性的东西。玛尼堆更是信众们对原始神灵的崇拜之地，是人与神对话的地方。长久以来，藏族人每经过一座玛尼堆，一般都会在石头堆上添加一块小石头或者一颗石子，作为一次祈祷。

064

据随行的藏族朋友介绍，天葬台的这些石堆，是用来为那些在转山过程中突然去世的人寄托灵魂的，这样不至于死后灵魂没有去处。每年转山期间，都会有人数不等的境内外转山人士在翻越海拔5700多米的卓玛拉山口过程中，永远停止了生命的脚步。据当地人介绍，还有80多岁的印度教信徒专程赶来神山转山，希望自己能在神山的怀抱中安详地步入"湿婆的天堂"。在印度教徒的眼中，这样离开红尘，是最幸福、最圆满的。

我眼前这些漫山遍野的外披衣服的一个个玛尼堆，就代表着一个个在转山过程中离开红尘的孤魂，善良的后人们用一个个小石块垒起玛尼堆，并将他们的衣物披挂在玛尼堆上，希望他们的灵魂能够得到神山的保佑，留在这个世界上最神圣的地方。

一个玛尼堆，就代表着一个灵魂，一次追求，一场人生。

行进到了海拔5500米左右，我终于"光荣"地出现了明显的高原反应，感觉到太阳穴两边疼痛，恶心，心跳加速。每走五六米，都要气喘吁吁地停下来，找块石头坐着休息一会儿，当喘气稍转正常后又赶紧再前进五六米，周而复始。尽管之前已经进藏多次，但还从未有过如此明显的高原反应。虽然飘扬着大片五彩经幡的卓玛拉山口已经可以远远望到，但这最后的不到两百米的海拔提升却真是令我步履艰难，痛苦万分。

19:30，终于登上了那令人神往而又却步的卓玛拉山口。

卓玛拉山口，并不像我曾经去过的西藏的许多山口那样狭小、陡峭，而是一个雪山环绕下的面积不小的山顶盆地，这倒是大大出乎我的意料。历经9个小时的长途跋涉，我终于从海拔4700米的塔钦，登上了海拔5700多米的卓玛拉山口。

看着大片的彩色经幡在夕阳下翻飞，心中有一种说不清的奇特感觉。这种感觉既不是登上有生以来海拔最高山峰的自豪，也不是疲劳和高原反应造就的虚脱，更不是马上就可安全度过转山最具挑战性的山口带来的窃喜。

是什么呢？

我站在经幡满天飞舞的卓玛拉山口中央，望着远处露出一半的神山冈仁波齐，还有环绕四周那一座座大小不一的雪山，仿佛身处一个巨大的白色莲花座之中。那一刻，我有一种从没有过的在梦幻与现实中穿越的感觉。那一刻，我静静地吸收着神山赐予的无穷能量。

夕阳为山体披上玫瑰金色的外衣

随后，我也按照当地的传统，在大经幡阵挂上了一幅早已随身准备好的
经幡，并在藏族朋友明久师傅的指导下在经幡指定的地方写上了家人和朋友
们的名字，祈求神山保佑大家平安吉祥。扎西德勒。

夕阳，为神山洁白的山体披上了玫瑰金色的绚丽外衣。

天已快黑了。阵阵寒风吹来，湿透的速干内衣紧贴在身上，只听见经幡
堆的风马旗呼呼作响，再就是自己粗重的喘息声和艰难的脚步拖沓声，以及
登山杖点地的哒哒声。

由于高海拔地方不宜久留，我将卓玛拉山口及周围景观拍照留取资料后
就迅速下撤了。下撤过程中，天上随时能看到红嘴红脚黑身的神山乌鸦飞来

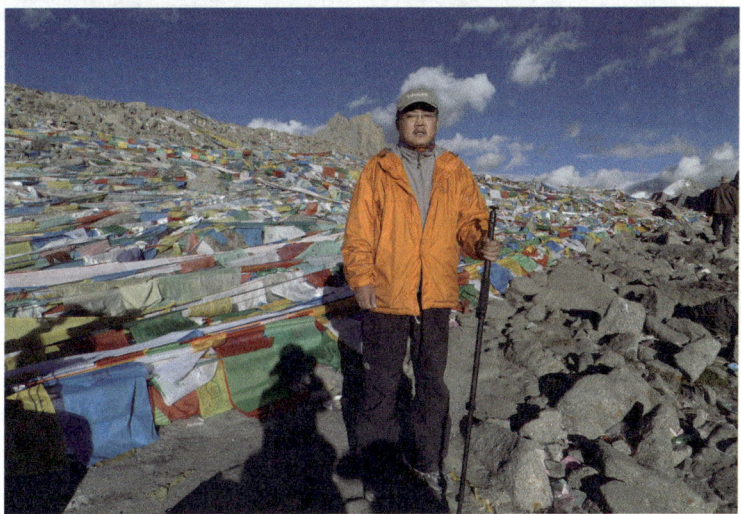

上：经幡飘扬的卓玛拉山口　　　　　　　　　下：作者在卓玛拉山口留影

飞去，身旁远处是那七个连环相套的碧绿色的天池，藏族人称为托吉错（意为"慈悲湖"）。

　　下撤的山路狭小曲折，怪石嶙峋，坡度很大，拖着疲惫的身躯，大家居然一口气急速下撤了五六百米。天色已晚，大家都担心山下没有住宿点或是最近的住宿点爆满（当时是转山旺季啊），要争取在野狼出来散步前找到住宿点。此时，大家都已到达饥寒交迫的极限了。

　　快到山脚时，大家透过逐渐变暗的天色发现远处的河边有三个小黑点。仔细辨认，是三座帐篷。看来，住宿点是有，但有没有客满呢？每个人都边心里打着小鼓边向那三顶帐篷冲去。

托吉错

　　途中，我遇到一位磕等身长头的藏族男子。天色已暗，又是大下坡，且乱石纵横，他要经历多长时间的艰苦磨难才能磕头过卓玛拉山口又磕头到山脚呢？

　　这位男子五体投地的转山方式，除了让我震撼之余，更多的是对信仰力量的深深感悟。

　　这让我想起了翻越卓玛拉山口之前的一件事。当我气喘吁吁地靠在一块巨石前喘息时，后面猛地跑上来一位同样气喘吁吁的藏族青年男子，"砰"的一声靠在我旁边的巨石上。

　　我转头冲他笑笑，打了个招呼，却不经意看到，他身后居然还背着一个藏在襁褓中只露出五官的婴儿。我惊奇地问他孩子多大，他边喘着粗气边艰难地用汉语说：不到一岁！我接着问他：你背着这么小的小孩儿转山不害怕危险吗？他平静的双眼定定地看了我片刻，然后伸出掌心向上的右手，我顺着他的右手方向看去，那里就是神山冈仁波齐峰。他随即又双手合十，上身微微朝着神山鞠了几躬，口中念念有词，最后又用右手指向神山的方向，又指指自己的心口。我明白了，他的意思是神山会保佑他们的。我凑过去又仔细看了看被裹得严严实实的襁褓中的婴儿，小家伙神情自若地转动着眼睛看着我，两只圆溜溜的黑眼珠，在洁白的雪山映衬下，在猛烈的阳光照射下，仿若两颗晶莹剔透的黑水晶。直到那一刻，我仍然无法理解，这位年轻的父亲居然背着一个不到一岁的婴儿转山，而且要翻越海拔5700多米的卓玛拉山口，这是一种什么样的神奇力量啊！

转山的父子俩

转山前，我就听说了许多关于转山的说法。譬如印度香客一生最大的梦想就是能来冈仁波齐转山，如果能够将自己的生命交给神山那更是最幸福的事。事实上，每年都有一些年长的印度、尼泊尔香客，在翻越卓玛拉山口前就永远地停止了自己生命的足迹。从我们的角度来看，这好像很危险甚至很恐怖，但是对于他们，这就是最幸福的归宿——将自己的身体交付神山。

人一生追求的何尝不是幸福呢？但不同的人对幸福的理解是完全不同的。有信仰的人和没信仰的人，对于同一件事情的理解和执行更是大相径庭。

我们很快到了住宿点的帐篷。幸运的是，除了三位身材高大的康巴老板外，我们一行居然是第一批到的客人。坐在帐篷里时，我看了一眼户外手表，21:15，我们第一天在超高海拔的神山脚下，徒步了大约11个小时。

大伙围着火炉散坐在一起，大口地喝着藏式清茶（砖茶），有人开始吃方便面了。闻到这股油腻的方便面味，我立刻有一种想呕吐的感觉。陪同我们转山考察的普兰县旅游局的工作人员喊我喝些他自己泡的药酒，我摆摆手谢绝了。

坐在人群中，我不停地喝着清茶。尽管自己长期喝功夫茶，也遍尝国内大多名茶，却从没找到此时此刻那种因极度饥渴而清茶入喉的畅快感觉。那

069

高山草甸

高山河谷

清茶其实就是最普通的茯砖茶，加水加盐熬成的。在青藏高原的牧区，这种清茶到处都有，如果再加入酥油，那就成了我非常喜欢的酥油茶了。混合着温暖和盐味的清茶，让我极度疲劳的身体和混沌的思绪慢慢舒展开来。喝到第四碗清茶时，我突然想起了那位背着不满一岁婴儿转山的藏族父亲和那位磕等身长头的藏族男子。现在外面的天色已经全部暗下来了，他们会来我们这里住宿吗？

带着疑问，我问了同行的藏族老司机明久师傅。他说他们肯定不会来这儿住，一定是坚持用自己的方式一路转山下去，不会半途住宿休息的。尽管之前是多次问过或听说过，大多数年轻力壮的藏族人转山都是一天转完而不会住宿，不过还是担心那个婴儿会不会着凉感冒，他们晚上会不会遇上野狗或豺狼？或者遇上其他的困难或危险？

疲劳很快侵袭了我们，大家决定简单吃一点后马上睡觉。帐篷内可以睡10多人，除了我们一行八人外，还有来自普兰县的一个藏族家庭的四口人，其中有一位12岁的小男孩，我在转山途中与他相遇过，还和他聊了一阵，没想到小家伙居然是第三次转山啦。

由于"茶馆"的住宿条件十分简陋，我们只能像罐头里的沙丁鱼一样，

流向鬼湖的宗曲

尊追蒲寺

一个挤一个，睡在一张张铺在地上的潮湿而沾满泥土的薄薄小垫子上，所盖的毯子更是融合了无数人的汗味、酥油茶味、牛肉味、烟味、酒味各种浓烈的混合味道。因为实在"简约"得让人不好意思用睡袋，就只能和衣而卧了。

这间"茶馆"的三个帐篷，搭建在一条发源于神山冈仁波齐的无名河流岸边不远，海拔5100米左右。这一夜，河对岸野狼的长啸，和我们帐篷外家狗的短吠交相呼应，加上旁边河流的湍急水流声，大家都几乎是半睡半醒。

第二天（2010年8月29日）一早，我们7点多就起床了。简单吃了些方便面，大概8:00左右就开始继续前进。

转山第二天的景观，与第一天不尽相同。第一天奇峻辽阔，我们从所有的角度都可清晰地看到神山冈仁波齐白色金字塔的雄姿；第二天的景观里几乎看不到神山，更多是宽广的高山河谷地貌，因为重重山峦已经将我们与神山隔开。这些雪域高原的大河谷，河水源自两岸的许多山谷和瀑布，清澈见底，向神山南麓的宽广平原流去。在高山草甸丛中，许多地方都冒出小水泡，可谓处处是活水源头。

翻过四处需要像青蛙一样在怪石间跳来跳去的乱石滩后，我们又蹚过了许多条小河和溪流，再经过米拉日巴创建的尊追蒲寺后，终于能隐隐约约地

宗堆的茶馆

大家在宗堆合影

逆时针转山的本教徒

望到远处渐渐显露出的宽广无垠的平原。

不知走了多久，终于看到了一条蓝色的风景线。我知道，那应该是鬼湖拉昂错。这也意味着，我们很快要走出这条河谷了。一路上，又迎面遇上了一些逆行转山的本教徒，大家微笑着打着招呼，甚至握手互相鼓励。尽管听不懂各自的语言，但转山已经成为我们共同的心念。

只要走出这条大河谷，就离塔钦很近了。确定目标容易，远远地看到目标也容易，但真要到达目标却也着实让我们费了一番周折。

经过5个多小时的艰难跋涉，我们终于走出了宗曲大河谷。在大河谷出口的右手边，有一个简陋的藏式茶馆，孤傲地矗立在神山脚下高高的台地边缘。由于这里叫做宗堆，所以这个茶馆也就顺理成章地被转山的人们称为"宗堆茶馆"。这不仅是一个供人休憩的茶馆，也是宣告转山接近尾声的重要地标。

一看到这座茶馆，明久师傅就兴奋地对我说："你看，马上就到宗堆茶馆了，很快就转完神山了。真没想到，你们第一次转山，就能这么快……"大家顿时兴奋起来，集体在宗堆茶馆旁边的河谷口合影留念。

我们这次转山的八个人中，除了藏族青年背夫外，藏族老司机明久师傅已经转过五次，措吉姑娘不久前刚转过一次，其他五人都是第一次转山。

我们决定先在这座茶馆休息一下。走向茶馆的路上，我看了一下户外手表，时间显示13:15。

稍事休息后，我们一行又继续上路。所不同的是，现在我们的左手边是辽阔无垠的圣湖玛旁雍错和鬼湖拉昂错构成的湖盆地带，右手边则是神山的南麓山体。由于转山最艰苦的部分已经过去，再加上距离目的地塔钦已不是很远，大家的情绪高涨，心情愉悦，很快就到达塔钦了。神山冈仁波齐的精神之旅，也画上了一个大大的圆。

第一次转山终于结束了，未曾想到我与神山冈仁波齐的缘分才刚刚开始……

冈底斯山脉与喜马拉雅山脉
在西藏阿里交织出一条雅鲁藏布江—噶尔藏布断裂带，
这里也是印度板块与亚欧板块的地质缝合线。
在雪山环绕的这条地质缝合线的中心，
镶嵌着一颗璀璨的蓝宝石。
北面冈底斯山脉的主峰冈仁波齐峰，
与南面喜马拉雅山脉的纳木那尼峰隔湖对望。
而静卧其中，
优雅地享受着来自四周雪山冰川融化的雪水滋养的，
就是被誉为"西天瑶池"的玛旁雍错。

在西藏，能与神山冈仁波齐相提并论的，是位于其东南35公里处的圣湖玛旁雍错。据说，唐代高僧玄奘法师将这里称为"西天瑶池"。这个地名更因中国四大古典文学名著之一《西游记》中所描述的王母娘娘的"西天瑶池"，而享誉中外，令人心驰神往。

圣湖玛旁雍错，海拔4588米，是世界上海拔最高的淡水湖，面积412平方公里，相当于20个澳门、1/3个香港。圣湖玛旁雍错，位于冈底斯山脉与喜马拉雅山脉交织出的广阔的雅鲁藏布江—噶尔藏布深陷断裂谷地，并处于该谷地的中心地带，是镶嵌在雪山环绕的普兰大地上的一颗璀璨的蓝宝石。这条断裂带被认为不仅是切穿地壳的深断裂，而且还是印度板块与亚欧板块的地质缝合线。

圣湖玛旁雍错，北靠冈底斯山脉主峰——海拔6656米的神山冈仁波齐，南倚喜马拉雅山脉西段高峰之一——海拔7694米的

圣湖玛旁雍错

世界著名的纳木那尼峰。两座雪山南北对峙，隔湖相望。而圣湖玛旁雍错，则安静地躺在其中，优雅地享受着来自周围雪山冰川融化的雪水长年累月的滋养。

玛旁雍错湖盆形成了完整的内流水系，并构建了多种类型、大面积的湿地生态系统，是青藏高原最具代表性的湖泊湿地。这里栖息着黑颈鹤、斑头雁等大量水禽，也是藏羚羊、野驴、野牦牛等珍稀野生动物种群向西藏喜马拉雅山脉迁徙的主要走廊之一。2005年，玛旁雍错被列入《国际重要湿地名录》。

许多宗教典籍和传说中，都曾记载描述过玛旁雍错。印度传说中称玛旁雍错是湿婆大神和他的妻子——喜马拉雅山的女儿帕尔瓦蒂女神沐浴的地方，而西藏古代传说认为玛旁雍错是广财龙王居住的地方。玛旁雍错又称玛法雍错，藏语意为"永恒不败的玉湖"，据说这是为纪念11世纪佛教战胜当地本教所取的名字。在藏传佛教经典中，称玛旁雍错为"世界江河之母"。

昔日，玛旁雍错周围有8座寺庙，它们分别是位于东面止贡噶举派的修习地色热龙寺，位于东南面的萨迦派聂果寺，南面的格鲁派楚果寺，西南面

075

圣湖北面的朗布纳寺

吉乌寺

的止贡噶举派大德果仓瓦的修习地果粗寺，西面的莲花生大师的修习地吉乌寺，西北面的高僧修习地孜杰寺，北面的竹巴噶举派的朗布纳寺和东北面的格鲁派的苯日寺。

佛教信徒认为，这里的圣水能洗掉人们心灵上的"五毒"，清除人肌肤上的污秽。圣湖有四大浴门：东为莲花浴门，南为香甜浴门，西为去污浴门，北为信仰浴门。楚果寺周围，更被尊为圣洁的浴场。圣湖四面还有四水之源：东面是当却藏布，北面是森格藏布，西面是朗钦藏布，南面是马甲藏布，分别以天国中的马、狮、象、孔雀四种神物命名的这四条河，同时又是著名的雅鲁藏布江、印度河、萨特累季河、恒河的河源或支流。

2007年4月26日下午4点左右，我们的越野车经过一天的长途奔波，终于进入了阿里境内。在越野车爬上了一个高高的土坡后，藏族司机米玛师傅用低沉的声音告诉我，前面就是圣湖。透过前方的一个经幡柱，一条洁白的

第一眼的圣湖：一条洁白的玉带横跨天际

玉带横跨天际。当越野车停好后，我们走向前方的高地边缘，首先映入我眼帘的，就是那一望无垠、白雪冰封的高原湖泊。这，就是我们向往已久的圣湖——玛旁雍错。

那一幕，终生难忘。

那天，圣湖玛旁雍错还没解冻。当晚，我们就宿在圣湖边的阿里地区普兰县霍尔乡的一个简陋的招待所里。

那时的霍尔乡，规模只有2010年我们看到的三分之一，好像只有少量几排黄色的土坯房子，砖房很少。我们被安排在据说是乡里最好的宾馆休息，好像就叫"圣湖饭店"。说是宾馆，其实就是一个农家小院。院内有呈曲尺形的两排房子，院子四周尤其是窗户下边满满地放着一堆堆牛粪和羊粪，不用说，这就是我们宾馆取暖的燃料。我们就住在院子正中的正房，房间里沿墙根四周都是简易床，上面堆着厚厚的油腻腻的被子。屋子中央是一个火炉，炉里烧着院子里堆着的牛羊粪。炉子上面吊着一只白炽灯泡，一闪一闪地，仿佛在告诉我们，这里的电压很低，电力很不稳定，因为我们已经到了遥远的阿里。

　　印象中我们一行人都是和衣而卧的，除了脱掉厚重的户外鞋解放一下自己的双脚外，整个晚上我都是蜷缩在一床不知被多少人，也不知是些什么人，不知是男人女人、哪国人睡过的床铺上，辗转反侧。可能是由于白天赶

路不敢喝水，睡前放开了大喝一顿的缘故，半夜时，突然想找一个洗手间"唱歌"。我摸黑走出院子，四下张望。可打开的院门让我看到更加恐怖的情景，一条条野狗正在院子外的路上游荡，有几条机警的野狗似乎对我的出现表现出极大的兴趣，有的干脆就躺在院门口，有的则站在院门口正面注视着我，仿佛一顿美味的夜宵从天而降。

在海拔4700米左右的霍尔乡，在寒冷和星光的眷顾下，我已失去了走出

玛旁雍错湖畔

院外"唱歌"的勇气。我鼓足勇气走到院里一个较为黑暗的角落，刚解开裤子，不知从黑暗中什么角落传出了一声狮吼般的犬吠，那一刻，我几乎要崩溃了。院子里肯定有狗，就是黑暗中看不清它藏在什么位置，是不是拴着的。更要命的是，不知道这条狗是家狗、藏獒还是野狗？如果是野狗，或者是没有关起来的藏獒，那就麻烦大了。

吓死我了！我至今也想不起当时我是如何在狗冲出来之前迅速完成"唱歌"的，只记得第二天我是在一股股浓郁的酥油味夹杂着汗味、牛羊粪味的氛围中睁开双眼的。

那天晚上，我居然睡得很沉很香。

第二天（2007年4月27日）上午，当我们一行再次来到圣湖玛旁雍错时，所有的人都被眼前的景象所震撼了：一个湛蓝而辽阔的湖泊出现在我们眼前。

原来，就在我们昨晚的睡梦中，与我们近在咫尺的圣湖玛旁雍错一夜间解冻！

"圣湖一夜解冻"，一直是西藏的一个传说。笃信佛教的藏族人，甚至一直认为圣湖每年都是在藏历的四月十五日一天内解冻的，因为这一天是佛祖释迦牟尼的成道和涅槃日。虽然我们知道这仅是一个有着宗教色彩的美好传说，但很多传说也是有一定根据的。鲜为人见的"圣湖一夜解冻"，居然就被我们幸运地遇到了。

昨天还是白茫茫一片，今天竟然成了蓝莹莹一湖。

真是见证了奇迹！带队的晋美旺久先生感慨于此，遂建议我们在圣湖边举行一个小型的祭奠圣湖广财龙王的仪式。

藏文古籍《冈底斯山海志》中有这样的记载：圣湖玛旁雍错中有一座广财龙王的龙宫，龙宫中聚集了世间众多的财宝；来到这里朝圣的人，只要绕湖一圈或者在湖边能得到湖中的一条小鱼、一块小石头、一根飞鸟的羽毛便算是得到了龙王的赏赐。

广财龙王与欢喜龙王、顶宝龙王、近喜龙王、无边龙王、护贝龙王、威仪龙王、遍喜龙王等共称八大龙王，龙王是佛教天龙八部护法之一，具有广大无边的威力。按照古印度高僧大德龙树菩萨所撰《大智度论》记载，八大龙王具有大神通与大福报，可满足有缘众生一切愿求。据说，佛祖释迦牟尼消除了八大龙王家族的所有疾病和一切不吉祥，八大龙王感恩佛祖的恩典，发誓要护卫佛教以及修持佛法的人，为芸芸众生加持善缘。供养龙王，会令人忆起自己的本誓，心生欢喜，消除不祥，风调雨顺，五谷丰登，国泰民安。按照藏传佛教信徒的说法，只要我们怀着诚心，向龙族做供养、求加持，就能增长各自的寿命、财富、福德。

晋美旺久先生笃信他的前世在阿里，而神山圣湖更是他最崇高的信仰载体。他手举一份包扎精美的长圆形祭品，轻触前额，口中念念有词，并向四方八面拜祭，最后背南面北，面朝圣湖玛旁雍错和远处的神山冈仁波齐三叩拜，随后就将这份祭品高高举起，抛进了不远处的圣湖。我们每个人也依次效仿，许愿，祭拜龙王。

随后，我们就在圣湖南岸格鲁派寺庙楚果寺附近的圣湖边考察。在三十几年的户外旅行过程中，我不经意地养成了一个小习惯，或者说是小爱好。每当一个地方的自然景观令我感到震撼而激动之时，我就会在当地随缘寻找一块小石头留作纪念。来到圣湖，当然更不能例外。

正当我全神贯注低着头在寂静的圣湖边寻找石头时，忽然听到身后有清脆细碎的唰唰流水声。回头一看，清晨的阳光下，一股股银线般清澈的雪山冰川融化的水流，正从四面八方贴着洁白的溪流冰面，从远处的高坡缓缓向我所站立的湖边低地流淌过来。万千条银线般的流水，或蜿蜒疾行，或交相融合，一股股雪水越流越快，仿佛千军万马，冲我奔腾而来。

那一刻，我瞬间惊呆了。

刚才，我明明就是踩着那些溪流的冰面一步步摸索着来到圣湖边的。就这么一小会儿工夫，身后雄伟的纳木那尼雪山融

玛旁雍错湖面上的绚丽色彩

化的雪水，就顺着那无数条冰封的小溪向圣湖流淌下来了。

当第一股清澈的雪水流到我脚卜冰面上的一块石头时，我毫不犹豫地弯腰拾起了这块小石头。这块不起眼的小石头，千万年来被雪山冰川融化的雪水冲刷滋润，雪水最终汇入圣湖，而它则静静地躺在一条不知名的小溪里，每年接收着雪水的滋养，印证着圣湖的形成，它就是圣湖的守望者。就它了，当此时第一股清澈的雪水唤醒它的时候，我也成了它们的见证者。这块小石头，仿佛凝固了此时此刻的美好和机缘。我想，这恐怕就是缘分吧！

随后，我们开始环绕着圣湖进行预定的考察工作。等我们就快结束圣湖考察工作时，本来阳光明媚的天空，突然又下起了小雪。

由神山冈仁波齐统领的冈底斯山脉，与纳木那尼为代表的喜马拉雅山脉在普兰高地孕育了圣湖玛旁雍错，这种奇特的地貌造就了神山圣湖地区独特的小气候。经常是东边日出西边雨，北边风雪南边晴。这并不是文学描述，或者作者的臆想，而是在阿里期间，尤其是在神山圣湖周围，几乎是天天可以邂逅的气象奇观。

神山圣湖，变幻莫测。

玛旁雍错最早的名字叫玛追，后来逐渐演化为玛旁错、玛旁雍错。与名字相关联的是一个古老的传说，这个传说在阿里神山圣湖一带的民间流传甚广。

相传在远古时期，玛旁雍错附近有一个小邦国，国王奴邦一向爱戴自己的臣民。一日，国王决定微服出访。在悄悄走过了众多村庄之后，他深深地感受到人们为生、老、病、死所受之苦。回到宫殿中，他就向身边的大臣和高僧们询问：为何人们要经历这么多磨难？有高僧回答他，这是人生不可避免的自然规律。国王又向高僧请教如何能够避免

圣湖边的玛尼堆

这些痛苦和磨难，高僧回答，只有积德行善，布施财物，救济贫苦百姓才是解脱之道。国王在听到高僧的解析后恍然大悟，自己一直过着无忧的生活，忽略了自己的国家里其他人的疾苦。于是便不惜动用国库的财力兴建了一座偌大的房屋，在房屋里发放衣物、钱财，并煮粥布施百姓，这样的善举一直持续了整整12年。因为善举持续的时间很长，以至于粥底的米汤所倾倒的低洼之处，12年后居然形成了一个偌大的湖泊。相传，在米汤刚刚倒入湖中的时候非常热，整个湖面都蒸腾着白气，在逐渐凉下来后变得清凉异常。圣湖最早的名字叫"玛追"，其意就是清凉湖。

传说中四条大河马甲藏布、朗钦藏布、当却藏布、森格藏布的起源都是因为米汤外溢而形成。后来圣湖又被称作玛旁湖，据说湖水集聚了八种公德，同时也就变成具有甘、凉、软、轻、洁净、不臭、益喉、利腹的神圣之水。"玛旁"在藏语中有"不负公德"的意思，故此得名玛旁雍错。

水与生命相关联，洁净的湖水养育了这片土地上的人民，孕育了独有的文化和宗教，这是崇尚圣湖的文化根源之一。相传西藏很多高僧大德曾在此地修行，诸如本教的那日琼巴，佛教的莲花生大师、米拉热巴、阿底峡尊者等，这些高僧都曾为圣湖开光、加持，使得玛旁雍错在藏族人心目中更加神圣。佛教信徒们认为，玛旁雍错的湖水直接来自神山的融雪，是圣水，用它来洗浴能清除人们心灵上的"五毒"，清除人肌肤上的污秽。饮此湖水，可

083

祛除百病强身健体。朝圣者如绕湖转经，可功德无量。很多书籍和经典描写玛旁雍错的水"像珍珠一样"，喝了以后能洗脱"百世罪孽"。

　　2010年8月27日，我们考察组在圣湖周边考察。我不仅从圣湖中精心挑拣了几块五彩斑斓的小石头，用圣湖水洗手洗脸，而且还专门用矿泉水空瓶装了满满一瓶圣湖水，准备带回深圳。谁知被一位同行者调包恶搞，口渴的我误将装满瓶的圣湖水一饮而尽。

　　那是转山的前一天晚上，整晚我频频光顾洗手间，圣湖的水已经让我在转山前洗净了自己的五脏六腑。我只好又重新装了一瓶圣湖水，历经拉萨贡嘎机场、成都双流机场的严格审查和质疑的重重磨难后，终于安放在深圳家中书房的一角。

　　印度教也将玛旁雍错奉为神湖，尊称为玛娜莎天池，梵语称此湖为玛娜莎罗沃，更奉这里为传说中天鹅王的栖息之地。印度教徒认为，凡是可以在玛娜莎天池沐浴的人，死后就会进入伯拉玛天堂，而饮用玛娜莎天池的水后，就会升入湿婆神的天宫。印度教的传说中还认为玛娜莎天池是湿婆大神妻子帕尔瓦蒂女神的沐浴之所。在天空晴朗，凯拉斯山（印度教徒对神山冈仁波齐的称呼）与玛娜莎天池共处于视野所及之处时，帕尔瓦蒂女神就会在湿婆神的注视下，身披纱丽沐浴在玛娜莎天池之中。

　　印度教通常都将在玛旁雍错沐浴视作最神圣的愿望。印度教徒在朝拜凯拉斯山前，必先入玛娜莎天池沐浴后才可前往神山。印度教徒在玛娜莎天池沐浴时，经常会将随身的衣物、金银饰品等抛入湖中以示虔诚。

　　这种宗教仪规造成的后果就是，圣湖玛旁雍错周边的衣物垃圾越来越多。2010年8月底，我在圣湖边听普兰县旅游局局长介绍说，2009年时，普兰县人民政府曾派了东风大卡车拉走了五车这种垃圾，但还远远没有清理完毕。宗教信仰是应该尊重的，但是自然生态是不是也应该加以尊重呢？环保理念，不是为了约束人们的行为，而是为了实现真正意义上的可持续发展。不知印度教徒们在朝拜神山圣湖后能不能有所感悟呢？

　　对于生态系统极度脆弱的西藏阿里地区来说，环保不仅仅是宣传的一种理念，而应该成为一条必须坚守的底线。不仅是道德的，也不仅是宗教的，必须是法律的。因为不管你来自哪个国度，也不管出于什么目的，只要在中国的地界里，就必须无条件地遵守中国法律。在宗教信仰极其浓郁的阿里，尤其是在神山圣湖地区，环保如果得不到应有的重视，后果将不堪设想。

每年夏季，大量信奉印度教的印度人不远万里到此朝圣沐浴以求功德，他们还将玛旁雍错的圣湖水千里迢迢带回家去，当作珍贵的礼品，馈赠亲友。

关于玛旁雍错的传说不胜枚举，由于它与冈仁波齐一道同为藏传佛教、本教、印度教等所崇奉，所以也被不同的宗教赋予了不同的解释和功能。

在我2007年第一次到访玛旁雍错的整整100年前，即1907年，一位世界著名的探险家也来到了这里。他，就是瑞典探险家斯文·赫定（Sven Hedin,1865—1952）。此处需要着重说明一下的是，这次的探险是斯文·赫定的第四次中国探险。

斯文·赫定在中国考察（资料图片）

与前三次不同，这一次，他的目标就是西藏。

1907年7月26日，斯文·赫定来到西藏阿里的玛旁雍错湖畔。由于遇到大风，他只能推迟到27日晚上才登船游湖。那一夜，他不仅探明了玛旁雍错的形状是呈不规则的椭圆形，直径约24公里，湖面海拔4604米，高出旁边的鬼湖拉昂错两米左右，而且还有幸乘船观赏到月光下玛旁雍错和拉昂错如梦似幻的湖光水色，还目睹了28日湖面上迎来朝霞的全过程。尽管帮他划船的两个藏族人整晚吓得要死，但斯文·赫定却兴奋异常。那晚他在玛旁雍错湖上待了整整18个小时，并记录了这美妙的时刻：

东方渐渐露出了鱼肚白，照亮了周围的群山。像羽毛一样轻飘的薄云，渐渐变成了玫瑰红色。湖面上的红色云影，使他们觉得自

破败的色热龙寺　　　　　　　　圣湖边的果粗寺

已仿佛置身于美丽的玫瑰园一样。第一缕阳光投射在雪山峰顶，变幻出大红和金黄的光彩。随着朝阳的熠熠升起，雪山的逆光面就像一件阳光制成的大氅一样，沿着山脊向东西两侧慢慢滑下。升起的太阳，像一颗钻石般闪耀着，将一条悬挂山腰的云带，投射在远远的山坡上。神奇变幻的神山圣湖，点燃了生命的绚丽色彩。

随后的8月1日，他再一次乘船在湖面考察。

1907年这一次，斯文·赫定在神山冈仁波齐与圣湖玛旁雍错附近进行了仔细的实地勘察，一一走访了环湖的八座寺庙及遗址。

玛旁雍错东面有色热龙寺，这是一座创建于1668年的噶举派寺庙，"文革"中被毁，后重修。湖东南岸的聂果寺是一座萨迦派寺庙，据说当年阿底峡尊者转湖时，曾在此寺停留数日，并修建了一座供佛坛。

位于湖南岸的是楚果寺，这是一座创立于1650年的格鲁派寺庙。据说玛旁雍错每年藏历十一月三十日或十二月初湖面封冻，直到次年二月三十日或三月十五日解冻。但是，封冻之后和解冻之前，在楚果寺附近的湖面总是会出现一小块没有冰封的水域，故叫"楚果"，意为"浴门"。该寺是圣湖周

楚果寺门前的白塔　　　　　　　　　　　楚果寺

围最大的一座寺庙。

　　圣湖西面的果粗寺，公元14世纪中叶，由普兰贤柏林寺的高僧吉巴诺布依圣湖龙王的旨意，修建了此寺，该寺属于格鲁派寺庙。据说阿底峡尊者转湖时在寺内修行洞中修行了7天，后来果仓瓦也在此修行3个月，并在圣湖开创了止贡噶举派的历史，故名"果粗"，意为"开始"。

　　在圣湖西岸的桑多白日山上，矗立着一座修建于公元870年左右的竹巴噶举派寺庙吉乌寺。据传莲花生大师曾在此处降魔伏妖时逗留过7天，并在岩石上留下其脚印多处。在山腰的西南面，至今仍保留着莲花生大师的修行洞。孜杰寺是释迦牟尼佛为五百罗汉讲经修行之地，由噶举派高僧桑结坚赞修建的，但后毁于战乱，如今只有几座修行洞和寺庙遗址。

　　圣湖北面有朗布纳寺，属噶举派，创建于公元800年。东北面有苯日寺，属格鲁派。相传，米拉热巴同那若本琼斗法，最终米拉热巴获胜。那若本琼要求给他能看到冈底斯山的一处修行地，米拉热巴就捧起一把白雪抛向东面的一座山上，故此山顶仅有一点积雪。后来古格王国的克珠罗桑诺布在此修建了苯日寺，现只有遗址。

　　今天的我们，如果看过历史资料里面斯文·赫定的黑白照片，实在无法

087

将那个身材矮小、戴眼镜、文质彬彬的瑞典人，与100多年前首次发现楼兰古城、填补世界地图上关于西藏许多空白的著名探险家画上等号。事实上，斯文·赫定的确是一位学者，他不仅是少有的拥有博士学位的探险家，而且最令人称奇的是，他还是当时世界著名地理学家、中国学家李希霍芬的得意门生。

从1888年年底第一次踏上中国国土开始，截至1935年2月，斯文·赫定一生五次进入中国。每一次，斯文·赫定都是从西部进入，前三次是翻越帕米尔高原，后两次通过克什米尔。返回的路线比较多，除了走原路，一次是从北京向北穿过蒙古经西伯利亚回国，还有一次是直接翻过喜马拉雅山进入尼泊尔回到印度。他一生的主要精力全部放在了中亚和中国的探险活动上，以致终身未娶。当有人问到他这一问题时，他却出乎意料地回答道："我已经和中国结婚了！"

他传奇的探险经历和丰厚的研究成果，牢固地奠定了他成为世界级偶像的地位。以至于他的追随者斯坦因等一批人，在他的激励下，又开启了新一轮的中亚和中国西部的探险活动。

圣湖玛旁雍错的西侧，还有一个高原湖泊，名曰拉昂错，被当地人称为"鬼湖"。这两个湖泊本来是连在一起的，同为朗钦藏布（象泉河）的河源区。但在100多年前，因冰川堰塞而将河湖的联系阻断，变成了内流湖区。

阿里地区由于远离水汽源，且受喜马拉雅山脉、冈底斯山脉的阻挡，全年降水稀少。狮泉河镇连续多年平均降水时间仅为36天，降水量更少得可怜，只有74.4毫米；神山圣湖附近也只有100毫米左右。与此同时，阿里的日照是全西藏最充足的地方，年日照时数介于3110.2～3545.5小时之间，比2012年度广东省的平均年日照时数约多一倍！所以，神山圣湖附近区域的蒸发量一直居高不下。

玛旁雍错与拉昂错之间一直有水道相连，由于玛旁雍错的补给水源减少而蒸发量增大，其水位较之以前有所下降，导致

鬼湖与圣湖之间的砾质河床

流入拉昂错的水量减少，吉乌寺山脚的两湖连接处裸露出了一片宽广的砾质河床。

拉昂错南北长而东西窄，北岸有广阔的湖滨平原，东、西、南三岸均为丘陵和山地，湖面面积268.5平方公里，海拔4576米。拉昂错的湖滨阶地均由砾石组成，地面长满锦鸡儿灌丛。由于湖水太咸，缺少丰富的植物，所以这里一向没有人烟，没有牛羊，有些死气沉沉，所以就被当地人称为"死湖"。

由于拉昂错淡水补给减少，矿化度达0.94克/升，所以它已接近咸水湖标准。虽然阿里地区的咸水湖（盐湖）数量较多，面积在1平方公里以上的就有115个，总面积达4874平方公里，但主要都分布在日土、改则、革吉、措勤等县域，玛旁雍错所在的普兰县相对是较少的，所以接近咸水湖的拉昂错反而因此出名。也正因为拉昂错的矿化度较高，所以如果抛开宗教传说等对它的

湛蓝的鬼湖拉昂错

贬义描述，实际上从观赏的角度看，拉昂错湖水湛蓝，正北面是神山冈仁波齐，景观美得摄人心魄。

两次阿里之行，我曾多次站在拉昂错的不同方位，近距离观赏过这个所谓的"鬼湖"。在2007年的神山圣湖旅游规划考察中，我们在圣湖周围规划了几处供旅游者和摄影爱好者使用的最佳观景点，既方便旅行团车辆停靠，又节省了不了解当地情况的摄影爱好者选择拍摄地点的宝贵时间，同时也方便他们水平放置三脚架等等。2010年8月底，部分观景台已建好。我曾站在省道边的观景台，远远望去，拉昂错的一池湖水湛蓝得沁人心脾，令人窒息！这里也是拍摄神山冈仁波齐的较佳位置，所以很多摄影爱好者也在此处拍摄了以洁白的神山为远景、以湛蓝的拉昂错为近景的照片与人分享。许多人误以为这就是神山圣湖，其实是误读了。

尽管玛旁雍错的汇水面积有4560平方公里，入湖的主要河流有扎藏布、萨摩河、巴钦、足马龙、巴穷、洛林达河等6条，其中扎藏布的河长71公里，但据圣湖西岸的果粗寺僧人介绍，现在玛旁雍错的水位似乎比以前有所下降了。

　　不管圣湖玛旁雍错周围的生态环境发生了多少变化，在藏传佛教信徒的认知里，玛旁雍错都是胜乐大尊赐给人类的甘露。朝圣者如能绕湖一周，便能消除各种罪过，得到不同的福德。绕湖一周有84公里，徒步一般需要4天，如果磕长头则需要28天。玛旁雍错又是朗钦藏布、马甲藏布、当却藏布和森格藏布的江源区，从这里开始，这四条大江从西、南、东、北四个方向分别流向了不同的地方，最终，却又神奇地相聚于同一片蔚蓝的海洋。

第五章

藏西女儿国

以西藏阿里为中心、活跃于青藏高原的象雄王朝，
实际上是一个以岩魔女为始祖的女性氏族部落联盟。
藏文文献称之为穹隆，
汉文史料称之为女国，
其实指的都是历史上以神鸟穹为图腾的西女国——象雄。
1400多年前，
象雄被吐蕃所灭后，
这个神秘的西女国就在历史上消失了。
然而，当我们走进阿里普兰县的科加，
惊喜地发现，
原来这里还遗留着最后一个活着的"藏西女儿国"。

　　来到阿里的普兰，除了神山圣湖外，有一个地方是一定要去的，那就是科加。

　　科加在藏语中的发音是"廓央迪尔廓，恰央迪尔恰"，汉语意思是"既来之，则安之"；在藏语中的另一个解释是环绕并逐渐形成的意思，其实就是环形的村。

　　据说很久以前，科加一带叫作吉玛塘，非常荒凉，居民大多生活在周围的山间洞穴。只是在著名的科加寺兴建后，才逐渐从附近的山洞里迁出，来到科加寺周围开垦农田，建屋定居，形成了围绕科加寺的环形村落。据说早些年，村中的建筑不像现在一家一户的独门独院，而是由很多阁楼和巷道连接在一起。人走在幽暗曲折的巷道中，很难分清楚哪些房子是寺庙的，哪些房子是居民的。在阿里普兰灼烈的阳光照射下，人的瞳孔很容易就在这种忽明忽暗的

孔雀河畔的中国—尼泊尔界碑

行进过程中，被不停地放大缩小，恍如穿梭于一条通往未知世界的神秘廊道。

美丽的孔雀河，从现在的普兰县城穿城而过，一路向南，流经科加寺前面的宽阔河谷后，经斜尔瓦山口流入尼泊尔境内的崇山峻岭中。科加，是孔雀河流出中国境内的最后一个村落。

科加是典型的"先有寺，后有村"的以宗教为核心的村落发展模式，这与内地传统农村的形成极为不同。内地的村落，大部分是在农耕文明的基础上，以家族、血缘和地缘关系为纽带，无论是选址、布局还是构建，无不体现着因地制宜、因山就势、就地取材与因材营建的"天人合一"的理念，是典型的以血缘为核心、以资源为导向的传统村落发展模式。

而在西藏的阿里地区，由于公元前1000年前后就诞生了本教，后来藏传佛教最早的教派宁玛派也发源于阿里，加之阿里地区毗邻佛教的发源地印度，所以长期以来，阿里一直是西藏宗教的策源地之一。在如此浓郁的宗教

科加寺

氛围下，宗教对人民生活的影响就可想而知了。科加，只是西藏或者阿里，宗教对世俗生活影响、宗教对村落格局形成发展的一个缩影。所以，没有科加寺，就没有科加村。

　　科加寺的由来，是普兰一带最古老也最为人所知的传说，几乎每个普兰人都耳熟能详。10世纪末至11世纪初，普兰是由第三任普兰王拉德扎西赞统治。拉德王不仅笃信佛教，善待民众，而且还尊请噶尔东一带颇具影响力的赞巴拉大师为国师，巩固了政教事业。拉德王特别重视藏医药事业，曾从克什米尔迎请班智达扎那达哈纳与大译师仁钦桑布合译《八支集要》等医学名著，并培养了普兰的四大名医，为西藏藏医学的发展做出了重要贡献。

　　拉德王一生除了重视藏医药学外，还特别重视佛教的发展。当时佛教在普兰开始兴盛，拉德王兴建了具有真正寺庙意义的主殿经堂，并从印度迎请珍贵的银质文殊菩萨像进行供奉。也正是在这个时期，七个云游的印度僧人也来到了普兰。他们在噶尔东一带居住，传法于民。在将要离开时与拉德王辞别，并将随身携带的七大包银两赠与拉德王。

科加寺白塔

　　面对印度僧人如此慷慨的举动不知所措的拉德王，遂向高僧赞巴拉大师请教该如何处理。赞巴拉大师称，此为佛家之礼，当用于弘扬佛教，行善积德，绝不可据为私有。拉德王在听了高僧的指教后，就在位于噶尔东山上的辜卡尼松城堡里面偏西的地方兴建了一座色康大殿，印度僧人所赠银两就被供奉在新建的色康大殿中。

　　2010年8月，我专程赶去噶尔东进行专题考察。在那座沉淀了许多历史故事却被人遗忘的卧象形小山上，虽然零零星星还留存着一些不同年代的寺庙或废弃建筑物，但我们还是被随行的喇嘛告知，拉德王时代的色康大殿早已荡然无存。在通往山顶的山坡上，至今还残存着一些古堡的残垣断壁，也算是我们对拉德王的一丝告慰。

　　后来，当拉德王准备铸造大型文殊菩萨像时，这批银两才被从色康大殿请出，运往与尼泊尔相邻、群山环绕、环境优雅的叫作夏噶仓林的地方。同时，还请来了在当时闻名遐迩的佛像铸造大师尼泊尔人阿夏哈玛与克什米尔人旺古拉，负责铸造文殊菩萨像。

科加寺色康大殿的
"三至尊"像

菩萨像铸成后，拉德王便迎请吐蕃著名的大译师仁钦桑布为这尊凝聚着先王诚意的菩萨像开光，而后将菩萨像放入一辆木轮马车，准备从夏噶仓林运往噶尔东的城堡。

运送菩萨像的马车日夜兼程，沿途无论是穿越森林还是翻越雪山，都一路畅通。行进到距离噶尔东数十公里的吉玛塘时，一块巨石挡住了去路。这块巨石就是阿莫里噶石块。拉德王与运送菩萨像的民众正为车辆受阻烦恼之际，文殊菩萨像突然开声："我既菩萨依附于此地，便扎根于此地。"一贯表情严肃、不苟言笑的拉德王在听到文殊菩萨像开口说话后，露出了难得的笑容。

菩萨像开口讲话与国王露笑的巧合被视作祥瑞之兆，从此吉玛塘这个地方也被称为"科加"，意为"既来之，则安之"。此后，在阿莫里噶石块上兴建了最初的科加寺，并将银质文殊菩萨像供奉于石块之上，象征坛城及须弥山，科加寺从此声名远扬。

在科加寺色康大殿，供奉着观音、文殊、金刚萨托"三至尊"菩萨佛像，与拉萨大昭寺的释迦觉卧、吉隆的桑布觉卧齐名，被称为藏区三大觉卧（藏语中觉卧是佛的意思）。无论是从印度、尼泊尔过来经商的商人，还是从拉萨或者其他地方来到普兰的人，都会前往科加寺朝拜。在普兰有这样一句流传甚广的话："没朝拜科加寺的三至尊，就等于没来过普兰。"这有点类似于内地人眼中"没有登过长城，就等于没到北京"的意思。

中国藏学研究中心与奥地利维也纳大学编著的《西部西藏的文化历史》一书中，由张亚莎教授撰写的《岩魔女·女国·古象雄》一文认为："岩魔女、女国、象雄王国，这三者实为一体。岩魔女是有些妖魔化了的女国，而'象雄'与'女国'两种称谓的存在，很可能是因为汉藏文献的不同称谓所致，即对同一个部族或古代方国，汉文史料称之为女国，而藏文文献称之为象雄。由此推之，以岩魔女为始祖的族群，便是曾经活跃于藏北羌塘草原上的古代象雄人（女国人），其统治西藏高原的时期正是藏史中所谓的'神魔统治'时期。"

古代西女国所在地"在葱岭之南"，且"北接于阗国"，该地正好就是今天西藏的阿里地区一带，这里也正是西藏古代岩画分布最为密集的区域。而且部分岩画表现的内容，与《隋书·西域传·女国》所记载的女国经济形态如出一辙。所以，依据以上资料可以大致推断出，这个曾经统治过西藏高原的"岩魔女"部族，应该就活动于西藏西部地区，而且应该是西藏岩画的主要创作群体之一。西藏岩画虽然没有出现过"岩魔女"的形象，但却频频出现这个部族所信奉的神灵或者说图腾的形象——神鸟"穹"的图形。西藏岩画已经证实，女国人的神正是发源于古象雄本教的文献中广泛出现的神鸟"穹"。所以我们可以大胆推断，藏史中所谓"神魔统治"时期的"神"就是女国人的图腾——神鸟"穹"，而"魔"就是女统治者"岩魔女"。"象雄（zhang-zhung）"是古象雄语，译成后来出现的藏文就是"穹隆（khung-lung）"，其意思都是"穹"族或"穹"的部落之意。简而言之，"穹隆"是"象雄"的古藏文的译文。由此可以推断，"象雄"就是神鸟"穹"部落，换句话说，今天的阿里，也就是远古的象雄，远古的西女国。

由此看来，今天西藏阿里的某些不为人知的地方，有可能还残存着远古西女国的一些基因。

在考察科加村之前，我就被告知这里的民俗非常独特，女人的地位很高，甚至这里每年还要为传统社会地位较低的男人们过节。难道遥远的阿里普兰县的科加村，就是几千年前的西女国遗落人间的活化石？如果科加村是女儿国，那么它就应该具备女儿国的一些基本民俗文化特征。

服装，是最能体现一个民族的民俗特征的。它不仅是一个民族或种族的文化符号，更是一个人的政治地位和社会地位的象征。因此，自古国君为政之道，服装就是很重要的一项。服装制度制定完成，政治秩序也就完成了一部分。所以，在古代服装是有重要的政治属性的。其重要性，远远超出服装在现代社会的地位。几乎从服饰出现的那天起，人们就已将其社会身份、生活习俗、审美情趣，以及种种文化观念融入服饰中。服饰，是社会历史风貌最直观、最写实的反映，从这个意义上说，服饰演变的历史也是一部生动的文明发展史。现在我们习惯把日常生活概括为"衣食住行"四大块，服饰排在第一位，可见它在日常生活中的重要性。

要了解科加这个"藏地女儿国"，服饰便是我们重要的切入点。

科加的服饰，无论男性的还是女性的，在整个西藏高原都别具一格，令人叫绝。在隆重的节日里，科加男人喜欢佩戴耳环、项链和腰饰。普通的中年男性造型是留长辫子、系红头绳、佩玛瑙项链、戴金耳环。普兰男子所戴金耳环特别大，一般是月牙形，开口朝上，其重量大多在20～30克或30克以上，由纯金制成。男式项链则配一块红珊瑚石，这块珊瑚石大的像酒盅，小的如算盘珠。珊瑚石旁一般会有几块绿松石，绿松石旁边是大粒珍珠或一些其他珠宝。男人的项链可以戴在衣服里面，也可以露出衣外。

科加男子的腰饰，通常是以一条长长的非常讲究的腰带为主要载体的。对于穿藏装的科加男子，扎上腰带后，不仅腰带上会垂挂许多装饰品或生活用具，而且藏袍里还可以装很多东西。腰带上垂挂的东西物件，彰显出他的富有程度。富贵的人家，背心上还会挂一个精制的小佛龛，佛龛里有一尊小佛像，有的是释迦牟尼，有的是观音菩萨。菩萨的头像可通过小玻璃窗看见。佛龛是用黄铜精制而成的，也有用白银加工的，四周镶嵌着珍珠和宝石。佩带佛龛，既起装饰作用，又可表明对佛的虔诚。

多数男性腰间会悬挂腰刀。佩带腰刀既可以宰羊切肉，又可以防身壮胆。腰刀有长短几种，长者有两尺多长，短的只有四五寸。腰刀的刀鞘十分讲究，有铝制和银制的两种，上面雕有龙凤等吉祥图案，富贵人家的还镶有

华贵的科加妇女服饰

科加妇女的披肩

宝石。在节日期间，盛装的男人们头戴威风凛凛的狐皮帽，脖子上的大项链裸露于外，再配上腰间的各种装饰，把青藏高原男子汉的那种豪爽、大度的气概表现得淋漓尽致。

当然，科加女性的服饰就更加独特，更加华贵。

科加妇女的一套服饰，不仅古朴和昂贵，有的甚至是几代人不断积累的传家宝。一套科加女装，最重的可达20多斤，一般的也在10斤以上。全套服饰由头饰、脖圈和披肩三件组成，这三件完全是分开的，可以成套穿，也可以任穿一件。据传，从前有一家人娶媳妇，新媳妇坐在地上，婆家人把衣服一件一件地给她压在身上，直压得新娘无法站起来。

科加妇女的头饰

缀满绿松石的"根穷"背面

　　2010年8月26日上午，我们一行来科加考察，专门约请两名当地妇女身着科加传统服饰来让考察组成员近距离仔细观摩。我们见面的地方约在科加寺内，她们的到来，引起了周围人的啧啧称奇和围观。在大家好奇而惊讶的注视下，她俩腼腆而骄傲地展示着自己民族传统服饰的华美和富丽。

　　科加的服饰，尤以女性的服装和头饰为最。第一次见到科加妇女服饰的人，一定会被科加妇女头顶上的如大鹏展翅一样的头冠所吸引。

　　科加妇女的头冠叫"根穷"，是用两层牛皮连接而成，可以展开，也可以卷成角桶状，用两根红色的带子系在头上，据说是按孔雀开屏的样子做的。这头冠上面除缀有大约80颗绿松石外，还缀有珍珠18排，每排有珍珠150多粒。中部显眼的位置有多个金块，其中最珍贵的是3个纯天然的金块，每一块有蚕豆么大；在天然金块的两旁，是两个人工冶炼成的纯金块，每块也有蚕豆么大；下部还有银包金5块。身着盛装应邀而来的妇女说："这三块金子很难找，必须要天然形成的，而不能用人工冶炼成的。"头顶部有红珊瑚石13排，每排80多颗，每颗有黄豆粒么大。"根穷"前面，如瀑布般垂落着并排的14根银质挂链，挂链末端穿有宝石和银片若干，银质挂链刚好挡住鼻尖以上的脸部。戴在头上，只要稍稍晃动一下，宝石和银片轻轻地撞

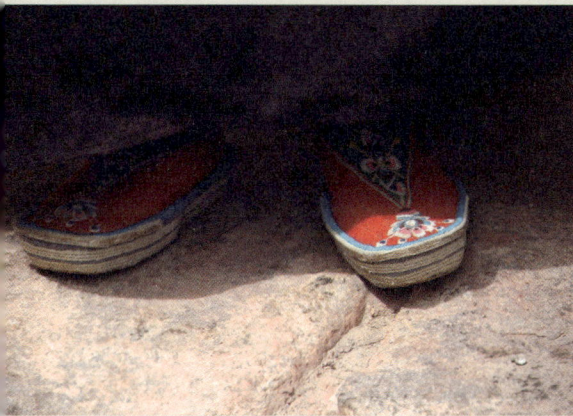

科加妇女的绣花鞋　　　　　　　　　　科加妇女的配饰

击，就会发出叮叮当当的响声。

当看到眼前这一幕时，我一下子想到了秦始皇头顶的"冕"。只不过，秦始皇头顶的"延"（貌似长方板的东西）是前后展开，后高前低，"延"之前端缀有数串小圆玉，谓之"旒"。"冕"加在发髻上，要横插一长簪，簪的两端要绕额下系一小丝带固定。

而科加妇女的"根穷"，是左右展开，用一条红绳将头冠系在头顶牛皮上固定。与皇帝头上的"冕"相比，缺少了帝王的威严，却平添了科加妇女的妩媚。当科加妇女身着华丽的服饰款款而行时，"根穷"前面的类似"旒"的银链摆来摆去，后面半掩的就是科加妇女那神秘的微笑。科加妇女的"根穷"，总是让我觉得，冥冥中仿佛与万里之外久远的秦皇汉武时代的装饰有着穿越时空般微妙的联系或传承。

脖圈，有五指宽，但上面的珍珠、玛瑙、田黄石、珊瑚、绿松石、金、银等宝物不计其数，由这些珍宝缀成一个"波巴"图案。"波巴"是用酥油做成的一种敬佛花，很像一朵开放的莲花。脖圈上有开关，可打开戴在头上作头饰用。项链从大到小有四串，是由圆、方、椭圆和自然生存的各种形状、颜色的宝石搭配穿成的，耀眼夺目。项链特长，是固定在脖圈上的，也

101

可以取下来单独佩戴。

披肩，是用羊羔皮做里，以手工织成的牛毛绒布或绸缎做面，用水獭皮镶边，嵌有各种宝石的半长袍。这是阿里地区西部四县特有的服饰之一，分为节日披肩和平日披肩，形状呈方形，前者做工精致而昂贵。披肩在天冷时披在身上可以抵御风寒，也可铺地而坐。披上这种披肩，既显得英姿飒爽，又显得富丽华贵。

从这两位科加妇女的服饰来看，整套装饰从头到脚都配有蜜蜡、绿松石、玛瑙、珊瑚、珍珠、黄金、白银等名贵宝石和贵金属。服装上的刺绣也极为精美，如果仔细观察，两位妇女服装上的刺绣图案也不一样。据说，在科加，每户人家的服饰刺绣都不相同。

据普兰县旅游局领导介绍，这些服装现在已是无价之宝，能够经历几百年风风雨雨保存下来就已经是文物级的宝贝了。在"文化大革命"中，距离北京如此偏远的科加村也没有躲过这场浩劫，大部分老百姓家里的服饰都被没收或毁坏。由于科加村地处中国和尼泊尔交界的地方，一些在尼泊尔有亲戚的村民，不忍心让祖祖辈辈传下来的传家宝被莫名其妙地没收或损坏，就偷偷将这些服饰拿到尼泊尔境内的亲戚家中收藏起来。"文化大革命"结束后，科加人又陆续从尼泊尔亲戚家取回。

这些年，随着地方政府对当地民俗文化的重视，以及旅游业发展的推动作用，专程慕名前来欣赏科加服饰的客人越来越多。家中存有这些服饰的村民，也慢慢懂得利用这些价值连城的传家宝来增加自己的收入。我们临走时，陪同的政府工作人员给了两位妇女每人100元，我开始以为是为了表达感谢而自愿给的一种小费。后来了解到，实际上，不论是政府官员视察、专家文化调研、媒体采风采访，还是游客观赏拍照，只要她们穿出来一次，每人至少要给100元。可见，市场经济意识已经开始慢慢地深入到科加人的观念中。

普兰的服饰在整个西藏独树一帜，而科加的服饰，无论从数量、种类，还是昂贵性，或是华丽度，都可称为阿里服饰之最。科加的服饰中，女性的服饰，无论其隆重和华丽，还是大气和珍贵，都远胜于男性服饰，无不彰显着曾经"女儿国"中女性才拥有的崇高地位。

婚俗，是反映一个民族或地区文化独特的最直接的窗口。不同时代、不同民族、不同地区的不同婚俗，就像一扇扇窗口，让我们不仅可以看到丰富多彩的文化现象，同时又可以回溯那神秘而遥远的过去。如果没有婚姻，很多血统就会出现混乱，不利于人类的优良繁衍。原始人类并不需要婚姻，这跟今天的灵长动物是一样的。后来有了氏族社会，采用的是集体群婚制，即一个氏族的男性或女性集体娶或嫁到另一个氏族。这也是在进化过程中为了族群繁衍和防止乱伦导致族群退化而形成的一个习俗。再后来进入了私有制社会，才有了一对一或一对多的固定的夫妻关系，于是就产生了婚姻制度。值得一提的是，由于婚姻产生于私有制，所以它一直与人的财产密切相关。

科加，如果是藏地女儿国，那么它一方面就应该具备与其他女儿国类似的婚俗；同时，由于自己独特的地理区位特点和历史文化特点，它也必然具备一些自己独一无二的婚俗特点。

其实"走婚"这种独特的婚俗，不仅仅存在于我们现在熟知的泸沽湖以及四川的雅江县、道孚县一带，西藏阿里的科加也有。

走婚制度是女性文化的典型标志。这种走婚的婚俗，至今还部分保留在云南丽江泸沽湖的摩梭人、红河哈尼族的叶车人以及四川鲜水河峡谷的扎坝人中。走婚起源于母系氏族社会时期，是以感情为基础，夜合晨离的一种婚俗。中国的川、滇、藏交界的大香格里拉地区，是著名的女性文化带，有着强大的女性文化传统。这个所谓的大香格里拉地区，正是上古时期的"东女国"的组成部分。

地处尚不为世人所熟知的曾经的"西女国"的西藏阿里，今天的科加村，走婚也是其中重要的形式之一。外村的男孩子，在傍晚时会聚集在广场一带，跟着科加的姑娘一起围着科加寺礼佛、转经。如果遇到自己喜欢的姑娘，就会尾随至姑娘家里。在以前的普兰，未出嫁的姑娘家中前院是不养狗的，狗与牛羊待在后院。姑娘房间的窗口挂着花衣裳，房间里的蜡烛通宵不灭，这都是为了方便走婚而精心设计的。

走婚这种独特的婚俗之所以被大家熟知，是缘于位于云南和四川交界处的泸沽湖旅游发展的结果。泸沽湖位于四川省凉山彝族自治州盐源县与云南省丽江市宁蒗彝族自治县之间，是云南与四川两省的界湖。湖泊东南面长满水草的大片湿地称为草海，广阔的水域称为亮海，湖面海拔2690米，是中国第三深的淡水湖。1997年12月4日，在意大利那不勒斯召开的联合国教科文组织世界遗产委员会第21次会议上，云南省丽江市的丽江古城，以其"是一座具有较高综合价值和整体价值的历史文化名城，它集中体现了地方历史文化和民族风俗风情，体现了当时社会进步的本质特征。流动的城市空间、充满生命力的水系、风格统一的建筑群体、尺度适宜的居住建筑、亲切宜人的空间环境以及独具风格的民族艺术内容等，使其有别于中国其他历史文化名城。古城建设崇自然、求实效、尚率直、善兼容的可贵特质更体现特定历史条件下的城镇建筑中所特有的人类创造精神和进步意义。丽江古城是具有重要意义的少数民族传统聚居地，它的存在为人类城市建筑史的研究、人类民族发展史的研究提供了宝贵资料，是珍贵的文化遗产，是中国乃至世界的瑰宝"的总体评价被列入《世界遗产名录》。

联合国教科文组织非常清楚，从全世界的经验来看，世界遗产对于一个地区旅游业发展的带动是"一个不可避免的定数"。《世界遗产地的旅游管理》（2002年）中曾经指出："遗产被列入《世界遗产名录》的原因恰恰是旅游者年复一年涌向这些遗产地的原因。"而随后1998年12月召开的中央经济工作会议上，中国政府又将旅游业与房地产业、信息业等一起确定为国民经济新的增长点。这是中国政府史无前例地发出了发展旅游业的明确信号。1999年，国务院公布了新的《全国年节及纪念日放假办法》，推出了第一个真正意义上的旅游假期——"黄金周"。这个源于日本的休假方式，很快就创造了出游人数达2800万人次、旅游综合收入141亿元的佳绩，假日旅游热潮随即席卷中国。

作为中国传统的旅游大省，云南省更是审时度势，重点发展旅游业。在中央政府如此破天荒地重视旅游发展的历史时刻，在云南省良好的旅游业基础和产业优先发展战略支持下，已经贵为世界遗产的云南丽江更是抢得先机。通过十几年的打造，丽江古城、纳西东巴古籍文献、三江并流核心区——老君山，先后被联合国教科文组织列入"世界文化遗产""世界记忆遗产""世界自然遗产"名录，丽江也顺理成章地成为中国唯一拥有三项世界遗产的城市。

距丽江古城约200公里的泸沽湖，其如诗如画的旖旎风光，与亘古留存的母系氏族遗风民俗，成为人们去丽江旅游时的一个重要选择项目。被誉为"人类母系文化的最后一片净土"的泸沽湖，以摩梭人走婚为代表的神秘少数民族文化，渐为世人熟知。泸沽湖的走婚，和以泸沽湖周边摩梭人居住区为载体的现代"女儿国"走进大家的视野。

遗憾的是，由于部分旅游者的低俗需求及文化缺失，加上少数原居民的急功近利，泸沽湖"女儿国"的走婚在从作为一个独特的文化现象不断吸引外来旅游者的过程中，个别地方有被扭曲为一种为了迎合外来旅游者而经过庸俗设计的所谓旅游产品的发展趋势。加之，外来多元文化伴随着强势的现代文明的渗透，于是，走婚这一当地极具魅力的民俗文化旅游吸引力渐渐在商业的绑架下，有可能会走上一条媚俗之路。

那么，"女儿国"的真正走婚又是怎么一回事呢？

走婚是"母系"家庭中的重要组成部分。成年男子走婚是一个传宗接代繁衍后裔的途径，只是不同于其他民族夫妇长年生活在一起而已。他们是日暮而聚，晨晓而分，暮来晨去。摩梭人走婚有两种方式：一种叫"阿注"（摩梭女性称男情人为"阿注"）定居婚；一种叫"阿夏"（摩梭男性称女情人为"阿夏"）异居婚。

不管哪种婚俗都得举行一个古老的仪式，叫"藏巴啦"，意思是敬灶神菩萨和拜祖宗。在女方家举行这个仪式，时间一般在夜晚，不请客、不送礼，朋友们也不参加。这个礼仪是由男方家请一证人，把求婚者领到女方家，当然前提是男女双方早已有了感情基础，他（她）们的母亲及舅舅们也了解和默认后才举行的，不存在媒妁之言、母舅之命一说。男方家根据自己的经济状况，把带来的礼品按规矩放在火塘上方锅桩的平台上及经堂里的神台上，向祖宗行礼，向锅桩行礼，再向长辈及妈妈、舅舅、姐姐行礼，然后接受长辈们及姐妹们的祝福。送去的礼品按尊长、老少各有一份。男方的心上人"阿夏"必须按摩梭人装饰，从头到脚精心打扮。男方会得到女方精心用摩梭麻布亲手织成有摩梭特色的花腰带。女方家绝不会向男方家索要彩礼钱以及物品，他们认为男女相爱是平等的，这比什么都重要，情感是摩梭人走婚的重要因素。当证人向"阿夏"的母亲、舅舅们交待完后，从此男女双方的关系就可以公开化了。"阿夏"走婚不请客，不操办，这种古老的风俗既俭朴又省事，整个仪式一个小时即可完成。

至于"阿注"定居婚，就是摩梭男女青年通过走婚仪式后从男女双方家搬出居住在一起，或男方到女方家居住，也有女方到男方家居住的，他们长年相守、生活在一起，抚养着下一代，但后两者并不多见。

　　"阿夏"走婚是旅游者们最熟悉的走婚形式，也是最容易使人误会和曲解的走婚形式。每当夜幕悄悄降临，这个家庭中成年男人们就出去了，他们当中有各位舅舅、哥哥、弟弟，东西南北，各奔自己的"阿夏"家。他们晚间特别忙，当家长的母亲更是肩负重担，既要打点舅舅和兄弟出门，又要照料家中老母、姐妹和小孩们，还要接待自己的"阿注"（丈夫）来幽会。

　　摩梭人母系大家庭的夜间生活，你若细心观察，不难发现其中的一些规矩。对于那些外面敲门的男人，或者客人，年老的舅舅们是绝不会去开门的，也不问是谁，主妇也不予理睬。除非你在门外吆喝几声，说明你是外来的客人，家中老人或小孩才会给你开门。家中成年姐妹众多，来幽会的"阿注"自然也多，各有各的幽会暗号和传情方式，如果不是自己的"阿注"就不会让他进自己的闺房，姑娘的闺门一定要对好暗号她才会轻轻打开，祖屋里住着年老妇女及儿童，他们一概不管院中之事。在他们这里，不存在"第三者"，也不存在"父母之命，媒妁之言"的规矩，更不存在嫁鸡随鸡、嫁狗随狗的说法。男人、女人各住各的家，你不靠我养，我不靠你活。

　　当我们了解了摩梭人走婚的这些文化背景后，就很容易理解为什么摩梭人根本不存在离婚、寡妇等社会现象，因为他们有自己的性爱观念与道德标准，与我们汉族人大相径庭。在他们这个氏族中，大多数"阿夏""阿注"都是相敬如宾、相互负责，只是没有其他民族那样明确契约手续而已。当然，由于男性既不是名正言顺的丈夫，又不是名副其实的父亲，所以男人们也不存在对妻子负责任和抚养子女的义务。一旦他的女朋友关门拒绝，或者男人们喜新厌旧，往日情意便烟消云散，只留下一场春梦。

　　摩梭人男女性爱关系与经济关系没有实质性的关联，结合是双方自愿的，离异更是无牵无挂，不会发生任何经济纠纷。男女双方都有爱与不爱的主动权，家长亲族及社会道德也不会干预，即使发生纠纷，双方母亲、舅舅们也会妥善处理。摩梭人的结合并不是以谋生为目的，离异也不会危及双方的生存。摩梭"阿夏"走婚的相互结合、离散，是纯粹的情感关系。因此，有的摩梭人成年后，男女双方感情不和，在没有生育孩子前更换"阿夏""阿注"是常有的事；而一旦有了孩子，就不可轻易更换了。

　　在摩梭人的情爱世界里，也不是我们常人所想象的那样每个女子都可以

喜
马
拉
雅
的
灵
魂

去爱，每个男子都可以去求。其实，他们求爱的方式是在生产劳动、走村串户、走亲访友、经商与其他活动中进行的。通常经过一段时间的相互了解，具有一定感情基础之后，就会相互交换一些礼物，如手镯、项链、戒指、手表及衣物等作为定情的信物，这些东西只有男女双方及其母亲知道。随着男女之间的感情逐步加深，走婚幽会相聚的次数就越多，情侣关系逐渐稳定下来直到终生。

在摩梭人的家庭结构中，也不存在子女无人抚养、财产继承、流浪儿等社会问题。实行自由走婚，其核心在于母子们无后顾之忧，母系大家庭是每个人的庇护所；对于成年男子来讲，母系大家庭是他们赖以生活及养老送终的最好乐园。这恐怕就是摩梭人走婚习俗能延续至今的原因之一。

在世界众多民族中不乏仍处于原始状态的民族，但时至今日均无走婚这一特殊的风俗。对于走婚为什么能够在历经沧桑后，仍存在于沪沽湖摩梭人中间，至今仍是一道世界级的未解之谜。为此，国内外学者做过大量调查研究，并运用各种人类学现有理论进行分析。然而，得出的结论似乎尚不足以解开这道难题。最为详细的调查是詹永绪先生等一众专家于1963年、1965年和1976年进行的三次调查研究。他们对沪沽湖沿岸和永宁平坝6个乡的964名女子和785名男子共计1749人进行了婚姻状况的调查统计。结果，实行"阿夏"走婚的为1285人（女730人，男555人），占73.5%。对于"阿夏"婚姻为什么能长期延续，詹先生认为有五个原因：一是摩梭人的母系社会尚未完全瓦解，而外界的影响又还较弱；二是社会生产力落后，尚未形成个体私有制，而以家庭集体所有制为主；三是妇女仍然充当谋取生活资料的主力；四是血缘纽带关系使传统的观念根深蒂固；五是上层土司不反对"阿夏"婚姻。迄今为止，这是我见到过的"关于走婚为何能延续至今"这一疑问的最为科学而全面的分析。

当然，这个调研和分析结论是针对"东女国"所在的云南与四川交界的地区。那么，"西女国"所在的西藏阿里等地是否也是如此呢？

目前，在西藏阿里地区，普兰的婚俗是非常有特点的。但是能够找到"西女国"蛛丝马迹的地方，目前估计也只有普兰县的科加村了。

普兰历史上流行过很长一段时间的抢婚。抢婚是根据当时的具体情况而定，有做游戏式的假抢，也有动刀动枪真格的真抢。举个例子，某户人家的闺女已经长成亭亭玉立的大姑娘，如果被一家的小伙子看上了，男方家就要托人给女方家捎口信。如果女方家经过了解，觉得这个小伙子靠得住，就会暗地派人来商定，某月某日某时你们派多少人来抢。这时，女家就要和亲戚、族人通气，说我家愿与来抢亲的男方家结为亲家，希望大家同意这门亲事。这时，如果亲戚、族人中没有人提出异议或者当面为难，那么这场抢婚会很顺利地进行。实际上，这种抢婚是一种带有某种游戏趣味的婚礼形式，我国有些少数民族至今仍保持着这样的婚俗传统，如云南德宏州的阿昌族。

如果男方看上女方，后经多方协商还是达不成协议，而男方已把话放出去，又不便轻易收回。这时候，男方就要发动所有亲戚和族人，准备趁女方家不备之时将意中人抢回家。女方如果不同意这门亲事，就会动员所有亲戚和族人进行保护，以防止姑娘被抢走。这种情况有时还会酿成一场大的械斗。不管是同意不同意，以前是见过面还是没有见过面的，只要抢到，就成为夫妻。抢婚即成，双方家庭也会承认，社会也会认可。通常假抢的多，真抢的少。

这种婚恋方式，起于何时，又止于何时，谁也说不清楚。据说，科加村有位80多岁的老太太，是被真抢成亲的，此后再也没人是真抢来的。据普兰当地人回忆，历史上西藏曾有过最严重的抢婚械斗，持续时间达到半年之久，参与者数百人，伤亡几十人，长时间不能停息。后来，政府官员被迫出面调解，最后地方政府发出一道指令，严禁抢婚。抢婚的习俗被废止后，代之的是"站门口"的求婚方式。不过，这种婚恋方式现在也不存在了。

"站门口"这种方式，藏语也叫"雪居巴"。每年当人们秋收完后，就进入了农闲时分，大部分人没什么事可做。这时，家中有到了适婚年龄小伙子的舅舅们，就开始考虑自家外甥找媳妇的问题。于是，这些舅舅们就在附近的村庄走家串户。如果他们觉得某家的姑娘很合适，就会和小伙子的父亲一起，穿上新衣服，一大早拿上哈达，带着青稞酒和酥油，在这位姑娘家的大门上挂上哈达，在门楣上粘三垛酥油，还要点三炷香，然后找一空地摆上酒壶和酒碗，就站在这里等女方家的人醒来。清晨，当女方家的人醒来时，却不知道大门外边发生的事情，他们还和往常一样去开门。开门声一响，外边就会响起悦耳的歌声：

从南山顶上伐木做成的弓，

从东海巴扎实绳做成的弦，

十年做弓弓做成，

有弓无箭不值钱。

你家本有金玛瑙，

我家原有银丝线，

丝线定要佩玛瑙，

鲜花岂能开在牛粪上。

　　女方家人听到歌声，就立刻到门外看个究竟。等女方家人一出门，门外求亲者就立即迎上前去，敬青稞酒、献哈达，以表诚意。到了吃饭时，求亲人要轮流回家，或者由家里人送来饭食，总之是必须有男方家的人站在那里，擅自离开会被认为是诚心不足。如果站了三天以后，女方家的人还没有动静，但女方也没有反对的表示，这时男方就得调兵遣将，增派人员，把门口的声势搞得很大，让四邻八舍都听得见、看得见。女方家招架不住了，就会出来说："我家大女儿长得丑，二女儿不爱劳动，三女儿还小得很，配不上你家的儿子呀。""站门口"的人回答："是乌鸦还是孔雀，我们心里很清楚，我们既然来了，就要抓只鸟回家，你们家的姑娘我们要定了。"站的时间越长，姑娘家人又不反对，就说明希望越大。如果女方家看不上男方，就一定要看好自家门，不能让男方家的人把哈达挂在门上，不能让他们把酥油点到门楣上。如果女方家估计男方家要来"站门口"了，女方家的人就必须早早地堵在门口，并说："家里除了灶神，一个人都没有了，全家人都到牧场上去了。"也有的说："我家有闺女，但是她要出家当尼姑。"这样，来"站门口"的人觉得婚事难成，也只好收兵回去了。

　　通过"站门口"的方式，男女双方家人达成协议以后，就会到附近寺庙里去合一合生辰八字。有的在"站门口"之前，生辰八字已合过。合了生辰八字就会马上选择良辰吉日，但一般人不举行大规模的庆祝活动，只是小伙子到女方家小住几天，就算完了婚。"站门口"曾被看作是求婚的一种必需的程序。没有经过"站门口"就结婚，会被乡亲们当成笑话。

　　不管是"站门口"还是自由恋爱，只要双方家庭认可，办完手续，就

109

达拉喀山脚的孔雀河谷

算正式结婚了。结婚以后,男女各住各家。如要过夜,则由女方家腾出一间房,男方天亮前必须回去。如果男女双方都在同一个村子,男子每天忙完自家活儿,吃过晚饭后就能住到女方家。这样,孩子和爸爸可以朝夕相处,放学回了家还可以往两家都跑。如果夫妻双方隔得很远,加上普兰山区交通不便,一般都靠骑马或长途步行,那么夫妻生活就会增添许多困难。听说有些男女双方离得较远的人,时间长了走婚会走得筋疲力尽,有些是很长时间才走一次,有些就干脆不走了,只有留下女子独守空房。

关于这一点,我两次阿里之行后就非常理解了。

普兰位于我国西藏与印度、尼泊尔交界的地方,是喜马拉雅山脉与冈底斯山脉交汇出的一窄条高原河谷地带,地形变化多样,属高原亚寒带干旱气候区,不仅日照充足,紫外线强烈,而且日温差和年温差都较大。由于地处世界屋脊的屋脊,常年气温偏低,自然灾害频发,尤其是雪灾、地震、洪水、泥石流、冰雹等。即使是同一天的同一个小范围,也经常是东边日出西边雨。在这样的地理条件和气候条件下，在辽阔空旷、人烟稀少的阿里普兰地区，相距较远的夫妻，要能够每天晚饭后还能聚在一起，那简直是天方夜谭。即使是隔一段时间走婚相聚，也有我们低海拔地区的内地人所无法想象的艰难。

普兰历史上出现的走婚现象，应该说是由经济、社会和血缘等原因共同造成的。一来是因为举行婚礼要花费大笔钱财，男人还得向女人付钱，家里穷的就根本付不起。二是担心分家，在普兰，分家被看成是一件很不光彩的事情。三是血缘关系，一般家庭都由女人娘家掌权，有了妯娌，人多是非也多，弄不好还要分家，大家庭和血亲关系就难以保持了。为了巩固家庭的稳定，为了使家庭财产不致外流，最好的办法就是男住男家、女住女家。当然，走婚现象在农村比较普遍，在县城乃至乡镇就较为少见了。

现如今，普兰已不存在抢婚、"站门口"等求婚形式，大部分年轻人都接受了自由恋爱的方式，尤其是在牧区婚恋十分自由。如果牧区的小伙子看中了一位姑娘，还向姑娘献了殷勤，可姑娘的态度总不明朗，让小伙子无所适从，这时，小伙子就会抓住机遇，果断地发起进攻。当夜幕降临，小伙子便骑上马朝着姑娘家的帐篷飞奔而来。因为草原地广人稀，有时候小伙子要跑上几里或几十里路。为了对付姑娘家的牧羊犬，小伙子总要准备一些肉或酥油。一旦接近姑娘家的帐篷，他就赶紧塞给牧羊犬一块肉或是一垞酥油，然后再轻轻地摸到姑娘家的帐篷前，故称"打狗"。一般姑娘睡在帐篷门口，有时睡在羊圈里，如果姑娘见到小伙子，不同意就裹紧皮袍不予理睬，否则就会同意过夜，随后自然就会选良辰吉日结婚。

由科加村独特的服饰、婚俗等文化特征进行推断，再加上阿里自古就是"西女国"的历史史实，普兰的科加村，应该就是目前唯一留存在阿里的"藏地女儿国"。

普兰的科加，既然是藏地女儿国，那么女性就自然是占主导地位，而男性当然就是这里的"弱势群体"了，这恰恰与现代社会以男性为主导的现实截然相反。

众所周知，生产能力决定社会地位。像女儿国这种母系社会，大多是由于女性的生育能力以及她们的原始生产能力（包括采集蔬果、制作兽皮类衣物等）肯定比男子外出渔猎的收获要稳定而决定的。随着母系氏族社会规模的不断扩大，生产方式开始由流动性采摘、渔猎逐渐过渡到固定区域的养殖、种植等，男性在田地里的生产能力开始明显超越女性。

约5500年至4000年前，母系氏族社会被父系氏族社会所取代。从此，男权的时代开始了。在父系氏族社会中，男性的财产权和社会地位高于女性，家庭婚姻关系也由母系氏族社会的"从妻居"改变为"从夫居"，子女自然不再属于母系氏族的成员而成为父系氏族的成员，成为父亲财产的继承者。由于男子在农业、畜牧业和手工业等主要的生产部门中逐渐占据主导地位，于是母权制自然过渡为父权制。父系氏族公社逐渐形成了。从此，以父权为中心的个体家庭成为与氏族对抗的力量，原始社会逐渐趋于解体。男子依靠经济上的优势，在社会生产和生活中占据了统治地位。

在这长达5000多年的男性统治时代，女性自然就处于弱势群体的地位了。为了保护弱势群体，尤其是保护女性平等的经济、社会、政治等权利，才有了100多年前的第一个女性节日，那就是1911年3月8日的国际劳动妇女节。但同时我们也应该清楚地看到，只有弱势群体才需要保护，所以在以男性为中心的当今社会，世界上绝大多数国家和地区均会有各种法律法规保护处于弱势群体地位的女性和儿童的权益。

而在遥远的西藏阿里，"女儿国"科加，为了保护"弱势群体"的男性，就有了世上独一无二的"男人节"。这个节日的存在，更是为科加是女儿国这一论断添上了重重的一笔佐证。

每年祭祀土地神节的第二日开始，即藏历二月十一日至十五日的五天中，就是科加饶有风味的节日——男人节。2007年4月底，我第一次在阿里普兰县考察时听说了这个独特的节日。本以为世界上只有三八妇女节，殊不知原来还真的有"男人节"，而且历史久远。

科加的"男人节"期间，小至19岁，大至八九十岁的男性都会在这五天中集合于科加寺门口的小广场上，喝酒看藏戏，欢度自己的节日。"男人节"的筹备工作，是由村里的几位德高望重的长者操办，规定每家所要提供的米面、酥油、肉类和柴草数量。过去穷人凑不起粮草只得弃权。现在的"男人节"，家家户户都可以参加，最多时曾达到105人。在"男人节"里看藏戏，男人们享受着可以坐在垫子上的特权，每家轮流委派的女性端着青稞酒或者各色食物，穿梭于人群中充当着服务员的角色。没有安排工作的妇女和儿童，只能远远地站着围观。藏戏演员也都是本村人，八大藏戏中，科加人只演出《洛桑王子》《赤美滚丹》《朗萨姑娘》和《卓娃桑姆》。这个节日充满了人情味，尤其对年事已高的老人来说，为晚年增添了温暖与幸福。

我两次阿里之行，都没有赶上"男人节"。不过只要想一想那男人们要女人们来服侍和宠爱的场景，就浮想联翩。科加男人们受宠自有他们受宠的道理，谁让他们生活在美女环绕的女儿国呢？

阿里，曾经是遥远而神秘的"西女国"。科加，可能是她历经沧桑之后遗留人间的最后DNA，或者说是"西女国"遗留在阿里的最后一个活着的"藏地女儿国"。

随着进藏次数的增加，探访范围的扩大，我越来越发现，西藏的女性地位相对于周边重男轻女地区更为优越，藏传佛教从未要求妇女为亡夫殉葬，也不会要求妇女束胸裹足，佩戴面纱。相反，西藏本土宗教本教中的女性神祇倒有不少，如威猛的班丹拉姆就是女护法神，还有度母、卓玛、空行母、瑜伽女等神女，甚至还有女性活佛，如被誉为"西藏唯一女活佛"的羊卓雍湖畔桑顶寺的女活佛桑顶·多吉帕姆。令人惊奇的是，这座有着800多年历史的桑顶寺，它的第一世女活佛居然是阿里王吉德尼玛衮的公主曲吉准美。

对于科加这个"藏地女儿国"，我们现在的了解恐怕也只是她神秘华服上的几颗小小的珍珠。如果朋友们有兴趣，欢迎大家远赴西藏阿里，来这座位于中尼边境、孔雀河边的科加村看看。也许，你们能够发现或者了解到更多更加精彩的"藏地女儿国"背后的秘密。

第六章

阿里王的孔雀王朝

相对于古印度阿育王时期的孔雀王朝，
一千多年后
阿里王建立的这个位于今天西藏阿里普兰县噶尔东的
"孔雀王朝"，
显然鲜为人知。
但正是这个"孔雀王朝"，
对中国西藏、尼泊尔、印度、巴基斯坦等交界地区的
政治、经济、文化、宗教等产生了深远的影响。

　　古代象雄王朝被吐蕃王朝征服200多年后，笃信本教的吐蕃赞普朗达玛，因激烈的灭佛行动而引起广泛不满，佛教徒更是对他恨之入骨。一位名叫拉隆贝吉多杰的僧人，本来长期在岩洞中修行，为了维护佛法，决定铤而走险，刺杀赞普朗达玛。经过精心策划，他悄悄来到了拉萨，借着向读碑文的朗达玛赞普行礼的机会，拔剑刺穿了朗达玛的前额，朗达玛当场毙命。这一史实，即使在今天的我们看来，都有些西藏版"荆轲刺秦王"的惊心动魄的味道。

　　朗达玛被刺后，吐蕃王朝内部争夺王位继承权的斗争日益白热化。朗达玛的两个王子斡松、云丹分别在各自母后、戚族及忠实大臣的拥戴下，均自立为赞普，彼此并无隶属关系。两派引发的战争以及长期番王割据和平民起义，使吐蕃王朝陷入土崩瓦解的状态。斡松王长子贝考赞被杀，其长妃长子吉德尼玛衮因自己在今西藏山

孔雀河谷

南地区的故土被云丹一派夺去而向西逃亡。

公元934年（后唐清泰元年，藏历木马年），吉德尼玛衮逃到阿里后，就落脚在森格藏布下游北岸一个叫作热拉的地方，凭借自己赞普后裔的纯正王族血统，在当地部落的拥戴和帮助下，在这里修建了热拉卡玛城堡。热拉在藏语中是山羊圈的意思，看来那时这里是放养山羊的草场；卡玛是指坐落在岩石山上依山而建的红色城堡。热拉卡玛城堡东西长100米，南北宽90多米。城堡三面围墙的内侧，修建了几十间大小不同的戍所。整体上堡墙砌筑工艺粗糙，但略显鲜艳的红色外观，为整个城堡披上了神秘的外衣。

2010年9月初，我在阿里噶尔县考察时，当地旅游局领导陪同我们来到了这个叫作热拉的地方。

驱车出了阿里的行政中心狮泉河镇，沿219国道向北部的日土县方向前进10多分钟车程，向左一拐，便进入一处灌木丛生的广阔草场。这个草场没有

热拉卡玛城堡遗址

热拉卡玛城堡的
残垣断壁

任何道路，一看就知道是平时没多少人来的地方，空旷而荒凉。越野车在一丛丛灌木间转来转去，翻过一个横亘眼前的土丘后，眼前豁然开朗。一个一望无垠的草场呈现在我们眼前。草场中央是一条蜿蜒的河流，看似平静地向前方远处的山脉奔腾而去。我知道这条河就是森格藏布，也就是狮泉河。这条发源于神山冈仁波齐北麓的河流，流经我当时所在的热拉后，将在扎西岗寺附近与噶尔藏布汇合，转向流入印控克什米尔后称印度河。

　　这个草场四周的远山，无论是山形还是山色，均与阿里其他地方的雪山截然不同。尽管四周的远山也有少许白色的雪峰，但总体来看，山形嶙峋，山色的灰暗中隐含五颜六色的色彩渐变。已经两次来过阿里的我，看到这种山脉时的第一感觉，就是诡异。

当我们停车后，当地旅游局领导指着前方的一处通体红色的山脉说，这就是当年吉德尼玛衮刚从山南来到阿里时的第一个城堡——热拉卡玛城堡。我仰头望去，一座并不雄伟的红色山脉横亘眼前。在山腰处，有一片红色石头砌成的高低起伏、依山就势的残垣断壁，像一段凝固的历史，默默地直视着我们。当地人介绍说，当年吉德尼玛衮逃到阿里时，由于没有提前赏赐丰厚的金银财宝给风水师，结果被心怀叵测的风水师误导，稀里糊涂地"被"选择了这座红色小山修建了第一个城堡。城堡修好后，诸事不顺。

那天，我曾经背靠红山、面朝我们进来的方向静静眺望过。一望无垠的草场中间，奔腾的森格藏布直冲山脚，然后才向右一转蜿蜒流去。再加上四周远处连绵不绝的奇怪的山脉，好像真不是一个藏风聚气、吉祥如意的风水宝地。据说吉德尼玛衮明白原委后，又多次重赏风水师，请他重新为自己选择一个在阿里建都的地方。后来，"良心发现"的风水师告诉吉德尼玛衮，在神山冈仁波齐南面的普兰，有一个地方适合建都。那个地方，就是今天普兰县的噶尔东。

至于历史上是不是真实存在过这么一件离奇的事，我无法考究。但是，吉德尼玛衮后来确实是在普兰的噶尔东建立了阿里王系。由于孔雀河流经噶尔东，所以我就将他在这里建立的政权，称为"孔雀王朝"。

说到"孔雀王朝"，世人熟知的大多是指古印度摩揭陀国的王朝。这个王朝在阿育王统治时期达到鼎盛，几乎统治了印度全境，并大力弘扬佛教，积极向东南亚和非洲推广，影响最远到达斯里兰卡、埃及、叙利亚等国。相对于古印度的孔雀王朝，1000多年后在喜马拉雅山脉另一边建立的这个位于今天西藏普兰的"孔雀王朝"，显然鲜为人知。但正是这个"孔雀王朝"，对中国西藏、尼泊尔、印度等交界地区的政治、经济、文化、宗教等影响至深。

公元940年（后晋天福五年，藏历铁鼠年），阿里王吉德尼玛衮离开位于今天阿里噶尔县的热拉卡玛城堡后，在普兰的噶尔东修建了辛卡尼松城堡，并以此为府邸，自称为王。辛卡尼松城堡就修建在噶尔东那座卧象形山包的山顶，据说有9层，甚为壮观。据史籍记载，辛卡尼松城堡依山就势修有八角形围墙，城堡按东西南北开有四门，城门上均有哨卡。平时四门紧闭，阿里王出入时只开南门，其他三门常年紧闭。据说从山顶到山脚挖有一个暗道，

辜卡尼松城堡遗址

洞内有台阶，可以直通山脚的孔雀河边取水。这个创造性的设计，令我想到了后来修建的古格王国都城，也曾有一条这样直通山脚取水的暗道，其思路肯定来源于第一代古格王松艾的爷爷——阿里王吉德尼玛衮。

吉德尼玛衮在阿里称王后，与大臣焦日列扎勒的女儿焦日萨氏先后生了三个儿子：长子拜吉日巴衮，次子赤扎西衮，幼子德祖衮。

公元960年（北宋建隆元年），阿里王吉德尼玛衮将他的三个王子分派三个地方，分别建立了三个王系。长子拜吉日巴衮占据玛尔玉（又作芝城，位于今克什米尔南部），建立了拉达克王朝，称为拉达克王，由其子孙传承王位；次子赤扎西衮占据布让（位于今普兰县境内），建立了普兰王朝，称普兰王，由其子孙传承王位；幼子德祖衮占据桑噶（今印度喜马偕尔邦东北部，与西藏札达县毗邻的萨特累季河和司丕提河流域），称桑噶王，由其子孙传承王位。阿里王吉德尼玛衮将自己统治的境域如此分封给三个儿子各掌其政后，阿里的历史上也就第一次形成了三个较大的势力范围，史称"上部三衮占三围"，也就是"阿里三围"最早的历史由来。

6年后，普兰王赤扎西衮的次子松艾在今阿里札达县札布让创立了古格王朝。11世纪中叶，普兰王维德的幼子扎赞德又在今尼泊尔北部地区建立了亚泽王朝。至此，孔雀王朝统治下的喜马拉雅山脉南北，有普兰王朝、拉达克王朝、桑噶王朝、古格王朝、亚泽王朝共五个地方政权并存，形成五足鼎立格局。但这五个王朝的王系均具有吐蕃赞普血统，同属于吉德尼玛衮后裔，都是由阿里王的"孔雀王朝"孕育发展而来的。

2010年8月26日下午，普兰高原阳光灿烂，温暖舒适。我们按照之前的考察计划，准备前往曾经孕育了"孔雀王朝"的噶尔东。

出了普兰县城，沿着省道207向北前行就进入了多由乡。有意思的是，在"文化大革命"期间的1970年，多由乡曾改名为"红旗人民公社"，直到1981年才又恢复今名。真没想到，这个距离北京如此遥远的西藏边城的一个小小的乡，居然也会受到"文化大革命"的深刻影响。沿着省道207继续前行，右手边一直是常年云雾缭绕、高耸雄壮的雪山纳木那尼峰。大约20分钟后，向左就进入到一处开阔而下沉的平原。一条大河从远处由细变宽蜿蜒而至。不用说，这就是孔雀河。

陪同的普兰县旅游局领导介绍，从远处的那座小山左边的山谷往里进去，就是孔雀河源头，从右边往里进去，就是噶尔东。

眼前的这片开阔的高原地貌非常特殊，正好处在其西南部的马甲藏布（孔雀河）河谷地貌，与其东部的纳木那尼冰川冰缘地貌以及其北部以鬼湖拉昂错南岸冰碛丘陵为特点的湖泊地貌的三种地貌的交汇部，整个地形东北高西南低，地表基本上由砾石组成，地面长满锦鸡儿灌木丛。

我们在平缓起伏的丰厚的灰色砾岩层上慢慢行驶着，生怕尖锐的砾石刺破车胎。忽然发现，远处两只藏野驴正警觉地望着我们。随着越野车的不断接近，它们一溜烟儿跑开了。从省道下来后，地势一路下沉。雨季的山洪将原来的砂石路面多处冲毁，基

本上看不到车痕，索性也就放任起来。一会儿越过溪流，一会儿
又翻上土坎，时而平缓，时而起伏，好像坐过山车一样，丰田陆
地巡洋舰的性能发挥得淋漓尽致。

　　猛然，我看到前方有一个胖乎乎的东西在慢慢地跑来跑去。
这是什么东西？原以为两头藏野驴就是这次我们噶尔东之行观赏
野生动物的最大收获，看来结论下早了。由于其身体颜色与地表
颜色非常接近，如果不留意还真看不到。我用相机的长焦镜头拉
过来一看，原来是一头胖胖的旱獭。随后，我又接二连三地发现
附近有许多旱獭在活动。再定睛一看，满世界都是跑来跑去的胖
乎乎的旱獭，整个一个旱獭王国！

　　西藏阿里地区的旱獭，都属于喜马拉雅旱獭，藏名"齐
哇"，俗名为雪猪，也被叫作西藏土拨鼠。喜马拉雅旱獭体型粗
胖似小狗，一般躯体长500毫米左右，毛褐黄色，耳壳圆小，颈
部和四肢粗短， 是青藏高原最常见也是体形最大的啮齿动物。喜
马拉雅旱獭的药用价值比较大：头盖骨治水肿；肉能祛寒；胆与
熊胆相配，外敷治骨折；胆汁醒酒，能治食物中毒、药物中毒；
油脂祛寒、消肿；等等。但喜马拉雅旱獭对牧场有一定的破坏作
用，同时它又是鼠疫和一些自然疫源性疾病病原体的主要宿主和
传播者，历史上曾经进行过大量捕杀。听说，这几年西藏自治区
政府已经明令禁止猎捕、运输和销售旱獭及其制品了。难怪这次
我们能见到这么多喜马拉雅旱獭。

　　在去往噶尔东的半路上，远远看到路边站着两个藏族人，正
朝着我们过来的方向张望。我们知道，在这前不着村后不着店的
地方，一般看到远远有车过来还站在路边的藏族人，多数是希望
能够搭个顺风车。在我们的一般印象中，世界各地想搭顺风车的
人，尤其是背包客，都会使用国际通行的手势，那就是向着汽车
过来的方向伸出右臂，右手竖大拇指，余指握拳朝上，大拇指则
朝向手右方。一般看到这种手势，司机就会明白大概了。与国际
惯例截然不同，阿里地区搭顺风车的藏族人通常就站在路边，微
笑看着过往的车辆，既没有什么手势，也不会大声叫嚷。其含蓄

噶尔东

内敛与国际上搭顺风车的人们形成天壤之别。

艳阳高照的正午，就算最近有人居住的村落都还在前方非常遥远的地方，于是我们马上停车，让他们挤了上来。到达孔雀河与那个小山的分岔路口，两名藏族人下车了，原来他们就住在这个村子。我们的越野车向右一转，直走就是噶尔东了。透过汽车的倒后镜，我看到那两名藏族人还站在下车的原地，微笑着朝我们摇着手，摇着手。

噶尔东的藏语含义为白螺，据说是根据从印度飞过来的一法螺而得名，又传说因此地曾经有一座建在白色小山上的寺庙而得名。不管它究竟如何得名，到了"孔雀王朝"拉德王时期，终于拉开了佛教兴盛的序幕。拉德王与其王子韦德两人迎请了印度高僧、大学者夏加热瓦玛和达玛巴拉、白玛甲热、达玛甲热等人到普兰传教讲经，将他们所讲述的显密佛经，由译师吉觉达瓦俄色、桂朱巴拉则等人译成藏文，这些显密经典史称"新译"。

我们的越野车在颠簸的山谷中行驶了一段路后，就进入一片开阔的地带。一座像小型金字塔一样尖尖的小山矗立在正前方，山后远处是一座黑红色的大山横亘天际。山下环绕着零零散散的一些白墙红顶的藏族村落建筑，山顶上仿佛有几座类似寺庙的建筑物，飘扬的经幡在蓝天白云下鲜艳夺目。

陪同的旅游局领导告诉我们，噶尔东到了。

在村口见到的老人

村口路边，竖立着一排19个由纯铜制成的转经筒，转经廊下是一长条的玛尼石堆。朱红色的廊架与金黄色的转经筒，在蓝天白云的映衬下艳光四射。一个藏族老阿伯，头上系着一根红头绳，满头的银发自由飘扬，手持转经筒，缓缓地从我们眼前经过。他时不时慢慢地回头看我们一眼，那布满沧桑的黝黑的脸上，除了一丝不易察觉的好奇外，就是友善热情的笑容。我当即用相机将那一刻永久地记录下来。这是我在噶尔东见到的第一个当地人，他留给我的第一印象就此永远定格了。

村里的负责人和一名喇嘛已经在村口等候我们多时。喇嘛是一个瘦小的藏族中年男人，头戴一顶内地冬天常见的绿色毛线帽子，上身穿一件白色衬衣，外套一件黑色的防寒背心，身上穿着一件僧侣的酱红色长袍，这恐怕是他身上唯一能证明其喇嘛身份的一件行头。喇嘛拘谨而热情，甚至可以说有些殷勤。显然，经过噶尔东的人非常稀少，更别说来这里寺庙的香客了。他双手紧紧握住我们的手，腰身弯得很低，还不停地热情地为我们讲解着什么。虽然我们听不懂他讲的藏语，但他的热情给我们留下了深刻印象。一个身着橙红色毛衣的小男孩，很好奇地想看看我们。当我端起相机用镜头对准他时，他又害羞地躲到大人身后了。几个来回后，最后我的镜头中出现的是一个双手捂住面庞的害羞的藏族小男孩。

一阵寒暄后，喇嘛建议我们先去一个地方休息一下，喝口酥油茶。我

122

噶尔东村口的转经筒

易守难攻的噶尔东

们来到了一座类似民居的小院子，进了院门，正屋门头上挂着一块牌子——商务部"万村千乡"市场工程，中间是一个牛头一样的标志，旁边还有一行字——仁贡村努布次仁店。看来，这是开日杂铺的次仁家里。在次仁家喝了酥油茶，稍事休息，我们就在喇嘛的带领下开始上山。

山并不高，上山的土路大多是松软的砾石土层，但很容易打滑。再加上山上的海拔已经超过4500米，所以走起来还是有点气喘。在半山腰一处缓坡地，地上草丛和乱石间一些零星的白色骨头让喇嘛突然激动起来。他随手在地上捡起几块白骨，激愤地为我们做介绍：很久以前，效忠英国的森巴人侵略阿里时，曾用大炮轰炸过在这座小山上抵抗的噶尔东老百姓，上百人被炸

123

拿着白骨的喇嘛

死。这些白骨，就是当年森巴人侵略阿里、杀害当地百姓的罪证。

喇嘛讲的这场战争，就是清史上讲的"森巴战役"。

"森巴"是西藏对印度锡克族的属部之一道格拉王室称谓的汉译。森巴战役是西藏军民抗击查谟的道格拉王室入侵阿里的战争，是中国近代史上发生在西藏的第一次重大反侵略战争。

18世纪60年代，素有"旁遮普雄狮"之称的兰季特·辛格，以今印度北部的旁遮普邦为中心建立了强大的锡克帝国。1819年，在居住在今印控克什米尔南部查谟地区的道格拉部落酋长古朗普·辛格及其兄弟的协助下，锡克帝国出兵统治了克什米尔地区。1822年，古朗普·辛格被兰季特·辛格封为查谟的世袭君主，此后其兄弟也成了该地区首领。这助长了古朗普·辛格的野心。他图谋占领今西藏以西的拉达克和巴尔蒂斯坦。英帝国为了开辟原料市场和倾销商品在印度设立的东印度公司，在19世纪前期控制了几乎整个印度，并不断向周边扩张，企图全面征服邻近中国西藏的喜马拉雅山诸国。锡克帝国崛起后，形成了除英国控制的东印度公司外的另一支在印度的强大的力量。锡克帝国的壮大，动摇了英国在印度的地位。因此，东印度公司极力拉拢和扶植道格拉部落的王室，力图从内部瓦解锡克帝国的势力。后随着锡克帝国的衰落，道格拉部落的王室逐渐取代锡克帝国，最终成为克什米尔地区的实际统治者，稳固地控制了拉达克和巴尔蒂斯坦。

英国之所以如此重视克什米尔的拉达克地区，是由于拉达克在历史上素有"西部西藏"之称。拉达克位于克什米尔东部，与西藏阿里地区毗连，范围包括喜马拉雅山西部的拉达克山区、印度河上游谷地和喀喇昆仑山脉的一部分。历史上，拉达克自唐朝中期便是西藏地区政府的藩属，无论从政治、经济、文化，还是从地域方面讲，同西藏一直有着密切的关系。巴尔蒂斯坦，又称小西藏，唐朝时曾为吐蕃的属国，吐蕃瓦解后，该地居民与西藏地区政治、经济、宗教联系的主渠道基本中断，但和拉达克仍有密切关系。历史上，拉达克地区都与阿里同为一个整体，是"阿里三围"之一。

拉达克不仅具有重要的战略地位，而且也是西藏同中亚国家和印度交通、贸易的中心和门户。到了近代，东印度公司输入我国的鸦片，其中有一部分就是沿克什米尔通过拉达克运销到新疆叶尔羌地区，再从叶尔羌转运到中原各地的。在印度道格拉部落实际控制克什米尔地区的政治背景下，英国的势力终于打通了进入西藏和新疆的最后一道天然屏障。

这样，到鸦片战争爆发时，中国西南版图沿整个喜马拉雅山脉的边境，从西藏东南部的今林芝地区的察隅以南，到西藏西北部的阿里日土县的班公湖以西地区，都被英国势力侵占或控制。1841年，也就是清道光二十一年，英国在广东珠江口的入侵行为遭到林则徐、关天培等爱国将领的英勇抵抗，以及广州三元里民众的自卫反击后，损失惨重，英国企图从广东入侵中国的进程受到重创。于是，英国加快了从印度北部经克什米尔地区入侵中国西藏的步伐。

为了效忠英国，道格拉部落王室委派森巴头人倭色尔为主将，联合拉达克人和巴尔蒂斯坦人组成7000多人的联军，以朝拜阿里神山圣湖为名，分三路入侵阿里地区。侵略军在分别攻占日土、札达后，三军会师，深入普兰宗所在的噶尔东。行军所至，烧杀焚掠，许多村落寺院被毁坏无遗。噶尔东有100多间房屋被烧，文史资料被抢。

1841年7月1日，2500名入侵敌军从今札达县的札布让（古格王国都城遗址）启程，前往今普兰县的巴嘎。4日，到达普兰宗的噶尔东，并在此地暂时安营扎寨。清政府的驻藏大臣孟保、海朴等得知这个消息后，经过周密研究部署，决定于7月13日从拉萨再次增派援军。两个半月后，西藏地方政府的援兵抵达噶尔东附近。

同年10月13日，森巴骑兵、步兵杀气腾腾地开往噶尔东，同时向噶尔东战营方向不分昼夜地射来大小不同不计其数的各种弹药。10月14日上午，森巴头人倭色尔委派一名大将，带着7名军官和30多名步兵偷偷地赶到噶尔东山脚下的孔雀河边，试图堵住河口，切断噶尔东居民的取水之路，以迫使普兰宗的军民从城堡中撤出。藏军侦察兵发现森巴人的行动以后，立即派80多名士兵去袭击敌人。藏军士兵势如破竹，直冲敌阵，将敌军7名军官当场斩首，余敌仓皇逃走。

11月2日早上，普兰吉塘城堡内的居民准备从正面进攻倭色尔率领的军队，而多由附近的200多名藏兵则从背面攻打敌军战营。同时，此处的守桥者、驮夫、樵夫，统统行动起来，杀敌30余人，并时刻监视着敌军的动向。到中午时，终于把森巴头人倭色尔从马背上揪了下来，当场斩首。同时，唯恐倭色尔的尸体与其他人混杂弄错，未待尸体变凉，即将其首级和两只手割下来装入一个小木箱里，上面盖了印章，并当场派人送去拉萨。

11月9日，以大将热益森为首的836名森巴军向藏军投降，同时把所有的武器弹药统统交给藏军。森巴主帅塔那达日为首的300名官兵趁着下大雪，半夜从吉塘城堡逃出，他们慌不择路，经今普兰县赤德地区向大雪纷飞的北部山区乌卓拉吴钦方向逃去。此地终年积雪，积雪深达一米，天气奇寒，藏军派300多名官兵紧追不舍，46名森巴人被当场击毙，更多的森巴人则被冻死在大雪里。藏军于是又获得了很多武器和41匹战马。

此次征战，森巴军头人倭色尔被生擒斩首，1000多名森巴军人被俘虏，阿里失地全部被藏军收复。

1842年9月16日，西藏噶厦政府与森巴、拉达克方面的代表举行谈判。三方达成协议，签订了《拉达克条约》。议定西藏和拉达克恢复了原来的边界，并按照旧例，西藏每年派政府商队到拉达克，拉达克每年派人进藏献供礼品，拉达克商人可到阿里的噶尔、日土等地贸易，西藏的商人也可以到拉达克贸易，双方维持以往的信任关系。这场战役历时将近两年，在西藏近代史上具有重要意义。但是，由于清王朝未能及时采取有力措施巩固和扩大胜利果实，致使拉达克脱离了与西藏地方原有的关系，也使巴尔蒂斯坦失去了与西藏恢复、发展关系的机会。

我在阿里地区考察期间，当地的藏族群众或者僧侣，无一例外地认为"森巴战争"是英国人策动的入侵战争。尽管战争是由森巴人具体执行的，但淳朴善良的藏族民众至今都不能原谅英国人实际控制这场战争并企图侵略西藏的野心和罪行。这就是为什么在阿里地区，至今仍有许多老人和僧人都对这场战役印象深刻的原因。这也就是为什么噶尔东的这名僧侣看到满地白骨时激动和悲愤的原因。

当我们随着喇嘛沿着"之"字形的羊肠小道上到山顶后，可以看到许多残垣断壁，由山脚一直断断续续地延伸到山顶。看着眼前这些破败的建筑物，想着喇嘛激动地手拿根根白骨的场景，似乎依稀可以嗅到一丝往日战争的残酷气息。真想不到，现在这个鲜为人知的噶尔东，宁静安详的表面下，却曾经在阻挡英国势力入侵西藏腹地时担起如此重大的责任，起到过如此巨大的作用。距今170多年前发生在噶尔东的"森巴战役"的惨烈程度，远不及距今70多年前的云南"腾冲战役"，但其在抗击外国入侵势力的深远影响上不相伯仲。如果没有"腾冲战役"的胜利，日本侵略者很有可能翻越高黎贡山脉直扑昆明，进而深入中国腹地；如果没有"森巴战役"的胜利，英国势力很可能就在突破阿里后进而进入西藏腹地。

北宋时期的阿里"孔雀王朝"，奠定了今克什米尔东部范围内以列城为中心的拉达克地区是"阿里三围"之一；但清朝时的"森巴战役"及其战后协议，又将拉达克地区让与克什米尔。尽管当时的清政府并不承认西藏地方政府与克什米尔的这一约定，但在19世纪70年代英国取得克什米尔后，拉达克就脱离了中国的行政管辖，成为英国入侵中国西藏的跳板。至今，这个区域都是一个国际敏感地区。

关于阿里的"孔雀王朝"，我还见过一个相关的记载。"孔雀王朝"的某任国王名叫罗桑，据说当时他有王妃2500名，其中最宠爱的是益超拉姆。夏天，他们住在今多由乡西面的故洛，冬天住在今贤柏林寺所在的达拉喀山山崖上的洞窟里。很多历史资料显示，普兰地区确实有穴居的悠久传统。相

噶尔东山顶

信在"孔雀王朝"时，由于生产力水平低下，天然洞穴自然就成为最宜居的"家"。至今在孔雀河沿岸的许多地方，我们还可以看到众多破败的山崖洞窟。

1681年，为了抗击信奉伊斯兰教的莫卧儿帝国入侵西藏阿里及拉达克地区，甘丹才旺受命率军驱逐了侵略者，镇守阿里，并庄严地重申："这是我的领土！"据说"阿里"在藏语里就是"我的"的意思，阿里就由此得名。

收复阿里和拉达克失地后，为了便于管理，甘丹才旺曾在噶尔东和张结各设立一宗。据说噶尔东当时有百多户人，是一个半农半牧区，因人口较少，赋税沉重，百姓无法维生，大部分人外逃谋生，宗府也随之垮台，宗本返回拉萨，噶尔东宗就此消亡了。

站在噶尔东山顶，依稀还可以寻找到曾经作为宗本政府驻地的宗堡建筑遗迹。宗堡建筑作为政教合一制度在建筑形式上的表现，是西藏地方政府宗（县）一级政府机关所在地，是西藏官式建筑的重要形式，属于藏式宫殿建筑类型。西藏宗堡建筑起源很早，是宫殿、寺院以及防御堡垒的综合体。宗

远处藏在云端的纳木那尼峰

堡建筑大多分布在藏传佛教文化圈的喜马拉雅地区，在不丹、锡金、克什米尔的拉达克等地也有分布，但在建筑风格上带有一定的本地化特征。目前在阿里地区，保存较为完整、最有代表性的宗堡建筑，应该是日土县日土乡的日土琼宗噶莫城堡。

现在的噶尔东，山顶只有几间规模很小的半新不旧的建筑物，其中只有一间是明显新修的小小的寺庙。山顶之上，风呼呼地从耳边吹过，五颜六色的风马旗迎风招展，在蔚蓝的天际形成了一个个优美的五彩弧线。站在噶尔东小小的山头上，我心潮起伏，思绪万千。噶尔东宗早已随风而去，宗堡建筑也只剩残垣断壁，而这里发生的各种跌宕起伏的故事，并没有随风而去。

极目四望，四周宽阔的河谷地带一览无余。远处的纳木那尼峰，一如既往地隐藏在厚厚的云层里，神秘莫测。

第七章

天河溯源

天上有一条银河，
地上有一条天河。
这条天河就是被藏族人誉为"母亲河"的雅鲁藏布江。
它发源于西藏阿里与日喀则接壤的杰马央宗冰川，
其上游奶白色的马泉河流经的江源区，
不仅雪山环绕，
水草丰美，
更是野生动物的天堂。

天上有一条银河，地上有一条天河。

极地天河，是人们对世界上海拔最高的大河——雅鲁藏布江的赞美，又或者说是另一种层面上的敬畏。

雅鲁藏布江横亘在地球上海拔最高、面积最大、年代最新并仍在隆升的青藏高原。由于印度洋板块不断挤压亚欧板块而隆起形成的青藏高原，不仅是众多大山组成的"高山大本营"，而且也是发育众多江河的"大河大本营"。

青藏高原孕育了14座海拔超过8000米的世界级雪域山峰，如珠穆朗玛峰8844.43米、乔戈里峰8611米、干城章嘉峰8586米、洛子峰8516米、马卡鲁峰8485米、干城章嘉南峰8476米、洛子中峰8430米、希夏邦玛峰8012米，等等。尽管只有希夏邦玛峰是唯一一座完全在中国境内的8000米以上的高峰，但这并不

即将进入大峡谷的雅鲁藏布江（派镇段）

影响青藏高原是"世界屋脊"的国际美誉。

青藏高原在中国境内更是孕育了众多世界级的著名山脉，自北而南有祁连山、昆仑山、唐古拉山、冈底斯山和喜马拉雅山等，这些山脉大多海拔超过5000米。青藏高原孕育的著名大河有黄河、长江（金沙江）、澜沧江（湄公河）、怒江（萨尔温江）、雅鲁藏布江（布拉马普特拉河）、恒河、印度河、塔里木河（叶尔羌河）等。

喜马拉雅山脉是世界上海拔最高、最年轻的山脉，在其北面横亘的是冈底斯山脉与念青唐古拉山脉。两条巨大山脉之间的谷地呈东西走向，宽阔低缓，雅鲁藏布江就静静地躺在这一谷地里。与谷地的地貌一致，雅鲁藏布江流域东西狭长，南北窄短。东西最大长度约1500公里，而南北最大宽度只有290公里。雅鲁藏布江流域是西藏最富庶的地方，其上、中、下游贯通着整个西藏地区，被称为藏族的母亲河。

大峡谷段的雅鲁藏布江

林芝米林段的雅鲁藏布江

　　我曾经在不同年份、不同季节和不同地点，深切感受过雅鲁藏布江的风采。大峡谷的雅鲁藏布江如猛兽般奔腾不羁，林芝河谷的雅鲁藏布江如少女般秀美恬静，拉萨河谷的雅鲁藏布江如勇士般雄浑壮阔，日喀则平原的雅鲁藏布江如缎带般蜿蜒舒展。那么它的源头又是怎样的呢？

　　雅鲁藏布江的源头，被科学界认定为西藏日喀则地区仲巴县吉拉乡境内的杰马央宗冰川，位于喜马拉雅山中段北麓、纳木那尼峰东端，海拔6000米以上，是世界上海拔最高的江河源。古代藏族人称之为"央恰藏布"，意为从最高峰流下来的圣水。

　　既然雅鲁藏布江源头被认定为在西藏日喀则地区仲巴县境内，那为什么自古以来的藏族同胞以及印度、尼泊尔等地的人们，都将雅鲁藏布江视为阿里神山圣湖发育的四大江河之一呢？

　　原来，从地理角度仔细分析，日喀则的仲巴与阿里的普兰接壤，雅鲁藏布江的源头杰马央宗冰川就位于两县的交界处。科学界认定发源于日喀则地区仲巴县的杰马央宗曲为正源，源头海拔5590米，河源区由杰马央宗曲和库比藏布两河组成。在两河源头有杰马央宗冰川、夏布嘎冰川、昂若冰川、阿色甲果冰川等，构成巨大的固体水库。它的源流有三支：北支发源于冈底斯山脉，叫马容藏布；中支叫切马容冬，因常年水量较大，被认为是雅鲁藏布

日喀则段的雅鲁藏布江　　　　　拉萨段的雅鲁藏布江

江的主要河源；南一支发源于喜马拉雅山脉，叫库比藏布，该支流每年夏季水量较大。

三条支流汇合后至萨嘎县之前的这一段统称马泉河。自萨嘎县开始，这条河才叫作雅鲁藏布江。

从人文角度来看，自古以来，日喀则的仲巴就是古代象雄的管辖之地。仲巴至今与阿里地区有着共同的象雄牧民语言和相同的生活习俗，有统一的信佛崇本的宗教信仰，两地交通便捷且自古联姻，等等。西藏民主改革后，仲巴地区划归日喀则管辖。在很长一段时期内，仲巴人民都不习惯与后藏的日喀则融合。

今天，如果我们沿着马泉河上游向下游走去，仍然能在仲巴县吉拉乡夏秋草场见到麻庞布莫卡和色日竹木卡遗迹，是地道的象雄十八部的城堡遗址。历史上马泉河、狮泉河、孔雀河、象泉河等四大河流孕育了古象雄卓越的文明，成为藏区本教和藏文字的摇篮。从遗留至今的这些雅鲁藏布江源头区古城堡，依然能看出当年古象雄强盛的实力。

这就是为什么至今当地人仍然认定，诞生过古象雄文明的阿里神山圣湖孕育了四条大江，其中位于今日喀则仲巴县的雅鲁藏布江的上游的马泉河也被列于其中的深刻历史文化渊源。

133

雅鲁藏布江源头区

　　发源于阿里神山圣湖的雅鲁藏布江，不仅对古象雄文明起过重要作用，也对西藏各个时期、各类不同地域文明的孕育形成和发展起过重大作用。古象雄虽有四大名河，但可称得上伟大的藏族母亲河的只有一条，那就是雅鲁藏布江。

　　2010年9月1日上午，我们一行从阿里普兰县城出发，准备探秘雅鲁藏布江源头区。雅鲁藏布江源头区地广人稀，仅每年的夏秋两季有少量的牧民，其他时间基本上相当于无人区。由于路途遥远且知道如何进入的人很少，加上雅鲁藏布江源头区是许多野生动物的栖息地，我们需要当地熟悉情况的人为我们做向导，所以我们的第一站就是先去位于圣湖玛旁雍错附近的霍尔乡政府。

　　霍尔乡位于阿里普兰县东北部，冈底斯山脉与喜马拉雅山脉之间的高原峡谷地区。东有马攸木山脉，与日喀则地区仲巴县相邻；南与尼泊尔王国的尼米接壤，以拉孜拉山为界；西靠纳木那尼与巴嘎相邻；北靠冈底斯山与革吉县接壤。

冰封圣湖边的色热龙寺

　　霍尔乡，是从拉萨沿219国道进入阿里的第一站。每次经过霍尔乡，我就会情不自禁想起2007年我第一次来阿里的情景。我进入阿里的第一个行政区域就是霍尔乡，在阿里的第一个夜晚也住在霍尔乡。那次夜宿经历，于我应该说是终生难忘，前面已有介绍。也正是在霍尔乡，我与神山冈仁波齐第一次对望。

　　那是2007年4月26日清晨，站在霍尔乡唯一的公共洗手间，我一边"唱歌"，一边透过半人高的土墙望着远处连绵的雪山。顺着一连串类似城堡的雪山向远处眺望，晨光下，一个类似白色金字塔的山峰傲然挺立。天哪，这就是神山冈仁波齐！

　　在随后的日子里，我曾多次从不同角度、不同距离仰望过神山冈仁波齐。经常云雾缭绕的神山，总是能适时地撩起面纱，让我们一睹风采。这座被誉为"神山之王"的冈仁波齐，海拔只有6656米，却被印度教、藏传佛教、本教、耆那教等共同认定为"世界的中心"。

　　2007年4月的霍尔乡，成群的大海鸥在我的头顶飞翔。我感觉有些梦幻，距离海洋如此遥远的阿里，怎么还有成群的海鸥？后来我才知道，这些海鸥

135

"世界的中心"冈仁波齐

是鸥形目鸥科的鱼鸥和棕头鸥，主要活动在霍尔乡边上的圣湖玛旁雍错。看来，没有海的阿里也有海鸥。

作为西藏文明发源地之一的阿里，背后肯定还有许多令我们意想不到的惊喜。

此番再次进入霍尔乡，看着眼前还在不断建设的一个个工地，我有一种说不出来的感觉。昔日简陋狭小的霍尔乡，已经开始透露出勃勃生机。只是这种超乎想象的建设速度和千篇一律的建筑风格，开始模糊了我的记忆。神山圣湖依旧，只是附近的霍尔乡开始改变了。

霍尔乡明显是被"城市规划"了，道路笔直，格局方正，建筑齐整，风格统一。乡政府就坐落在其中的一个院子里。我们下了车，乡长确巴（音译）早已在门口迎候多时。确巴三十来岁，面色黝黑，气质俊朗，头戴一顶牛仔帽，上身一件浅紫红色T恤衫，外穿一件薄薄的黑色防寒服，洗得发白的牛仔裤勾勒出他英姿飒爽的身姿，活脱脱一个阿里版的"西部牛仔"。

因为重视霍尔乡的旅游开发，所以乡长亲自为我们带路。汽车向位于普兰县霍尔乡与仲巴县吉拉乡接壤处的雅鲁藏布江源头区疾驶而去。

从霍尔乡去雅鲁藏布江源头区，有两条路。一条是从霍尔乡沿着圣湖玛旁雍错的湖岸南行，在玛旁雍错的东南方，有一条名为扎藏布的河流注入圣湖，它们的交汇处叫作曲色涌巴。这里的湖岸阶地沿扎藏布有条土路通向一个叫作曲普的爆炸温泉，沿着这条路一直进去可以到达雅鲁藏布江源头地区。不过，那天我们选择了另外一条路，就是从霍尔乡先沿着219国道向日喀则—拉萨方向前进。

9月的阿里，是一年中最美的。

2010年刚刚完成路面硬化的219国道普兰段笔直平坦，一改我们在阿里其他地方考察时所遇到的颠簸坎坷。温暖的阳光照耀着我们，大块的云层亲抚着大地。在霍尔乡工作了10多年的确巴乡长热情地给我们介绍着219国道沿途的风土人情。确巴乡长手指着远处的冈底斯山脉山脚，"你们看到那些黑点点了吗？"我们顺势望过去，远处确实有一些黑点，尤其是在一些山谷附近。"那些黑点点就是野牦牛！"我们惊喜地望着窗外，可惜因为距离太远，无法看得清楚。确巴乡长告诉我们，翻过前面阿里与日喀则的界山马攸木拉山口，就是仲巴的地界。仲巴在藏语中的意思就是"野牦牛之地"。看来，我们快接近仲巴县了。

普兰县霍尔乡与邻近的仲巴县吉拉乡，自古就是天然牧区。天然牧场就散落在冈底斯山脉与喜马拉雅山脉之间的宽阔河谷地带，而雅鲁藏布江源头区更是绝佳的秋夏牧场。

越野车行驶了一段时间后，我们看到219国道南面有一个长条形的湖泊，我知道，我们到了公珠错附近了。按照当地人的讲法，公珠错的水是有毒的。实际上，公珠错是个咸水湖。牧民们不让他们的牲畜饮用湖水，可能与公珠错的蛇绿岩地质构造有关，因为这种蛇绿岩地质构造环境中多含铬、铂、金、镍等金属以及众多矿物质。

确巴乡长让司机在这里拐下了219国道，然后在一段似乎没有道路的沙石平地上前行。偶尔，干燥的地面上能看出不明显的车痕。在开过了一条注入公珠错的小溪后，我们停了车，中途小憩一下。我四处张望，一群鱼鸥在头顶上自由地飞翔。确巴乡长指着远处山脚的一个黑点，"知道那是什么吗？是棕熊，它在冰雪融化的山泉注入公珠错的交汇处抓鱼。山泉是可以饮用的，但注入公珠错后就不能饮用了。"看来，这棕熊还真聪明。"天物造熊"啊。

我们上车后，就在乡长的指引下开始向前方的一座山脉驶去。

阿里地区的普兰县地处青藏高原西南角，是青藏高原隆起的最年轻褶皱带。普兰境内以冈底斯山南麓山前东北走向的大断裂为界，东起公珠错，西至玛旁雍错北岸，并向西延伸到噶尔县门士乡的噶尔藏布现代河谷，为印度板块向欧亚板块俯冲的地质缝合线。

公珠错湖岸地区与其西面的玛旁雍错、拉昂错等属于同一开阔的古代谷地，谷底为大断裂带，两旁地势开阔，宽谷谷地冲积地貌发育充分。古谷地的冲积地段多属古代冰川沉积，而非现代流水沉积，所以形成了大面积产草较高的草原。谷底沿大断裂东西走向，水流充沛，草甸、沼泽发育完整，故这一宽谷地貌区成为普兰县牧业的最重要的草场。

公珠错的湖岸阶地平坦，由砾石组成，成分有砂岩、火山岩、灰岩、石英岩和硅质岩等，上有稀疏植被。植被分两层，高层为变色锦鸡儿，底层为紫花针草，并常伴生二裂委陵菜、印度早熟禾、藏波罗花、青藏苔草、垂穗披碱草、凤毛菊、轮叶棘豆、矮火绒草、伊朗蒿、野韭、马先蒿等。

在平坦的公珠错湖岸阶地行驶了一段时间，我们来到了山脚下。一条土路横亘在眼前，这是牧民们每年轮换草场时供拖拉机行驶的土路，但松软的砾石土层严重考验我们越野车的性能，好在是陆地巡洋舰4500，否则真是够呛。爬上山坡，顺着这条小路，我们进入了这座无名的大山。好在上山后又变成了一片丘陵地，眼前豁然开朗。土路弯弯曲曲，四周一个人都没有，仿佛一个天外世界。在这里，让人感受最深的是静谧，除了风声，听得最清楚的就是自己的喘息声。强烈的紫外线、冷冽的寒风，给每一个待在高原上的人的脸上留下深深的印记。

最令人称奇的是，在长期的冰川、冰缘、流水、湖泊、风力等综合作用下的地貌，呈现出广阔、平坦、砾石众多的特点。确巴乡长指着我们左前方一片低缓的布满砾石的荒漠说，那一大片就是藏羚羊的栖息地。我听后感觉非常意外和惊喜。在记忆中，藏羚羊大多在藏北的可可西里，没想到在西藏西部的仲巴县和普兰交界的地方，居然也有藏羚羊的栖息地，而且就离我们这么近。

实际上，藏羚羊不仅仅分布在西藏，还分布于中国的青海、新疆、四川等省区海拔3700～5500米的高山荒漠草原。除了可可西里外，西藏西部的日喀则仲巴县、阿里全区也是藏羚羊的栖息地。这些区域植被稀疏，并均为高原草本植物。此外，这些区域气温较低，许多地方年积雪期超过6个月。藏羚羊是青藏高原的精灵，它们已经在青藏高原无人地带自由自在地生活了上百万年。在一万年以前的西藏岩画上，我们就已经可以看到藏羚羊的身影了。

藏羚羊就是高寒地区自然淘汰后的优胜者，为了在寒冷中呼吸，它们有专门的辅助鼻腔，来温暖空气；为了躲避天敌的追捕，它们的后肢有专门的助跑气囊。如果没有盗猎者的威胁，它们完全能够在青藏高原上自由自在地迁徙、繁衍。但是从20世纪80年代开始，贪婪的盗猎团伙在巨额利益的驱使下，闯进了藏羚羊的家园，对藏羚羊进行疯狂的猎杀。不过才短短的20多年，当初上百万只规模的藏羚羊，一下锐减到现在的几万只，濒临灭绝。以前每年冬季，当藏羚羊换上绒毛准备越冬的时候，青藏高原就会出现这样的场景：成群结队、全副武装的盗猎者，乘坐汽车，四处寻找藏羚羊，然后大开杀戒，甚至不放过怀仔的藏羚羊。

1903年，英国探险家罗林曾经发现过一个上万只规模的藏羚羊群，那个时候藏羚羊的总数量大约100万只。但是此后，就再没有文字记载的大规模藏羚羊群。1995年，美国科学家夏勒在长期考察后认为，由于盗猎和人类干扰，西藏藏羚羊的数量直线下降，大约总数只有5万只了。藏羚羊种群数量急剧减少，分布范围急剧缩小，罪魁祸首就是一种叫作"沙图什"的披肩。

"沙图什"这个词来自波斯语，中文意思是"羊绒之王"，通常是指一种用藏羚羊绒毛织成的披肩。据说一条和一张单人床单差不多大小的"沙图什"，轻柔得能很轻松地从一枚戒指中穿过去。它的保暖性极好，据说，用这条披肩包起一个鸡蛋，就可以孵出小鸡。到了20世纪八九十年代，"沙图什"成为欧洲、北美、东亚的时尚奢侈品，价格昂贵。一条"沙图什"披肩，大概需要300～400克的羊绒，相当于3只藏羚羊的产绒量，在国际黑市上它的价格大约为3万美金。由于藏羚羊目前还无法人工饲养，要得到藏羚羊的绒毛，唯一的方法就是杀羊取绒。也就是说，一条"沙图什"的披肩，代价是3只藏羚羊的生命。

1999年，中国政府发布了《藏羚羊保护白皮书》，在西藏、青海、新疆相继设立了羌塘、可可西里、阿尔金山三大国家级自然保护区，大力打击盗猎活动，加强了对藏羚羊的保护。2007年4月，当我第一次来阿里时，可能是季节的原因，只见到了零星的藏原羚，但没有见到一只藏羚羊。2010年8、9月份，我在阿里的许多地方都见到规模不等的藏羚羊群。在圣湖玛旁雍错附近，藏野驴更是成群结队，甚至欢快地与我们的车队赛跑。

没想到雅鲁藏布江源头区，居然还是藏羚羊的繁殖基地。确巴乡长告诉我们，藏羚羊选择繁殖基地是非常严格和审慎的，大部分繁殖基地都是极其隐秘鲜为人知的。每年藏历十一月下旬，在没有月亮的黑夜，藏羚羊开始交配，到来年的藏历四月产仔。藏羚羊们在同一天交配，在同一天产仔。藏羚羊交配的地方全是固定的，而产仔的地方必须是另一个固定的基地。日喀则仲巴县境内，在冈底斯山脉以北有四个天然配种场，冈底斯以南则有三个天然配种场，而繁殖产羔基地只有一个，就是我们现在看到的这个。这个藏羚羊繁殖基地正好处于冈底斯山脉以南、纳木那尼峰东北、马攸木河、库比藏布和杰玛永荣曲等河流中间的一个人迹罕至的地带。这是一处南高北低、海拔6000米的高山草甸，范围约有12平方公里，当地人称为"芝木错顶"。据说这附近有一小湖叫芝木错，"顶"是高山酷寒之意，故此得名。

这一带自古也是藏野牦牛聚集的栖息地。事实上，在青藏高原西北—东南走向的喜马拉雅山脉和西东走向的昆仑山脉之间生存有大量的野牦牛，主要分布在西藏阿里大部、日喀则西北部各县、那曲藏北羌塘等西藏高原的主体地域中的星罗棋布的湖泊、群峰汇聚地带、无人区和多冰雪地带。历史上，日喀则地区仲巴县的吉拉乡、哈巴乡、曲果乡、仁多乡、隆格尔乡、布多乡被誉为野牦牛的故乡。因为这些地方都是雅鲁藏布江源头杰马央宗冰川、库比藏布、纳木那尼峰、冈底斯山的交叉地段，人烟稀少，水草丰美，所以野牦牛极易生存。所不同的是，这一带的野牦牛有黑色、金色、红鼻青色野牛三种毛色。冈底斯山脉西段的阿里日土县、革吉县、改则县，日喀则吉拉乡、仁多乡等区域还有极为罕见的金丝野牦牛。

遗憾的是，那天我们在这个地方既没有见到一只藏羚羊，也没有见到一头野牦牛，更别说金丝野牦牛了。随处可以见到的是不知经历了多少风霜雨雪的野牦牛、藏羚羊、盘羊、岩羊等动物的白色头骨。

不知翻了多少土丘，转了多少弯路，终于看见前方山坡上有一群牦牛在悠闲地吃草，我估计，附近可能有河流或者湖泊。转了一个大弯后，眼前出

芝木错

现了一个湖泊。确巴乡长说，这个湖泊就是芝木错，湖水全部源自杰马央宗冰川，流经这个湖泊的河流就是马泉河了。

　　眼前的芝木错，湖水灰白，湖岸低矮，阶地开阔，四周是大片的高原草甸。视线穿过芝木错，远方就是一组向中间聚集的雪山。确巴乡长指着那群雪山说，雅鲁藏布江源头杰马央宗冰川就在最前面的那座雪山后面。根据测量，我们站立的地方海拔大约是5200米。这样看来，不远处那群看起来好像并不是很高的雪山，也应该在6000米以上了。

　　越野车又向源头方向前行了一段，地势越来越高，河谷也渐渐开阔起来，水流越来越小。最奇怪的是，这段的马泉河水居然是奶白色的。此时已是艳阳高照，我们一行也早已饥肠辘辘。于是，我们停好车，把随身携带的一些食物饮料等搬到马泉河边。藏族司机将越野车的脚垫全部拿出来，给我们铺在马泉河畔的湿湿的草甸上，仿佛坐垫儿一般。大家在奶白色的马泉河里洗了手，洗了脸，围坐在一起，边吃边喝边聊，还真有点藏族朋友过林卡的感觉。

141

牛奶般的马泉河水

　　藏族人喜爱过林卡。林卡相当于我们所说的郊游或野炊。几个要好的朋友或几个家庭一起约好，带上一些可口的食品酒水，选择一个拥有蓝天、白云、溪流、芳草的郊外，边吃边喝边唱，早出晚归甚至支起帐篷过夜，尽情娱乐。我虽然二十几次进藏，但是过林卡还是头一回，而且居然是在雅鲁藏布江上游的马泉河。

　　快乐的时光总是很短暂的，考虑到下午还有其他考察任务，我们在填饱肚子后就匆匆结束了野餐，将吃剩的食物和饮料重新打包，将空的啤酒瓶、饮料罐，擦手的纸巾，铺在地上的纸张等统统装进一个塑料袋里，放到了越野车的车尾厢。这已是我们多年户外旅游考察养成的习惯。临上车前，我又回头看了一眼我们过林卡的地方，干干净净，仿佛没人来过一样。

　　根据确巴乡长的介绍，再往前走一段，就连现在这种路也没有了。如果要去杰马央宗冰川，必须向附近的牧民租用马匹，往返要12个小时。可我们的整个行程安排得非常紧张，也只能打消了溯源雅鲁藏布江正源杰马央宗冰川的念头。

望着静静流淌的奶白色马泉河水，我想到了马泉河名字的由来。由于雅鲁藏布江源头的雪山形如马首，故此河自古习惯地被称为"当确藏布"；"当确"为张开嘴的马首之意，因此汉语又译为马泉河。

虽然去不了杰马央宗冰川，是否可以远远地眺望一下那座类似马头的雪山呢？征求过乡长意见后，大家又继续驱车前行。快到雪山脚下时，我们不得不停车了。前面雪山脚下两条小河相汇，挡住了我们的去路，四周是一大块开阔的草场。远处的山坡上，星星点点地点缀着许多吃草的牦牛。在这个地方，我们才看到有一家牧民驻扎在远处的山坡上，帐篷附近还停着一辆小货车，看来是在转换牧场时搬运家什用的。

我掏出相机，用EOS 28-300的镜头对准前方的雪山，确实真真切切地看到了一座酷似马头的雪山，就位于第一座雪山的背后。我知道，雅鲁藏布江正源杰马央宗冰川，就位于那座酷似马头的雪山的马嘴部分之下，可惜正好被挡住了。

从这个草场的西面，顺着山谷，可以一直走到圣湖玛旁雍错。看来，这个位置是两条进入雅鲁藏布江源头区的道路交通的汇合处，同时也是一个真正的世外桃源般的天然草场。雅鲁藏布江源头区群山环绕，两河交汇，主要植被类型有高寒草原、高寒草甸、高寒灌丛以及高寒垫状植物和流石坡植物。水草丰美的广阔草场，不仅滋养了当地牧民百姓的牧业生产，也为大量的野生动物，如藏羚羊、岩羊、盘羊、黄羊、野牦牛、马鹿、巨野驴、旱獭、野兔、金丝野牦牛、雪豹、棕熊、黑狼、黄狼、红狼、猞狸、狐狸、黑颈鹤等提供了良好的栖息繁殖基地。

云层渐厚，天色将晚，我们必须返程了。

再见，雅鲁藏布江源头区。

第八章

象雄密码

喜
马
拉
雅
的
灵
魂

在吐蕃王朝还没有登上历史舞台之前的很长时间，
今天西藏的大部分地区都是由象雄文明主导的。
而象雄文明的中心，
就在今天的阿里。

如果说中国还有一个地方的文明，如月球的背面一样让我们几乎一无所知，那么恐怕就是西藏文明的源头——象雄文明。吸引人们关注和渴望西藏阿里的原因很多，但其中最重要的，恐怕就是曾经辉煌博大但却早已从历史中消失而仅存残垣断壁的神秘象雄文明。

象雄，是吐蕃王朝崛起以前青藏高原最大的文明古国。更准确地讲，它是以雄侠部落为基础，以象雄王室的发展为主导而形成的青藏高原最大的部落联盟。它的历史疆域应该是南边包括拉达克和今天的印度与尼泊尔北边的一小部分；西边包括克什米尔和巴尔蒂斯坦（今巴基斯坦东端）；北边包括广漠的羌塘草原即今天的那曲和青海省玉树州南部；东边基本上以横断山脉为界，到达今天那曲地区东部和昌都地区北部。意大利藏学家杜齐教授也认为："在吐蕃帝国建立之前，象雄是一个大国（或也可称为部落联盟），但当

144

象雄穹隆银城遗址

吐蕃帝国开始向外扩张时，它便注定地屈服了。象雄与印度喜马拉雅接界，很可能控制了拉达克，向西延伸到巴尔蒂斯坦及和阗，并且把势力扩展到羌塘高原。总之，包括了西藏的西部、北部和东部。"

1987年，中国藏学研究中心对那曲地区进行了一次社会历史调查，认为那曲地区明确见于史料的最早主人，便是古老的象雄政权——汉文史籍中称其为羊同。这次调查报告还提到，有的本教史籍中甚至把黄河源头地区和澜沧江、长江及雅砻江的上游（含今甘孜州西部）都统计在"象雄"的范围。也有学者经过对西藏西北部象雄文化遗迹的考察，认为西藏西北部包括现在的阿里地区以及那曲地区的西部四县即班戈、申扎、尼玛和双湖，还有日喀则的吉隆、仲巴和萨嘎县为象雄文化分布区。总之，吐蕃崛起以前的象雄，其疆域几乎包括整个藏族聚居区。

当然，作为一个王国，更重要的是它的象征意义。象雄王国的存在是毫

145

无疑问的，但它并非始终控制着那个被称为象雄的广袤的疆域，它对有些地区的影响仅仅局限在"象雄"这个名称的涵盖面上。

在有关的历史文献中，对于象雄的历史疆域及其区域划分有很多个分法。最普遍的区域划分与西藏原始宗教本教的文献记载是一致的，就是将象雄分为里象雄（zhang-zhung-phug-pa）、中象雄（zhang-zhung-bar-ba）和外象雄（zhang-zhung-sgo-ba）。根据著名本教学者朵桑坦贝见参所著的《世界地理概说》记载，今天的克什米尔、拉达克等地为"里象雄"；阿里地区为"中象雄"，是象雄国的都城、统治中心，曾经为象雄十八世位国王所统治；藏北、安多、康区等地是"外象雄"，这个区域既包括了西藏高原的大部分地区，又横跨今天的青海、四川的部分地区，以至西部的克什米尔和拉达克。汉文史料《册府元龟》也载："大羊同（中象雄）东接吐蕃，西接小羊同（里象雄），北直于阗，东西千余里，胜兵八九万。"

古象雄国历史悠久，早在吐蕃第一个王出现之前就已传至十八代王。据许多史书记载，象雄国内有32个小部落，每个部落都有君王和臣相百官。据本教史籍《甲顿粗哲》记载，象雄曾设有龙、凤、虎、狮四大宗。虽然强大的象雄国的政权组织体系尚未找到可信的记载，但在零星的资料中记载有象雄王统。国王为父子承袭制，王下有若干个大臣，这些大臣有些为推举，有些为任命，有些为世袭。大臣大部分是各诸侯国的君王和掌握实权的部落首领。象雄国王与下属各诸侯国（大部落）之间，建立的是一种结盟形式的从属关系。国王可对各诸侯国下达军令和行政命令，诸侯国定期向象雄王朝进贡纳税。如有战事发生，象雄国王有权调集各诸侯国的军队。本教大师在朝廷中具有较高的政治地位，因为他们本身就是王室成员，不是王子，就是国王的兄弟，或者是国王的舅舅或叔叔。从许多本教史书记载来看，本教大师有权过问国事，有参与政治的迹象。

藏语中，象雄就是"穹隆"，是频繁出现于象雄的一种神鸟。象雄人崇拜神鸟，相信自己是神鸟的后代。

与吐蕃国王相比，象雄十八世国王以名目繁多的甲茹（一种帽子，象征神鸟）为标志，成为象雄文化独特的内容之一。"甲"（bya）即鸟，这里特指百鸟王，即"穹鸟"。"茹"（ru）即角。甲茹合起来就是"穹鸟角"，这是古象雄国王们帽子上表示他们权威的一种装饰。从藏文文献中看来，甲茹材料质地的不同，表示他们的王权和社会地位的不同。

在古代象雄，除了国王以外，本教大师们的帽子上也有穹鸟角饰，以此来表示他们社会地位的不同。金甲茹、银甲茹是高贵和威力的象征，而海螺或者铁甲茹等则次之。

本来政治联系就很脆弱的象雄，由于吐蕃的崛起而被局限在西部，然后被吐蕃吞并。因而，象雄这个名称的涵盖面也由原来几乎包括今天整个藏族聚居区突然局限到西部，后来被阿里这个名称所代替，象雄逐渐退出了青藏高原的历史舞台。

古象雄的势力曾经扩展到非常广阔的地域，并且具有强大的军事力量。然而，象雄王国神秘地诞生、扩张，又神秘地消失，实实在在给后人留下了千古的猜测和无尽的遐想。这里或许没有意大利庞贝古城遗址的悲壮，没有南美洲玛雅文化遗迹的雄奇，但浸润着历史风雨和象雄文明结晶的阿里古代文化遗迹，依然诉说着昨天的辉煌。

象雄文明起源于何时，现在已无从探究。但是象雄王朝曾经统治过的疆域，确实是西藏古人类活动最早的地区。现有的考古发掘研究成果显示，距今约10000年前，今天西藏阿里的日土县扎布地区就有古人类在活动。距今约5000年前，西藏那曲的双湖、阿里的普兰和日土、日喀则的吉隆等地均有古人类活动。由此可见，象雄王城所在的今阿里噶尔、札达一带，至少在5000年前就有古人类活动。

由于西藏文字是在吐蕃王朝推翻象雄王朝后才创建的，所以在西藏历朝历代的藏文官方文献中无法找到相对准确的关于象雄历史的记载。而在汉文文献中，则记载了一个重要的史实：唐贞观五年，即公元631年12月，象雄王国听闻大唐王朝威仪四方，曾经派遣特使远赴大唐。唐太宗嘉许象雄特使远道而来的诚意，以厚礼回谢。这一段史实，恐怕是较早的关于象雄的汉文官方记载。

唐贞观七年，即公元633年，松赞干布平定曾经属于象雄部落联盟的苏毗等部，定都拉萨，建立了吐蕃王朝。同时，派遣吞米·桑布扎等人远赴克什米尔、印度等地学习文字学，后创立了藏文。唐贞观八年，唐朝与吐蕃互相派遣使者，建立了正式友好关系。由以上史实我们可知道，在吐蕃与大唐建立友好关系之前，遥远的象雄王国就已经与唐朝建立了友好关系。

今天的我们，无法知晓身居长安的大唐皇帝李世民是否通过远道来访的象雄特使知道象雄王国的都城在哪里。但我们知道，长安古都万里之外的象雄，也就是今天的西藏阿里，神山圣湖孕育出的四大江河之一的象泉河（藏语称为朗钦藏布），是西藏西部最重要的文明发祥地之一。象泉河发源于噶尔县门士乡，向西经札达县流出国境进入印度，再流经巴基斯坦境内并与奇纳布河汇合后注入印度洋。由于象泉河流域与南亚、中亚紧密相邻，所以也成为中外文明交流的十字路口，更是孕育了著名的象雄王国、古格王国等。

尽管象雄王国是一个庞大的部落联盟，但只要是真实存在过的政权，就一定会有一个代表政治中心的都城。

那么象雄王国的都城究竟在哪里呢？

2007年4月，我第一次去阿里考察时，为了寻找象雄王城——穹隆银城的遗址，曾经专程冒着严寒从噶尔县门士乡出发，在方圆几百平方公里的札达土林里辗转穿越。实际上，我们当时是冒险选择了一条很少人走的小路。

从地图上观察，这条小路是可以穿过土林再汇合到通往札达县城的上路的。但实际上，就连在阿里搞了20多年导游工作的老巴桑也没有走过这条小路。经过大家合议，最终还是决定冒险搏一搏。我们是在当天下午1点钟左右到达札达县东波乡穹隆村的。

清晨出发时，寒冷异常，结果巨大的温差让我们中午走出越野车时，又被强烈的紫外线刺得睁不开眼睛。向当地藏族老百姓几经询问，才有人给风尘仆仆的我们指引了方向。

我们一行被带到象泉河边。象泉河的北岸，是一座连绵起伏但并不高耸的土山。土山周围有许多依山而凿的洞窟，还有一些类似城堡一样的残存的建筑遗迹。据当地老百姓介绍，那里就是我们苦苦寻找的穹隆银城遗址。

抬眼望去，象泉河对岸那座与札达土林类似的山林一字排开，在蓝天白云的映衬下，山体上部的土黄色与山体中下部的银灰色形成鲜明对比。整个山林有一种气势飞天的天然神韵，却也明显呈现出一种历经沧桑后颓然倒下的衰败气质。

顺着山前的墙坎向上行进，周围一条条土林山崖纵横耸立，残垣断壁散落其中。脚下狭窄的山梁，如安徽黄山鲫鱼背一样令人步步惊心。四周的山崖如同土林风景画一样令人眼花缭乱。途中，一座方形白塔醒目地矗立在那

象泉河对岸的穹隆银城遗址

里。顺着白塔放眼望去，正前方仿佛站立着一只硕大无比的大鹏鸟！前方远山的山脊中央凸起一个尖顶，如同大鹏鸟高耸的头与喙，沿着中央顶向两侧均匀延伸的仿佛大鹏鸟遒劲有力的双翅，双翅下银灰色的羽翼，根根羽毛清晰可辨。

面对如此气势磅礴的大鹏鸟状的古城堡，一种莫名的震撼、崇拜的强烈感觉油然而生。只是这一眼，我就偏执地认为，这里就是崇拜大鹏鸟的象雄王国的都城——穹隆银城。

穹隆银城，从字面意思上讲，至少有三层意思包含其中。一是要有一个无论山形还是山势都有些像大鹏鸟的地方，因为"穹"就是大鹏鸟的意思。大鹏鸟崇拜是象雄人最早的自然崇拜方式，更是象雄重要的文化符号和信仰载体。二是既然叫"银城"，就肯定这地方要有银色，应该和色彩有一定关系。三是一定要有城堡。

同时具备这三个条件的，目前在阿里地区就只有眼前的这处遗址。因此，我们在穹隆村探寻到的遗址，才应该是象雄都城——穹隆银城。

据介绍，遗址区根据地势高低和分布情况，可分为四个片区。山顶地

149

势较低的南部片区，建筑遗址最为集中，多为砾岩岩块和砾石砌成的地面建筑，建筑用途大致分为防御性城堡、居住区、公共建筑、宗教建筑及生活配套设施等。遗址中部的西北边缘是第二个片区，主要是建在山顶山崖边的用于军事防御功能的防御城堡。遗址中部的东南边缘是第三个片区，与第二个片区的功能一样，主要是建在山顶东北边缘的防御性军事堡垒。遗址的最北段在另一个山丘顶上，遗迹较少，全部为防御性军事设施建筑，应该是整个遗址北部的防御重地。土山的崖坡下，也有一些零星的防护墙遗迹和通往山顶的暗道口。

整个穹隆银城多层次、多角度、多功能的遗迹分布，明显反映出其军事设施和城堡建筑等都是经过周密规划布局的。这种长治久安的理念、防患于未然的规划以及城邦功能的布局，无不显示出这里是一座有着都城功能的遗址。

从此，象雄王国的都城在阿里的札达县的概念就深深地刻印进我的心中。

2010年9月6日，我在阿里噶尔县旅游局领导的陪同下，来到了噶尔县与普兰县交界处的门士乡。这次考察的重点，也是进一步寻找和实地考察象雄古国的都城——穹隆银城的遗址位置。

从门士乡出发，先要经过一大片群山环绕的湿地。金秋的阿里，是野生动物的天堂。在行进途中，我们多次看到一群群黑颈鹤在湿地上安静地觅食，或优雅地飞翔。有的成双成对，有的成群结队。我们兴奋地多次下车拍照和观察。

黑颈鹤是世界上唯一一种高原鹤类，是藏族群众心目中的神鸟，也是世界15种鹤科动物中被最晚记录到的一种鹤。黑颈鹤属于大型禽鸟，身长一般超过一米，颈和腿比较长，全身灰白色，头顶呈血红色，并伴有稀疏的发冠状羽毛。头的其他部位与颈部的大部分地方均为黑色，所以被称为黑颈鹤。

据记载，1876年，俄国探险家普热尔瓦尔斯基曾在青海湖首次发现这种禽鸟。黑颈鹤夏季在西藏繁殖，冬季迁至云贵高原越冬，少数还飞越喜马拉雅山脉到不丹等国越冬。中国拥有世界上最大的黑颈鹤种群，估计有4000只左右。黑颈鹤目前已经被列为国际自然保护联盟的易危级，属一级保护动物。

能够如此近距离地观察到难得一见的黑颈鹤，数量又是如此众多，的确

黑颈鹤

让我们喜出望外。然而，随后的考察行程更是出人意料，甚至让我们产生了一定的疑问。

越野车在弯弯曲曲的土路上艰难行进了40多分钟后，我们进入了一片红黄色为主色调的土山群。陪同的噶尔县旅游局局长让司机停了车。下车后，他认真地四处观望了一番，然后指着远处的一座长条形土山介绍说，这里叫卡尔东，那座土山顶上就是象雄古国的都城——穹隆银城的遗址。

我当时看着眼前这座普通得不能再普通的土山，实在无法想象出当年盛极一时的象雄王国的都城就藏在这样一个毫不起眼的小山沟中。我充满疑惑地询问陪同我们的噶尔县旅游局领导，这里真的是象雄都城——穹隆银城的遗址，我印象中好像是在札达县的穹隆村？噶尔县旅游局领导并不是文物专家，他略一思忖，说噶尔县的资料显示是在这里，札达县的那个也是遗址。而且我们当时所处的地方距离札达县的穹隆遗址很近，据说只有15公里。但是他说不清楚噶尔县的卡尔东遗址与札达县的穹隆遗址之间的区别。常识告诉我，古今中外任何王国，同一历史阶段的都城只能有一个。正是因为如此，两个遗址的存在令我更加困惑。

虽然两个象雄时期的遗址距离很近，但作为都城应该只有一个。那么，哪个才是真正的穹隆银城遗址呢？目前为止，学术界也没有统一意见。

象雄，是古代象雄人的古象雄语的自称，译成古藏文是"穹隆"，其意思都是"雄"族的山沟（或地方），或者"穹"族的山沟（或地方）之意。西藏的岩画已经证明了象雄王国最重要的图腾，就是本教文献中广泛出现的

151

神鸟"穹"。所以，"象雄"也可以转译为"神鸟穹的部落"。

为什么象雄如此崇拜神鸟"穹"呢？据说，神鸟穹的原型是一种大鹏鸟。这是一种体型硕大的猛禽，展翅有3米。有资料显示，该鸟在200多年前从地球上灭绝。另外，象雄都城所在的今西藏阿里地区，鸟类资源丰富，目前尚存在的鸟类共有5类12目21科50种，为藏族聚居区之首。其中，猛禽类隼形目的鹰科就有草原雕、秃鹫、胡秃鹫、鸢等5种；隼科也有猎隼和红隼两种。估计在象雄王国昌盛之时，这片土地上的鸟类资源更加丰富。有这样丰富的鸟类物种基础，相信象雄产生鸟崇拜也就顺理成章了。由鸟崇拜过渡到神鸟崇拜，那就是宗教的作用了。在象雄王国时期，一种对藏族有着深远影响的宗教在阿里诞生了，这就是本教。

在今天人们的印象中，西藏是一处佛教圣土。殊不知，在佛教进入西藏之前，本教是青藏高原的唯一信仰。而在本教之前，西藏还存在着一种以自然神灵崇拜为主体的原始拜物宗教。

远古时期，由于生产力极为落后，人们对自然所知甚少，对社会现象了解不深，对大自然的各种现象无法做出科学的解释，由此认为有一种超自然的力量"神"的存在。人们本能地认为神控制着整个大自然，神给人类带来吉凶祸福，于是对神产生一种敬畏情绪，便向神献祭祈祷，以求消灾得福、祛病除邪等，从而产生了最原始的拜物的宗教。

原始宗教相信万物有灵、鬼神无处不在，如天上有日、月、星辰以及诸多天神，地上有各种鬼神居于河流湖泊、高山丛林，地下还有龙等主宰。要想达到能让神灵赐福、鬼怪逃离的自保目的，那就必须通过一定的方法和程序方可实现。尤其当人们生病的时候，要想让病人尽快恢复健康，就必须要举行一定的驱邪逐魔的仪式。而掌握所有这些方法和秘密的只有一种人——巫师。只有巫师才可以作为人与神的中介，他们与其他宗教神职人员最大的不同是能够以个人的躯体作为人与鬼神实现信息沟通的媒介。由于这些巫师的存在和努力，减少了人们对自然灾害的恐

本教诞生在神山冈仁波齐附近

惧，还在一定程度上安抚了人们脆弱的心灵。

由于人们的敬仰和信任，鬼神被不断细化和扩大，既有善神，也有恶神；既有山神、水神，也有树神、灶神等。不同的神灵有不同的性格和功能，这就要求人们必须按照不同的方式进行祭拜，从而就形成了复杂多样的祭祀仪轨。这些仪轨有一个共同特点，那就是杀牲献祭。

在原始拜物宗教的基础上，在外来宗教文化的影响下，原始本教在象雄本土诞生了。

大约公元前6世纪到前5世纪，在阿里神山冈仁波齐附近一个叫作魏摩隆仁的地方，一位古象雄部落酋长的儿子诞生了。父亲是杰（头领，部落酋长）苯妥噶尔，生母是尧希杰协玛，这个小王子就是辛饶米沃。

据很多史料记载，在辛饶米沃之前，为生者除灾捐福、为死者送葬安魂、为人祛病除邪为主的原始本教其实早已流传了几千年，并为象雄人所接受，但它并无系统的理论。辛饶米沃在原始本教的基础上，吸收和采纳了周

153

边部落和地区的宗教文化，努力改变原始本教仪式中某些杀牲祭祀的劣习，规范仪轨，创立了雍仲本教。后来，本教徒们尊称辛饶米沃为"敦巴·辛绕"，藏语意思为开创者。在本教信徒心目中，辛饶米沃的地位与释迦牟尼在佛教徒心目中的地位一样，神圣而不可替代。但是关于辛饶米沃是否是一个曾经真实存在过的历史人物，现在也没有一致的说法。

关于本教产生的年代也有好几种说法：有说距今3860多年前就有本教和本教经典，有说本教产生于公元前1300年左右，有说辛饶米沃是释迦牟尼同时代的人物，有说辛饶米沃是距今18005年前的人，也有说他是距今18001年前的人。不仅是本教，包括西藏的许多宗教、神话和传说，既不能不信，也不能全信。总之，这些都有待考证，而有些是永远也无法考证的。这恐怕也正是西藏文化吸引人的原因之一。

有一点是基本可以肯定的，即古象雄的先民曾经驰骋大半个中亚，与波斯、阿拉伯、突厥等都有过千丝万缕的联系，在中亚历史上曾扮演过举足轻重的角色。因而，在象雄的文化体系，尤其是宗教文化领域中，似乎应该多少保存着一些对中亚历史的记忆。比如，古代波斯及中亚地区的祆教对象雄本教的影响远比人们想象的要大得多。

西方学术界一直认为，本教是受到了中亚地区祆教的二元论的直接影响。在古代中国被称为祆教的琐罗亚斯德教产生于约公元前6世纪，是古波斯历代王朝的主要宗教信仰，曾对其后诞生的犹太教、基督教、伊斯兰教等产生过重要影响。祆教被波斯立为国教，正是在吐蕃王朝崛起之前的象雄时期。

一般认为，祆教教义是神学上的一神论和哲学上的二元论。祆教认为善与恶不断斗争，结局是善最终取得胜利。祆教作为当时象雄王朝西面的一个强势文化，其重要的思想观念不可能不对象雄的国教本教产生影响。本教文化中普遍存在的对火和光的信仰，比如今天遍及整个藏族聚居区的煨桑现象，就是一种典型的拜火仪式，这与将拜火作为神圣职责的祆教是一脉相承的。

辛饶米沃创立的雍仲本教，也称为本波教，即本教，其发展过程基本经历了多本、洽本和觉本三个时期。距今4600多年前，就有本教僧人在博日俄丹东部、西面和南面，分别修建了四座大型本教寺院。今天，在位于东面莎隆纳瓦玛本洞的仲穆赤孜大僧院遗址附近的岩石上，带有浓厚宗教意味的脚印还清晰可辨。除上述四大本教寺院外，还有位于霍堆扎迥（扎藏布上游）

右山沟的勒乌拉孜寺，玛旁雍错东岸色热龙有扎西孜寺，色扎甲吉有雍仲寺。据说除了这些寺院外，在阿里神山圣湖周围还兴建有近千座本教寺院。

自公元1世纪开始，本教沿着发源于古象雄境内的阿里神山圣湖的雅鲁藏布江自西向东传入吐蕃。吐蕃第二代赞普穆赤潜心修炼本教密宗，并鼓励民众皈依本教大法，由此在吐蕃掀起了第一次修炼本教密宗的热潮。此后，本教开始在吐蕃得到王室贵族们的支持，并一度成为吐蕃部落的主导信仰体系。但在吐蕃第八代国王止贡赞普时期，由于本教徒对王室的权力构成了威胁，赞普驱逐了本教徒，毁灭了本教寺院，这是本教史上第一次法难。本教史家将本教始创到止贡赞普驱本叫作本教"前弘期"。

止贡赞普去世后，本教又有新的发展。至公元7世纪的吐蕃赞普松赞干布统一西藏之前，本教一直是象雄和吐蕃唯一的宗教。待松赞干布消灭象雄王国并统一西藏后，佛教才开始逐渐进入吐蕃。尤其在莲花生大师被迎请到吐蕃并与本教徒斗法取胜后，佛教终于在吐蕃获得一席之地，吐蕃才开始了本教与佛教并存的时期。

在此期间，本教与佛教相互渗透，并经常发生激烈冲突。到赤松德赞时期，吐蕃赞普又举行了本教和佛教的辩论，本教再次失败了。公元8世纪中，赞普赤热巴巾采取了兴佛压本的国策，导致了本教史上的第二次大法难。本教史家将止贡赞普至赤松德赞压本称为本教"中弘期"。

公元9世纪吐蕃王国崩溃后，本教再次遭受重大打击，许多本教徒远走安多和康巴等地，许多本教的赛康（本教神殿）被改成佛教神殿，许多笃信本教的贵族如辛氏家族、竹氏家族、芭氏家族等迁移到后藏地区，继续传承本教。

笃信佛教的吐蕃末代王孙——吉德尼玛衮逃到阿里，建立了上部阿里三围，佛教开始从上层社会进入阿里地区。尤其是米拉热巴等高僧大德到阿里神山圣湖一带传教之后，佛教在阿里境内迅速传播，本教势力逐渐减弱。

20世纪初，来自藏北那曲霍尔波秀部落的琼追·晋美南嘎，由于从小就十分厌倦部落间的无休止争斗，不顾家人的反对和阻拦，一个人踏上了前往圣城拉萨之路。他一路朝觐圣地庙宇，一路拜会高僧大德，潜心钻研本教和藏传佛教的知识，最后抵达了位于今日喀则地区南木林县的本教大寺雍仲林寺。在该寺学习期间，他知道了阿里才是本教的发祥地，于是决定远赴阿里

顿久寺

重振本教文化。

　　当他千辛万苦来到阿里神山冈仁波齐西南的穹隆卡尔东（今噶尔县门士乡）时，发现了一个修行洞。通过对洞内出土的神像等宗教器皿的研究，他认定此洞就是吐蕃早期的著名象雄本教大师真巴南卡的修行洞。

　　于是，他从1936年开始在此修建本教寺庙。据说，这座寺庙所用的木头全部是由琼追·晋美南嘎带人去邻近的印度购买，并从札达县方向运输过来的。

　　该寺于1944年落成，并取名为古入江阿扎森林寺，也就是我们今天所说的古入江寺。

　　2010年9月6日这天上午，我们按计划先行远赴噶尔县门士乡的一座佛教寺庙顿久寺考察，下午再去本教寺庙古入江寺。由于顿久寺邻近中印边界，路途遥远，信众主要是附近的游牧民，所以去顿久寺是没有道路的，就连经验丰富的本地藏族司机也几次迷路。越野车在高低不平的阿里大草原上疾驶，沿途经常能够见到一两只狐狸、三五成群的野驴，以及在蔚蓝的天空翱

重新粉刷过的顿久寺

翔的黑色乌鸦。顿
久寺规模并不大，
但是寺庙建筑簇
新，好像刚刚粉刷
过一般。

中午，门士乡
的一位领导代表乡
政府接待了我们。我们的用餐安排在219国道边的一个简易的招待所里。我们
被领进一间类似客厅的大房间，中间是火炉，沿着三面墙呈U字形排放的是藏
式坐床，床前面是若干长条茶几拼成的U字形藏式茶几，室内还算是较为典型
的藏族风格。

我们依次坐在藏式坐床上，乡领导让人先给我们上酥油茶。长途跋涉完
饥渴交加的我们，喝一碗热乎乎的酥油茶，就像有一股甘甜的清泉流进了我
们的心里。片刻，早有准备的招待所工作人员就搬进来一个大铝锅。乡领导
一边给我们分发碗筷，一边笑眯眯地告诉我们，按照县旅游局的要求，今天
中午给大家尝尝门士乡的特色饮食。分好碗筷，他就揭开了那个大铝锅的盖
子，一股浓郁而奇特的牦牛肉味道扑面而来。我的三位来自南方的同事马上
挺直了身体，屏住了呼吸，轻微地皱起了眉头。我知道，这种味道对南方人
来讲，恐怕很难接受。

我看了看那一大锅稠乎乎的东西，心生疑虑，这到底是什么食物呢？乡
领导为我们每个人盛了满满一碗，有大块的带骨牦牛肉，还有类似面疙瘩的
东西。只是我感觉那浅黄色既像汤水又像粥水的液体里，可能还"潜伏"着
一些我们尚不清楚的原料。

我抬眼瞅了旁边根本没有动筷子的三位同事，又瞧见已经津津有味地开
始大口咀嚼的藏族司机，尽管食物味道很冲，还是决定先行尝试一下。我夹

157

古入江寺

了一块骨头较少的牦牛肉送入口中，嚼了半天还是嚼不动，只好作罢。反而是那种鸡蛋大小的"面疙瘩"，让我找到了一种久违但又略显不同的家乡味道。

夹在筷子上的藏式"面疙瘩"，是一块呈不规则椭圆形且中间被明显折过一下的面块，不仅比中原地区的面疙瘩大而厚，而且形状有点像人的招风耳朵。我"勇敢"地吃了两块"面疙瘩"，然后问乡领导这叫什么，他说这叫"老人耳朵"。听到这个解释后，我不禁打趣地对他说：天啊，我居然吃了两块老人的耳朵！大家哄堂大笑。我一边劝同事们多少吃点，一边又好奇地指着大铝锅问乡领导："这种吃食当地人叫什么？"他说叫"土巴"，这是一种用水、面团、牦牛肉、羊油和奶渣熬成的面粥。

那天中午，我努力地吃了七块"老人耳朵"，但一块牦牛肉都没有嚼烂吞下去。我的三位南方同事很惨，基本上没有吃，整个中午都默默地坐在那里，被动地呼吸着夹杂着那股他们认为奇怪食物味道的稀薄空气。事后我想，是我们太挑剔，还是牦牛肉确实没有煮熟？但为什么乡领导和几位藏族朋

158

友都吃得很开心呢？恐
怕，还是我们自己没有
达到真正的入乡随俗的
境界吧。

15:15，我们一行
终于来到了阿里地区唯
一的一座本教寺庙古入
江寺。

古入江寺位于噶尔县门士乡的卡尔东，远远地就可以透过越野车的挡风
玻璃看到前方那一座横亘眼前的黄色土山。山腰处有一山洞，附近有两座白
色的小型房屋，一条条随风飘动的五色经幡从山顶、山腰一直延伸到山脚的
一组建筑群。噶尔县旅游局的领导介绍说，山脚下的那组白色外墙围起来的
建筑物就是古入江寺。

眼前的古入江寺，主体寺庙建筑只有两三栋，每栋都只有两层左右，外
墙皆为白色，周围由一圈低矮的院墙包围。院墙每隔一段距离就有一个白色
的四方形建筑物横跨其中，有些类似中国内地一些古城墙上的城垛。寺庙主
殿屋顶正中也有藏传佛教寺庙里常见的黄灿灿的镀金法轮双鹿和毛制伞盖装
点，只不过法轮上方还顶着一个正方形黑底黄字的"卐"字纹。

万字纹是本教的典型特征，称之为"雍仲"，所以本教也被称为雍仲本
教。"雍仲"象征光明和轮回不绝，也有吉祥、永恒、无穷无尽的含义和驱
邪纳祥的功能。实际上，作为本教标识的万字纹，反映出古象雄人对太阳神
的崇拜，逆时针的方向是古象雄人对天体运行方向的认知，体现了象雄自然
崇拜的精髓。

主殿的前方屋角上，也矗立着镀金的胜利经幢。大殿正立面只有三个小
窗户，中间是两张巨大的缀有万字花纹的黑色门帘，两侧各竖立着一个颜色

159

半山腰的雍仲
仁钦洞

山脚下的
古入江寺

素雅的伞盖，大殿周围一圈是黄铜制成的转经筒。

　　虽然表面上看起来，这座本教寺庙与藏传佛教寺庙有许多类似的地方，但不知为什么，我总是觉得这座本教寺庙的建筑，有一些地方与传统的藏传佛教寺庙略有不同。一下车，我站在原地看了看山腰上的那著名的本教修行洞"雍仲仁钦洞"，再看一眼近在眼前的古入江寺，又努力回想了一下自己亲自考察过的许多知名藏传佛教寺庙和本教寺庙，仿佛找到了一丝线索。

　　因本教僧人做法时头戴黑帽，所以本教也被称为"黑教"。但实际上，本教教义并不尊崇黑色，本教崇尚的是白色。无论是眼前的古入江寺，还是我去过的其他本教寺庙，好像寺庙建筑物的外墙都是白色，甚至是一些建筑装饰都以白色或浅色为主调，而不像藏传佛教寺庙那样色彩斑斓，富丽堂皇。

站在古入江寺门前，无论是从山形地貌还是寺庙风格上看，总觉得此处气场异于他处。

寺庙里出来三位本教僧人。在了解了我们的来意后，热情地接待了我们。寺庙藏经阁大殿内的格局与藏传佛教寺庙不同，中间供奉着几尊本教大修行者的塑像，四周墙上除了整整齐齐排放在小格子里的本教经书外，还有整墙的本教创始人辛饶米沃坐像的图案装饰。陪同的噶尔县旅游局局长介绍说，这里有一件宝物，平时一般不会拿出来，听说我们是为噶尔县旅游规划编制而来，所以僧人们愿意拿出来给我们欣赏一下。

片刻，一位年长的僧人从黝黑的内殿走出，双手小心翼翼地捧出一个长方形红色木头边框的玻璃镜框。为了让大家看得清楚一些，他将这个玻璃镜框轻轻放在大殿的地板上。原来，这个玻璃镜框里面珍藏着一块年代久远、四边残损的丝绸残片。据这位年长的僧人介绍，2005年的一天，一辆载重卡车从古入江寺门前的小路上经过，压塌了一座深埋地下的墓葬，寺庙僧人随即对其进行了抢救性挖掘和文物收集整理。当时，他们发掘出这块随葬的丝绸残片，此外还有马蹄形木梳、长方形木案、草编器、钻木取火棒、青铜釜、青铜钵、镀金银片、铁矛、双耳高领陶罐、陶高足杯等随葬品。

眼前的这块丝绸残片为典型的汉地织锦，长40多厘米，宽20多厘米，藏青底子上织绣着黄褐色纹饰，自下而上由三组循环的花纹构成。最下层为波状纹饰，每个波纹内饰一组对鸟，脚踏祥云。波纹顶部支撑着柱状图案，将中层分隔为数个单元，每个单元均围绕中心神树，对称分布着成对的朱雀和白虎，四角对称分布着青龙和玄武，中间可以清楚地见到"王侯"两个汉字。最上层是以神树为对称轴，装饰着背靠背的虎状有翼神兽，尾部放置

珍藏着丝绸残片的玻璃框　　　　　丝绸残片上的文字清晰可见

一件三足汉式鼎，旁边清晰可见一个汉字"宜"。

当看到这几个清晰的汉字时，我顿时惊呆了。西藏阿里距汉文化中心的中原有万里之遥，在本教发源地阿里的这座本教寺庙里，怎么会出土年代如此久远又有这样明显汉族文化内涵的丝绸残片呢？

此时此刻，我的思绪仿佛骑上一匹穿越时光的天马，穿过幽暗无尽的时光隧道，向悠远神秘的古代阿里疾驶而去。

阿里，西藏西部的门户，作为青藏高原古代文化发展与区域互动最为活跃的地区之一，自古就与西域文明、黄河流域文明、蒙古草原文明，以及邻近的南亚印度文明、西亚波斯文明等有着非常密切的经济、文化交流。而将上述各成体系的文明板块连接贯通的，就是那条世界闻名的丝绸之路。

地处世界远古文明之间的西藏，从来没有停止过与外界交流的步伐。从目前的考古发掘成果如昌都卡若遗址的发现和文物发掘，就足以推断出这一点。

虽然横亘东西的昆仑山脉将丝绸之路与西藏在地理上一分为二，但是两者之间的经济、文化交流，伴随着上古时代西藏土著游牧民族的大迁徙，以及由北南下的从事农业生产的氐羌民族进入青藏高原开始，西藏就与外界构建了多渠道、多民族、多层次的多元化沟通网络。

在吐蕃王朝还没有登上历史舞台之前的很长时间里，今天西藏的大部分地区都是由象雄文明主导的。而象雄文明的中心，就在今天的阿里；如此看来，在公元7世纪以前，阿里在历史上可能是与西藏以外地区交流最多的地方之一。

藏经阁

据那位年长的本教僧人介绍，这块丝绸残片曾经被专家鉴定过，说年代大约是公元3世纪或4世纪。这样看来，这块丝绸残片应该是汉晋时期的东西。那么这块既不反映象雄文化，也根本不可能是象雄王朝本地制造的丝绸，又是通过什么渠道、从哪里来到遥远的阿里的呢？

既然是丝绸，那么源头肯定是丝绸之路上的某个节点。既然丝绸残片上还有清晰可见的汉字，那么这块丝绸一定是从中原方向流通过来的，或者是在一个深受中原文明影响的丝绸之路的重镇生产或者流传出来的。纵观阿里周边格局，与其距离最近的丝绸之路重镇，就是今新疆的和田。

和田，古称于阗，是西域古国，丝绸之路上的重镇。需要格外注意的是，古代的于阗居民是印欧语系的吐火罗人，而非当时在西域占统治地位的塞种人。据有关考古资料显示，与阿里古入江寺保存的丝绸残片有同类纹饰和铭文的丝绸，在新疆巴音郭楞蒙古自治州的尉犁营盘墓地和吐鲁番的阿斯塔那墓地也有出土，而且年代也大致相同。如果我们在地图上仔细观察后就会惊喜地发现，西藏阿里以北，翻越昆仑山脉后就是新疆的和田，其东部就与巴音郭楞蒙古自治州接壤。西藏阿里古入江寺保存的这块丝绸残片，极有可能就是由新疆的和田流传过来的。

这块丝绸残片的存在，至少说明了两件事。其一，古入江寺保存的这块丝绸残片属于汉晋时期丧葬仪式中的"覆面"。覆面也称"幎目"，是用来

163

四周悬挂的是有几百年历史的珍贵唐卡

包裹死者头脸部位的。能在汉晋时期使用丝绸的覆面，说明这座墓葬主人的社会地位很高，很可能是象雄王国的一位贵族或者王室成员。同时，这也从一个侧面佐证了象雄王国的都城应该与古入江寺距离不远。其二，说明早在象雄王朝时期，西藏阿里与新疆的南疆之间就存在着天然通道和密切的文化交流。由此看出，西藏阿里自古就存在着一条丝绸之路。只不过，它比较隐秘和低调而已。

根据实际的自然地理状况和有关文献记载，从阿里所在的青藏高原到昆仑山脉以北的塔克拉玛干沙漠地带，历史上主要存在两条通道：一是通过阿里的日土县，经昆仑山和喀喇昆仑山之间的阿克赛钦，到达和田或叶城，其路线与现今的219国道（新藏公路）大致相当，这也是阿里与南疆联系的主要通道；还有一条路线是从阿里的噶尔县沿狮泉河下到克什米尔的拉达克，然后向北翻越喀喇昆仑山口进入新疆喀什的塔什库尔干，再与第一条路线会合。这两条道路在吐蕃时期成为其进入中亚的最早的通道，被后人称为"吐蕃—于阗道"。

古入江寺的擦擦

另一个大殿内，木制的经台上放置着许多排列整齐的"擦擦"。"擦擦"是一种小型的脱模泥塑像，是用模具加泥挤压而成的泥佛或泥塔，用单面凹凸板模挤压成平面浮雕状，有些还须经过烧制或彩绘，以增加其耐久性和观赏性。

"擦擦"源于古代印度中北部地区的方言，是梵语，意思是"真相"或"复制"，也有译成"察察"的。11世纪，孟加拉佛学大师阿底峡应古格王绛曲沃派嘉尊追森格的亲自迎请，于公元1042年来到古格王国。途中，阿底峡尊者从印度带来了青藏高原最早的"擦擦"。

阿里地区的"擦擦"种类众多，居西藏之首。

"擦擦"一般是素色的，主要内容为天降塔、门塔、菩提塔、八佛塔、百佛塔、佛陀、菩萨、上师、护法神等。几乎所有的"擦擦"都有《般若波罗蜜多经》的经咒，后来由六字真言取代。信徒们制作"擦擦"的目的是为了积攒善业功德，这些"擦擦"多装藏于佛塔内、寺院屋顶、山顶玛尼堆、修行岩窟内。现在，藏传佛教信徒较多的地区，也有人将"擦擦"供奉在朝佛路边专建的称为"擦康"或"察康"的小房间内。

"擦擦"也有等级之分。从最普通的泥"擦擦"到用高僧的骨灰或药水和泥做成的优质"擦擦"等，一般分为四种类型，即泥"擦擦"、骨"擦擦"、布"擦擦"及药"擦擦"。我们一般能见到的只有泥"擦擦"一种。虽然"擦擦"是泥模制品，相对各种铜造像显得较为粗糙，但其忠实于造像仪轨，是佛教图像学及其艺术风格传播的重要载体；再加上"擦擦"体积较小，便于携带，这一特质也促进了藏传佛教文化向各地的传播，对藏传佛教

165

神鸟穹木雕

艺术的形成和发展有着重要的推动作用。"擦擦"，与唐卡、酥油花一样，是藏传佛教艺术中颇具典型意义的艺术品，体现了历史上藏族人民信仰佛教的虔诚和才智，是留给世人的古代艺术奇葩。

我在西藏的阿里、日喀则、林芝、昌都等地都亲眼见过许多"察康"，以及数量不等的泥"擦擦"，但都是在藏传佛教信徒朝圣的路边或古代洞穴遗址中见到的。

这里的"擦擦"，大小、图案、材质等规制一样，长约15厘米，宽约8厘米，中间凸出的塑像是本教创始人辛饶米沃。唯一有区别的是，在这众多的"擦擦"中，中间凸出的辛饶米沃塑像的颜色分为两种，一种是白色，一种是黄色。至于为什么分成两种颜色，我至今也没搞清楚。

中心大殿上方悬挂着许多幅年代久远的唐卡和层层叠叠的幔帐，大殿里面也有转经筒，最引人瞩目的是大殿左侧第一根木柱上居然悬挂着一张完整的雪豹皮。我通过藏族司机，向年长的僧人打听这张雪豹皮挂在那里多长时间了。年长的僧人明白我的问话后，憨厚地笑了笑，说他早年来古入江寺时它就已经挂在那里了，应该上百年了，现在已经很难见到雪豹了。他指了指大殿外远处白雪皑皑的喜马拉雅山脉，那边山里应该有。

大殿中央的木质供台木雕华丽，图案繁复，金光灿灿。我凑近仔细看了看，供台正立面左右分别雕刻着一条龙，中间是一个头上长角，嘴似鹰喙，张开翅膀的大鹏鸟雕像。我知道，这是古代象雄人的图腾神鸟穹。看着眼前这只造型独特的大鹏鸟，忽然联想到象雄就是神鸟穹居住的地方，而我自己长期生活居住的深圳有一座大鹏古城，深圳也被称为鹏城。难道我这个来自鹏城的人，与这相隔万里的西藏阿里之间，冥冥之中真的存在一丝说不清道

本教僧人的白色帽子

不明的缘分？

从略显幽深的杜康大殿室内走到室外，猛烈的高原紫外线照射得我几乎睁不开眼睛。稍做适应后，我发现整个古入江寺院内墙边，全部排满黄灿灿的转经筒，甚是壮观！左手边的院落一角，矗立着几座并不高大的正方形建筑物。红色的三层正方形基座，上面是一座白色外墙的正方形房子，正方形屋顶上是一个红色外墙的小型正方形建筑，上面竖着一根包裹着经幡的旗杆。

透过低矮的寺庙院墙，视线沿着从古入江寺连接到不远处的那座藏红色砾石山山腰的多条经幡，就能看到20世纪30年代本教大师琼追·晋美南嘎曾经待过的修行洞。主洞的附近还有十余个洞穴，据说也是修行洞。

考察结束前，我们与古入江寺的三位僧人合了影。临上越野车前，我又回头看了看那三位正在微笑着朝我们挥手的本教僧人，其中两位的帽子引起了我的注意。

年长的僧人头上戴的是一顶浅银灰色礼帽，而旁边那位高高瘦瘦的年轻僧人头上，则是一顶纯白色的锥形帽，仿佛微缩版的神山冈仁波齐峰，难道这是这位本教僧人有意向本教神山致敬的一种方式？

我不得而知，但我知道，他们确实与众不同。

再见了，古入江寺。

167

古格迷思

喜马拉雅的灵魂

古格王国，
虽然未能像吐蕃那样统一整个西藏，
但它却在喜马拉雅山脉和冈底斯山脉之间，
建立了延续700多年的世界最高处的政权和文明。
公元1624年，
葡萄牙传教士安多德神父一行到达古格。
这些西方人的到来，
彻底改变了古格王国的命运。

　　2007年4月30日20∶30前后，在西藏旅行社协会原会长晋美旺久先生的陪同下，我们考察组一行在一整天穿越了那方圆400多平方公里的札达土林腹地后，终于疲惫不堪地来到了那向往已久的古格王国遗址。

　　夕阳静静地照射着蜿蜒的象泉河，河水水位很浅，河滩密布大大小小的鹅卵石。远远望去，河南岸是一大段高大狰狞的由黄色土林组成的高高山岗，亿万年水流侵蚀形成的特殊地貌，多少能让人联想到一丝远古年代这里曾有的湖岸风光及沧海桑田。但前方远处那段高约300米的黄土山上，密密麻麻的洞穴，以及高低起伏的残垣断壁形成的奇特天际线，还是让人感觉有些奇特和意外。毋庸置疑，这一定是一处人类活动过的遗址。

　　当晋美旺久先生告诉我们那就是古格王国遗址时，我的心里

古格王国遗址

其实多少有些意外。准确点说，是有一点难以置信的失落情绪。

亲临现场之前，我曾想象过很多种到达古格王国后的激动场景。可能一整天的极具震撼的札达土林穿越已经让我疲惫不堪和审美疲劳。在到达古格王国遗址前，我的双眼看到的景象全是札达土林的土黄色，仿佛自己戴了一副土黄色镜片的太阳眼镜一样！所以，当我第一眼见到土黄色山体上的古格王国遗址时，我竟无法相信：这就是那著名的古格王国？

是的，这里就是古格王国遗址。王国遗址的山脚下，现在是一座人口稀少的村落。但这个地方的名字，无论是在象雄历史上，还是在古格历史上，都是一个响亮异常、无法回避的符号：札布让。

当我们的越野车停在山脚下古格王国遗址并不高大的大门外后，我迫不及待地下了车。首先进入眼帘的，就是寂寞地竖立在大门两旁的两块石碑。左边的一块刻的是汉文，上刻"全国重点文物保护单位，古格王国遗址，中华人民共和国国务院，一九六一年三月四日公布，西藏自治区人民委员会

169

立"。大门右侧的一块与这块大小一致，只是上面刻的是藏文，内容应该与左边这块一样。没错，这里就是古格王国曾经的政治中心。

从山脚下仰望古格王国遗址，并不很高的山岗上密布着像蜂窝一样的洞穴，半山腰一座绛红色的建筑物，在土黄色山体的映衬下，格外醒目。残垣断壁之中，隐约能窥到一些残败的碉堡和佛塔，以及荒芜的寺院。

那天傍晚，我们沿着一条小路从山脚向山顶沿途考察。

古格王国遗址的山崖顶端是王宫所在地，山腰处是寺院及僧人的房舍，山脚下是民居洞穴，呈现出明显的"三为一体"的垂直分布格局。

上山的路弯弯曲曲。山的东北侧，屹立着七座黄土砌成的碉堡，还有三排10多米高的佛塔。山坡上，像蜂巢一样密布着300多个洞穴。中间，还耸立着几幢相对完好的建筑物，仿佛是寺庙。整个王国遗址的建筑群依山叠砌，残骸直插天际。由山脚到山顶，相对高差大约300米。王国遗址建筑群内部，地道四通八达；外围则有用黄土垒成的城墙环绕。残墙上，仍然依稀可辨认出许多石刻的佛像。

由于我们当时到达古格王国遗址已近黄昏，为了赶在天黑前回到札达县城，我建议有重点地考察几座寺庙，尤其是要欣赏一下寺庙内著名的壁画。

古格时期的寺庙壁画是世界一绝，也是了解西藏阿里历史的一扇窗。现存的古格王国早期至中期（10世纪末～15世纪）的佛教题材壁画数量较多，有东嘎·皮央1号窟、托林寺迦萨拉康、托林寺玛尼拉康、托林寺杜康大殿、古格王国拉康玛波（红

古格王国遗址大门

上：古格王国遗址全景

中：三为一体垂直分布

下：古格王国遗址及残
存佛塔

古格王国遗址壁画

殿）、古格王国拉康嘎波（白殿）等近十处。据记载，境外还有位于克什米尔的阿济寺松载拉康、塔波寺杜康两处。从目前壁画分布的情况可以看出，以托林寺和古格王国遗址最为集中。但这两处的佛教壁画，在内容题材、排列顺序、构图形式、绘画风格等方面，均有明显差异。

当古格王国遗址的管理员专程为我们打开一扇扇锁着的寺庙大门时，出现在眼前的那些图案令我瞠目结舌。虽然这些寺庙的屋漏窗破已经使得壁画

喜马拉雅的灵魂

172

受到风雨侵蚀（注：在本书写作
过程中的2011年5月，国家已经开
始启动古格王国遗址保护维修工
程，目前已整体维修完毕），但
大多数壁画还是清晰可辨。无论
画幅大小，总体上都呈现出场面
宏大、人物众多、细节到位、构
图繁复的特点。这与著名的托林
寺杜康大殿壁画风格接近，但与
托林寺迦萨拉康、托林寺玛尼拉
康壁画画幅较小、人物较少、构
图松散、线条简洁的风格有较大
不同。估计是不同年代不同教派
画师的杰作。但以古格王国拉康
嘎波（白殿）等为代表的壁画风
格，却逐渐演变成后来藏传佛教
绘画艺术的定式。

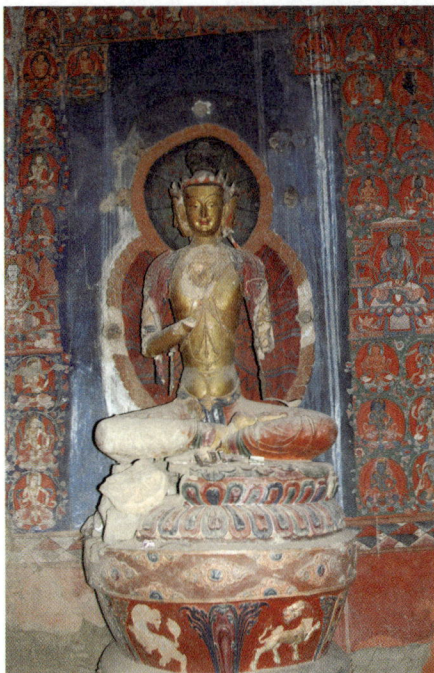

佛像

　　当晚，当我们赶回札达县城时，天色已经全黑了。两辆奔波了一整天的
越野车，终于在一栋建筑物前停了下来。下车后，我抬头看了一眼大门门头
上的几个霓虹灯大字"河北宾馆"，我知道，这应该是河北省援建的项目。
走进简陋的宾馆大门，疲惫的身体终于感到一丝安慰。

　　前几天的考察经验告诉我，在阿里入住宾馆是不能讲究条件的。这间宾
馆的条件，不出所料的简陋，令人欣喜的是，洗手间的抽水马桶居然可以正
常使用！虽然它的马桶垫圈又脏又残，一碰就掉，但是对于已经开始习惯野
外解手的我们来讲，这已经是天赐的恩典。

　　第二天是5月1日，在宾馆用完早餐后就准备去著名的托林寺考察。昨
晚由于是深夜来到札达县城，所以对这个县城还没有任何直观印象。出了宾
馆，来到大街上，才发现札达县城规模很小，好像只有一条主街，两侧是一
些两层的商铺和店面。顺着这条并不很长的主街一路下坡到底，很快就来到
了象泉河畔。

173

象泉河畔的景观

象泉河又称朗钦藏布，是印度河最大支流萨特累季河的上游，也是西藏自治区阿里地区最主要的河流。象泉河发源于喜马拉雅山西兰塔附近的现代冰川，从源头向北流至门士乡，再向西流经札达、什布奇后，穿越喜马拉雅山脉，流入印度河。

眼前的象泉河，河谷宽阔，水流缓慢，河汊纵横，沙洲连片。对岸高高的阶地上，就是那一望无际的札达土林。在象泉河南岸台地的不远处，有一处毫不起眼的两层左右、白色外墙建筑群，陪同人员告诉我们，那里就是著名的托林寺。

在藏族的历史上，托林寺的地位举足轻重。著名的古格王国开创者益西沃、古印度佛学大师阿底峡、佛经大译师仁钦桑布等人物的故事均是围绕托林寺展开的。

托林寺，是藏语"托林康玛拜贝美仑吉竹贝寺"的简称，是古格王国在阿里地区兴建的第一座佛教寺庙。要了解这座寺庙，就必须先了解益西沃。

益西沃，老阿里王吉德尼玛衮的孙子，第一代普兰王扎西衮的次子。老阿里王退位后，由其次子扎西衮继位。公元966年，扎西衮为了扩张领土和平定象泉河流域各部落的纷争，委派次子松艾到札布让建立古格王系。这位叫

托林寺全貌

作松艾的王子，就是日后古格王国的创始人益西沃，又称赤德松祖赞。

　　益西沃执政期间，当地的本教势力错综复杂，本教仪轨严重制约其执政纲领的实施。为了迅速巩固自己的政治地位，益西沃采取了一系列强硬措施打击本教势力，如本教大师或被关进牢房，或被投入河中，本教经书被焚，本教的许多仪轨诸如土葬、杀牲祭祀等被废除。在益西沃的主导下，佛教在古格王国迅速兴起，并最终取代了本教。

　　公元975年，年仅17岁的仁钦桑布与其他20名少年被益西沃派遣到邻近的克什米尔取经学法，这是古格王国历史上第一批佛教留学生。不久，仁钦桑布在克什米尔被授比丘戒，并开始在印度各地游学。除了拜访名师学习佛教经典、研习修行法术，仁钦桑布也开始将许多印度佛教的经文和典籍翻译成藏文。仁钦桑布学成归国后，被普兰王拉德尊为上师，并迎请了印度的著名佛学大师与其一起翻译佛教经典。普兰王拉德创建科加寺时，还请仁钦桑布主持开光，加持仪轨。

　　公元989年，笃信佛教的古格王益西沃做出了一个惊人的决定，将自己

175

托林寺红殿   托林寺塔林

创立的古格王国的王位拱让与胞兄——普兰王阔日，自己毅然出家为僧，并取了法名拉喇嘛益西沃（国王出家者称"拉"，喇嘛即上师）。从此，他的哥哥阔日统管了普兰和古格两个王系，而益西沃则在两地弘扬佛法，讲经传法。这也标志着藏传佛教在西藏阿里地区的初步形成。

公元996年，益西沃在象泉河畔叫作托林的地方建立了集王权与教权于一体的托林寺。在他的主持下，托林寺又从普兰、古格等地招收了100多名聪慧儿童出家修行，并迎请印度高僧大德来古格传经授法。公元1004年，益西沃在托林寺主持了坛城大殿的开光仪式。后来，益西沃与仁钦桑布一起扩建了托林寺，并与克什米尔的大师们编译、厘定了众多显密经籍。仁钦桑布正是在托林寺将密宗提高到了与佛家理论相结合的高度；益西沃修建、扩建托林寺并以此为中心传经弘法，奠定了藏传佛教后弘期上路弘法的基础。

托林寺，也顺理成章地成了当时西藏最有影响的传经弘法中心。

由于托林寺是依东西走向的象泉河而建的，所以整座寺院东西长，南北窄，呈长条形分布。沿着低矮粗糙的白色寺庙院墙，我们一行来到大门口。托林寺的门头与众不同，门宽3米左右，高5米左右。与其他寺庙不同的是，大门两边是宽约1米的黑色平板式水泥门廊，而砌在黑色门廊和白色外墙上的是一面三角形红色外墙的门头，正中一块长方形凹陷区域，阳刻着上下排列的藏文和汉文"托林寺"几个字。

推开那扇镌刻着时光记忆和宗教神秘的绛红色大门，我们一行进入这座外观并不张扬，规模并不宏大，装饰并不华丽的寺庙内院。寺庙的大部分建

176

筑都是围绕着萨迦殿和集会殿平行分布的，由白殿、佛塔、罗汉殿、弥勒佛殿、阿底峡传经殿，以及转经筒房、僧舍、塔林等组成。白殿，也称为尼姑殿，坐北朝南，为正方形，是典型的藏族地区佛寺建筑。迦萨殿的右侧，有一座非常高大的菩萨塔。石砌的塔基占地很大，外立面上抹有红泥。菩萨塔右侧，是沿象泉河修建的塔林。塔林由西向东，分两组，每组三座长塔，每座长塔由几十或者上百个同样形状的小塔组成，长约百米，甚为壮观。

托林寺除了在藏传佛教中地位显赫，以及名人辈出外，其壁画艺术也是一绝。在札达县政府相关人员的陪同下，我们分别考察了集会殿、迦萨拉康和白殿等几座大殿的壁画。

集会殿，就是集会的殿堂，藏语称祖拉康、杜康大殿。集会殿殿内的主要壁画有佛、菩萨、佛母、度母、金刚、高僧大德等主像，周边绘有各种小型画像作为陪衬。其中，比较珍贵的壁画是古格国王沃德与阿底峡大师，以及益西沃、大译师仁钦桑布等在一起的画面。从壁画的整体布局来看，重点突出了古格国王、王妃、阿底峡、仁钦桑布等人的身像，其人物比例略大于其他。在他们下方的左右两边，分别绘有前来朝圣的外邦僧侣、贵族，以及僧众。壁画的人物形态各异，表情生动，构图严谨，但又讲究画面的灵动和场面的庄严，生动地将神圣空间与世俗场景完美地结合在了一起，反映出公元12世纪前后古格王国及托林寺的历史，流露出浓郁的现实主义生活气息，极具历史与艺术欣赏价值。

在托林寺的所有壁画中，至今仍有一小幅还清晰地印在我的脑海中，那就是集会殿那幅女孩挤牛奶的壁画。画面中奶牛前腿直立，后右腿向前屈伸，后左腿弯曲抬起。女孩身着长裙，双手挤奶，神态安详。画面中人物、花卉、树木的背景绘画技法明显继承了古印度的画风，既有田园牧歌式的世俗生活的写实成分，又有对佛国净土神圣向往的夸张浪漫的理想表现。

托林寺白殿的壁画虽然保存了古格早期风格，但大部分已经呈现13～15世纪的绘画风格，以及藏传佛教不同教派的内容。托林寺后期壁画中已经出现部分格鲁派的内容，其中最有说服力的一点就是，在同一幅壁画中，把15世纪出现的宗喀巴大师与10世纪的阿底峡尊者绘制在一起。

托林寺壁画具有异常丰富的多元文化色彩，《十六金刚舞女图》即是一例。这幅壁画中的舞女细腰丰乳，腹部微露，长裙飘带，赤足起舞。虽然舞女们舞姿各异，但神态娇媚，线条流畅精准，色彩单薄轻盈，这种绘画技法在西藏壁画中极为少见，但却与公元3～5世纪流传于西域于阗、克孜尔石窟等地的壁画一脉相承。

同时，托林寺壁画中的一些花卉和狮子的装饰图案，既有南亚次大陆印度的风格，也有明显的中亚特征。尽管托林寺的狮子和忍冬等花卉装饰与紧邻的拉达克、克什米尔有着直接的艺术关系，但从更大的时空维度来看，其原型也不在克什米尔，而应该是印度的佛教思想与希腊、罗马艺术形式重新整合的历史文化产物。这种艺术形式，明显是受到邻近的巴克特里亚（大夏–希腊王国）文化影响的结果。

托林寺壁画精湛的绘画技法，不但吸收融合了古印度、克什米尔、西域等多元的文化色彩，更为可贵的是，能将诸多的技法和审美情调完美和谐地融汇并展示在同一画面上，使其壁画作品表现得大气磅礴、典雅优美，达到宗教艺术神圣表现的最高境界。

最后，我们大家又转了塔林，托林寺的考察就告一段落了。与陪同我们的札达县政府有关人员告别后，就驱车离开了札达县城。由于要考察东嘎·皮央的壁画，所以我们选择了一条距离最近但路况极差的土路。很快，我们的两部越野车就被浩瀚的札达土林再一次淹没了。

这一段路的札达土林景观，比我们昨天途经的土林还要宏大，更具代表性。札达土林，是阿里地区极具代表性的一种地貌景观。在距今约300万～600万年前，喜马拉雅山脉与冈底斯山脉之间是一个面积超过70000平方公里的外流形淡水湖。后来由于喜马拉雅造山运动的影响，湖盆开始升高，水位下降，湖底沉积的地层长期受流水切割，露出水面的山岩则经风雨长期侵蚀，终于被雕琢成今日的模样。

面对干涸的地表、千奇百怪的地貌、寸草不生的环境，任何置身其中

雄奇的札达土林

的人恐怕都无法想象得到，札达土林所在的地方，曾经是亚热带森林草原气候，曾经是三趾马、古长颈鹿驰骋的地方。

　　大约两个小时的艰难跋涉后，我们来到了又一个被密密麻麻的洞穴所覆盖的土山前。据晋美旺久先生介绍，这里就是东嘎石窟遗址。眼前的东嘎石窟，散布于东嘎村北面的断崖上，整个石窟群呈东西带状分布，遗存的石窟有170多窟。这个密布窟窿的蜂窝状土山并不高大，这与我之前了解到的它的知名度形成强烈的心理反差。石窟南面台地上还残存着一些寺庙遗址，只有山顶上残垣断壁的绛红色古堡外墙，与蓝天白云及黄色土山，给我们形成了强烈的视觉反差。

　　据说1.5公里外，就是皮央石窟遗址。不到10分钟的车程，我们就到达了。眼前的皮央石窟令人十分震撼，拔地而起的一座条形土山的前山和后山均密布石窟，无论是山体的规模，还是石窟的数量，均远远超越东嘎石窟。也正因为两处遗址距离很近，所以被习惯地称为"东嘎·皮央石窟"。

　　这里山岩质地为易于风化的砾岩或沉积岩，与新疆、甘肃敦煌等地的石

179

窟凿建地质相同，所以是开凿石窟的较为理想的选择对象。东嘎·皮央石窟以礼佛窟为主，窟内壁画精美，基本没有受到大规模的自然侵蚀的破坏。目前遗存的较为精美的壁画中，大多集中在古格王国早期，即公元11～12世纪前后。壁画色彩绚丽、行笔自由、内容多样、主题突出，在艺术上的成就一度达到古格甚至西藏佛教文化的巅峰。

据《古格普兰王国史》记载，大约在19世纪中期，西方人斯拉金维特兄弟等人就曾到访过东嘎地区。1935年，著名的意大利藏学家杜齐教授也曾多次到访过这里。如果说19世纪外国人进入西藏阿里地区进行目的不明的所谓考察还没有引起世人的关注是可以理解的，那么1935年意大利著名学者杜齐教授到访东嘎地区也没有引起关注，则可能是与当时纷乱复杂的国内国际局势有关。但有一点是毋庸置疑的，那就是对东嘎·皮央的有目的考察，最早始于西方人。但东嘎·皮央被世人瞩目，则应归功于1991年由西藏文管会和四川大学的汉藏考古学者们组成的联合调查小队在阿里高原的考古发现。

四川大学霍巍教授《东嘎·皮央考古秘记》一文介绍：1991年6月22日下午5：30前后，在结束了当天原定的调查工作后，调查组成员乘车返回宿营点。途中，一个10多岁的藏族牧羊女希望搭车回家。在车上，调查组专家随口向这个小姑娘打听这一带有没有"画有壁画的洞子"，这个小姑娘竟然十分肯定地点头表示，在不远处的东嘎村后面山坡上就有这样的洞窟，她曾经在牧羊的时候为了避雨而将羊群赶进过洞窟内，也曾看过洞内非常美丽的壁画。调查组随即驱车前往东嘎村。在距村子不远的山崖上，分布着许多座大小不一的洞窟。上山后，果然在其中的三座洞窟（后来分别编号为东嘎第一、二、三号窟）内发现了保存完好的壁画。其后，又在距离东嘎不到两公里的皮央发现多座残存的壁画石窟。

东嘎·皮央石窟群，是西藏迄今发现的最大的佛教石窟遗址，包括供佛礼拜的礼佛窟、修行起居的僧房窟、堆放杂物的仓库窟，以及安放高僧骨殖的灵塔窟等。其中，礼佛窟内保存有大量完整的精美壁画。东嘎·皮央石窟壁画大致分为十类主题：佛像、菩萨像、女尊像、高僧与祖师像、护法神与力士像、供养人像、佛传故事、说法图与礼佛图、密教曼荼罗、各种装饰性图案纹样。

古格王国所在的西藏阿里地区，正处在中亚、南亚两大佛教流行区域的

皮央遗址局部

焦点上，从东嘎·皮央洞窟壁画的绘制方法、风格特点，以及人物与动物的特征来看，无疑都与中亚、南亚的佛教艺术有着十分密切的关系。因此，西藏西部的石窟艺术很有可能是直接从南亚传入，与古印度后期波罗王朝时期的密教艺术之间有着直接的联系。同时，它也很有可能在一定程度上汲取了来自中亚的某些佛教艺术成分。

这个重大发现揭示了西藏阿里地区在整个亚洲古文明链条中的显赫地位，为古格王国历史文化的研究、为中国石窟艺术的研究都提供了珍贵的史料。

很多人对古格王国的话题感兴趣，大多是对遥远的西藏阿里一个曾经兴盛的王朝为何忽然之间销声匿迹而心存迷惑与好奇。古格，似乎一直是一个"未解之谜"。

古格的灭亡，有人说是因为拉达克王悔婚，导致双方战争；也有人说是因为瘟疫。但真正的原因只有一个，那就是西方天主教的传入导致的。而这个原因，可能会让许多人大惑不解。

公元1510年，远在欧洲的葡萄牙军队漂洋过海，占领了印度果阿地区，

皮央村

教皇克列门七世随即宣布成立果阿教区。1579年，果阿的葡萄牙传教士应当时统治印度大部的莫卧儿帝国阿克巴大帝的邀请前往传教。这是西方天主教徒第一次接近喜马拉雅地区。

历史上的莫卧儿帝国，实际上是由成吉思汗的后裔建立的。成吉思汗建立的蒙古帝国分裂后，其后裔帖木儿建立了帖木儿帝国。帖木儿帝国分裂后，15世纪末，帖木儿的后裔巴卑尔被乌兹别克人逐出中亚，被迫率军南下并占领了阿富汗，1526年又入侵印度北部，消灭了德里苏丹国，从而建立了莫卧儿帝国。自第三任皇帝阿克巴一直到第五任皇帝沙·贾汗统治时期是莫卧儿帝国的鼎盛时期，疆域广阔，宗教宽容，经济、文化、艺术都有很大发展。值得注意的是，莫卧儿帝国的统治者是有突厥血统的蒙古人，但其上层建筑是伊斯兰教的，而基础则是印度教的，波斯语又是宫廷、公众事务、外交、文学和上流社会的官方语言。这种包容的社会大格局，是作为异教的天主教后来能够进入的关键。

也就是在莫卧儿帝国统治的鼎盛时期，对宗教宽容的第三任皇帝阿克巴大帝邀请了葡萄牙天主教徒前往传教。也正是这个历史机遇，为天主教传教士越过印度边境进入西藏阿里提供了可能。

公元1624年3月20日，葡萄牙籍的果阿主教安东尼奥·德·安多德神父和马努埃尔·马科斯等修士化装成印度教徒，混入前往西藏阿里神山圣湖朝圣的印度教徒中。同年8月初，历经艰难困苦的安多德神父一行从印度北部北阿坎德邦的杰莫利县穿越位于喜马拉雅山脉中印边界、海拔5600多米的玛那山口，终于抵达西藏阿里象泉河谷的古格王国首都札布让（今属阿里札达县），成为有记载以来最早到达西藏的西方传教士。

安多德神父到达古格王城后，首先就向古格王室传教。令安多德神父意想不到的是，古格王赤扎巴扎西德非但没有对这种外来的异教表示抗拒，反而很赏识。我曾经一度无法理解，为什么笃信藏传佛教的古格王会这么快就接受一种外来的宗教呢？是天主教的教义很适合当时古格王的精神追求？是安多德神父的个人人格魅力所致？还是当时王室的复杂政治格局导致国王需要寻求一种新的力量加强统治？我们没有人能够真切地了解当时古格王的真正意图，但宽容与友善的氛围确实非常有利于天主教徒传教是不争的事实。

令人称奇的是，以安多德神父为首的葡萄牙天主教传教士们居然能够在短短的几个月内通过强化学习就掌握了藏语，并用藏文编写了通俗易懂的《圣经》普及材料。在得到古格王赤扎巴扎西德的许可后，传教士们首先可以在王室内部和贵族及喇嘛等组成的上流社会进行传教。由于《圣经》这些普及材料简单易懂、生动活泼，引起了人们的极大兴趣。古格王见状，就决定先为王后及王室仆人们举行洗礼。于是，古格王后及公主成为古格王国最早的天主教徒。这几位藏族女性也是西藏历史上最早的天主教徒。

随后，古格王及王子也接受了洗礼。古格王室从此开始了信奉天主教的历史。为了在古格王国的统治范围内大力传教，古格王赤扎巴扎西德专门在都城札布让为传教士们划了土地，开始修建天主教堂。这座教堂的名称是"圣母的希望"。

这一时期，相当于明朝的天启年间。

其实，从13世纪开始，罗马教廷就曾多次向元朝派遣使节，希望能够在中国传教，但一直没有实质性进展。直到1291年，罗马教皇尼古拉四世派遣传教士约翰·孟特高维诺前往东方传教，情况才有所好转。1293年，约翰·孟特高维诺在福建泉州登陆，并于第二年抵达元大都，拜见了元朝皇帝成宗并递交了罗马教皇的书信。元朝皇帝很快同意了约翰·孟特高维诺在元大都开展传教活动。鉴于此，约翰·孟特高维诺也被称为罗马天主教在华传教第一人。

330年后，葡萄牙籍的果阿主教安东尼奥·德·安多德神父越过喜马拉雅雪山进入西藏阿里地区，开始在当时的古格王国传教。安东尼奥·德·安多德神父无疑是天主教在西藏传教的第一人。

得到古格王室大力支持的安东尼奥·德·安多德神父非常兴奋和喜悦，在写给罗马耶稣会总会长的信中，他这样写道："……（国王）对我们在他的土地上传播基督圣律感到非常高兴，为我们提供了广泛的自由，乃至任何人都不敢对我们的言行提出丝毫非议。如果这块土地上有人反对我们的神圣信仰，那他们只能是这里不计其数的僧人。国王决定取缔他们，这一决定出乎我们的意料……"

从信中的这段内容不难看出，尽管天主教在古格的传播得到了古格王室的大力支持，但却遭到佛教僧团的抵制和反对。而当时的古格王国确实腹背受敌，政局动荡。一方面是古格北面的拉达克王国经常侵扰边境，两国战事不断；另一方面，普兰等几个小邦又蠢蠢欲动。加上佛教徒在古格王国的政治实力强大，甚至作为古格佛教僧团领袖的古格王胞弟札达以及王叔等的影响力向来不亚于国王赤扎巴扎西德，所以古格王权面临极大挑战。

西方天主教传教士来到古格后，尤其是国王赤扎巴扎西德信奉天主教，严重地激化了原有的政教矛盾。惶恐的古格王赤扎巴扎西德希望利用"拥有无敌力量"的天主教与传统的藏传佛教势力抗衡，更不识时务地展开了打击藏传佛教的一系列活动。狂热地信奉天主教的古格王室利用诋毁和反对藏传佛教的方式来宣扬天主教教义的行为加深了古格王、传教士与喇嘛之间的矛盾，并最终引发了武装暴动。

1630年（明朝崇祯三年），当安东尼奥·德·安多德神父返回印度果阿行使大主教之职，而古格王赤扎巴扎西德又身患重病之时，以古格王胞弟札达为代表的民众和佛教僧人秘密串联，一场大规模反对王权和反对异教的武装暴动终于爆发了。

古格僧人与民众在拉达克王亲率精锐军队的大力支持下，对古格王城形成了包围之势。尽管古格王城地势险要，易守难攻，但外在强大的攻势和内部"里应外合"的王室危机，最终令古格王赤扎巴扎西德提出议和。当古格王走出城堡，全家被俘后，拉达克人疯狂地血洗了古格王城。赤扎巴扎西德以俘虏的身份被押解至拉达克首都列城，终生被囚禁，再也未能回到自己的领地古格。西方传教士在古格修建的教堂被毁，人员也被拘押至列城。古格王国的属地托林（今札达县城所在地）、日土（今日土县所在地）、噶尔（今狮泉河所在地）等相继被拉达克人占领，古格王的王号被废除，拉达克王任命自己的王子恩扎菩提朗杰在此称王。古格王国终于宣告覆灭。

古格王国，虽然未能像吐蕃王朝那样统一整个西藏，但它却在喜马拉雅山脉和冈底斯山脉之间建立了世界最高处的政权和文明。古格王国历经35代国王，曾拥有10万臣民，延续了700多年，这在人类历史上也并不多见。

至今，我仍然困惑的一点是，鼎盛时期的古格王国人口号称有十万之众，但古格王国遗址的所有洞穴、宫殿等可以住人的空间加起来，最多可以满足2000人左右住宿，那么剩下的那么多人到底分布在什么地方呢？最为合理的推测可能是，在阿里这片神秘的大地上，还有许多至今尚未被人发现的古格文明遗址隐藏在广袤的札达土林中。

我似乎又回想起一些支离破碎的记忆，在我们穿越方圆400多平方公里的札达土林的过程中，我不止一次看到在一些山峰顶端残存的古堡遗址，还有在一些现在没有人烟的荒漠中的神奇的城堡、塔林或者佛教遗迹，是不是已经告诉我们，可能还有许多类似札布让的古格王城一样的古堡，至今仍被历史的尘埃所掩盖。

由于古格所处的地理位置极其隐秘，至今也没有发现任何可靠的文字记载。曾经作为藏传佛教后弘期发祥地的辉煌的古格王国，就如同一片浮云，诡异地消失在了历史的长河中。

第十章

岩画里的象雄

拉卓章岩画中出现的"鸟图腾",
不仅说明了神鸟穹在本教的宗教符号系统中
占据了主导和核心的位置,
而且神鸟穹大鹏展翅的形象
也象征着雪域高原的穹部落在传播本教的历史使命。
鸟图形的雍仲符号化和神鸟穹信仰的形成,
是发源于西藏阿里的原始本教向雍仲本教发展的标志。
同时,这也说明,创造了丰富多彩的日土岩画的,
正是西藏高原上历史悠久、神秘莫测的象雄先民。

　　从拉萨到阿里,通常有两条路线,即传统意义上的北线和南线。北线一般是由拉萨启程,经日喀则的拉孜、桑桑,阿里的措勤、改则、革吉,至狮泉河;南线就是先沿着318国道至日喀则的拉孜,再沿219国道一路西行至狮泉河。

　　北线至今还是搓板路,南线则已经全部硬化贯通。毋庸置疑,北线艰难,南线舒适。对于那些酷爱户外运动、极具挑战精神的自驾车发烧友们或者户外爱好者们来讲,是一定要走北线去阿里的。仿佛唯有如此,才能对得起他们对阿里神往的决心和对自己角色定位的捍卫。

　　走过北线的朋友们,应该还会记得车窗前那一眼望不到头、数不清的条条西行阿里之路。只是可能大多数朋友未曾想到,这也是一条记载着遥远的象雄部落文明的人文之路。只不过,镌刻历史的不

西行阿里之路

是建筑，不是文字，而是青藏高原的"岩画"。

中国很多地方都曾发现岩画，年代不同，规模不同，技法不同，内容不同，各个时期的都有。中国的岩画大致分为南北两个系统。北方岩画主要分布在绵延数千里的阴山、黑山、阿尔泰山脉一线。其中，内蒙古的阴山山脉与乌兰察布高原等地是主要分布区。

北方岩画大多是刻的，创作的时间跨度很大，从新石器时代到元代，中间相差几千年。北方岩画多表现狩猎、游牧、战争、舞蹈等内容，图形有穹庐、毡帐、车轮、车辆等，还有天神、祖先、日月星辰，以及手印、足印、动物蹄印等。

南方岩画主要分布在云南、四川、贵州、广西等地，福建和江苏也有令人瞩目的岩画发现。南方岩画主要是以赤铁矿粉调和牛血形成红色的"颜料"进行涂绘，创作的年代多在战国至东汉期间，内容更多的是表现人们的

187

祭祀活动以及生产生活的场面。尽管分布零散，但南方岩画有一个共同的特点，那就是几乎所有的岩画都是红色。

南方自古气候温和湿润，适合各类绿色植物生长，绿色是南方一年四季的主色调。与绿色形成强烈反差的红色之所以在南方岩画中广泛应用，可能与远古的南方人在频繁的战争和狩猎过程中，鲜血对他们的视觉神经系统的长期、持续的冲击而形成的相对稳定的视觉记忆有一定关联。同时，红色是最能激发雄性激素的颜色，它代表着旺盛的生命力和澎湃的激情。在许多少数民族的传统文化中，红色还具有驱邪的神奇功能。所以对于生活在绿色世界里的远古南方人来讲，无论是狩猎中的动物鲜血、战争中人的鲜血，还是祭祀中被赋予驱邪功能的红色，其社会生活中的方方面面都多少与鲜艳的红色相关。红色，自然成了他们最钟爱的色彩。

我自己在国内也零零散散地考察过一些岩画。最近的一次，是在2012年的元月。借带队在江苏连云港考察之际，我又一次来到了位于海州区锦屏镇桃花村锦屏山南麓的桃花涧景区。时值寒冬腊月北风呼啸，我们一行就没有按计划上山，却意外地获得了在锦屏山下仔细考察将军崖岩画的机会。

虽然是第二次来这个景区，但将军崖岩画却是第一次近距离目睹。

当天寒冷异常，但天空万里无云，湛蓝一片。冬日的斜阳，冷清地照在一大块宛若倒扣的大碗的花岗岩山坡上。就在这面朝南的石壁上，经过仔细辨认，我们逐渐看到几组明显是敲凿磨制而成的岩画，画风原始、粗拙、率真。一组是九个全轮廓线的类人面像和三个无轮廓线的类人面像，地上有类似禾苗的图案，附近还有一些有三点纹和日纹、星纹的图案，旁边是一个站立的身着长裙的类人面像，有一条长线贯穿类人面像脸部中心，连着下面的禾苗。另一组是一群装饰着各种鸟冠纹的无轮廓线的类人面像，中间和附近还有船、云纹和中间写有类似"大"字的圆形纹，后下方有一排人在跳舞，前方有一身着长裙的人在带路。在此巨型石质山头以东80米以外的一处花岗岩断崖上，还有一组近年来新发现的岩画，其中既有兽面图、星相图、禾苗图等，还有首次发现的一个酷似猴面头像的奇怪图案。

据景区负责人介绍，将军崖岩画是在1979年发现的，1988年被列为全国重点文物保护单位。对于岩画上那些奇形怪状的图案，一直以来学术界都众说纷纭，莫衷一是。有学者认为是原始先民对土地神和太阳神的崇拜，有

连云港将军崖岩画

学者认为是原始先民对谷神的崇拜，也有学者认为是古代先民文面习俗的遗留，还有学者认为将军崖岩画是春秋时期招魂引魂巫俗的印记。

尽管我对眼前将军崖岩画产生的时代背景、创作主体、创作动机、主题内容等诸多问题充满强烈的好奇和疑问，但我也知道，没有深厚的岩画研究基础和广博的民俗学、艺术学、文献学、宗教学、考古学、人类学、民族学、训诂学等多学科的知识储备，是很难一下破解这个千古谜团的。

事实上，将军崖岩画创作于约6000年前，是中国迄今被考古界承认的最古老的岩画，是东南沿海地区首次发现的岩画，也是唯一反映农业部落原始崇拜内容的岩画。由于其年代久远，将军崖岩画谜团至今未解，所以也被称为"东方天书"。

时至今日，无论何时何地，只要有人讲起岩画或看到"岩画"两字，我都会不自觉地想起东海之滨的连云港，想起将军崖岩画，想起那些粗拙、率真、奇幻的原始类人面像。它们仿佛一张张笑脸，在心中不停地摇曳，摇曳。

如果说中国东部的连云港将军崖岩画大致属于北方岩画的范畴，那么，

189

远在中国西南的西藏地区岩画又是属于哪个系统的呢？它们的图案特点是什么呢？它们又是如何被发现的呢？

西藏岩画的最早发现者，应该是瑞典著名探险家斯文·赫定。凡是有一定探险情结的人，或者对中国或世界探险史有一定兴趣的人，大概不会对这个名字陌生。那本著名的《亚洲腹地旅行记》就出自他之手。

斯文·赫定先后四次到西藏，他第一次踏上西藏的土地大约在1896年7月至11月。那一次，他的主要目的其实是考察新疆的佛教遗址，其间他考察过南疆的尼雅遗址。尼雅遗址是《汉书·西域传》中记载的精绝古国故址，与著名的于阗古国故址同属于现在紧邻西藏阿里的新疆和田市，其因地处丝绸之路南道交通必经之地而曾经名噪一时，但后来因尚不能确定的非自然因素突然消亡。尼雅遗址因出土了大量珍贵文物才重新引起世人关注，被誉为"东方庞贝城"。

斯文·赫定就是从尼雅一带，首次踏入今天西藏阿里的土地，并由此向东进入青藏高原，当时没有深入西藏腹地。他第二次进藏是1900年7月至12月，率领一支考察队由新疆进入羌塘地区。斯文·赫定第三次进藏是1901年，当年年底，他经由西藏阿里地区、克什米尔、印度返回欧洲。1907年，斯文·赫定第四次进藏，也是仅有的一次合法入境。这一次，他冠冕堂皇地向中国驻外机构申请了签证。他先从克什米尔进入西藏的阿里地区，再经由日喀则、那曲到达拉萨。途中，他受到了驻锡后藏的班禅喇嘛的接见。

在他后来撰写的那本著名的《亚洲腹地旅行记》中，有这样一句关于他在西藏旅行的描述："……我看见一块山石上雕刻着几个拿弓的猎人追赶着羚羊。山谷中又有一块蒙古人的石碑……"就是这短短的文字，为后人留下了20世纪关于西藏岩画的最早文字记录。据有关学者推断，斯文·赫定发现岩画的地点，可能是在今天藏北那曲与青海交界的某处。他对岩画内容的简单描述，与藏北地区最常见的"狩猎岩画"内容吻合。

历史不会因为文字记载的简单就尘封光芒。后来，意大利著名的藏学家杜齐教授在他那本著名的《穿越喜马拉雅》中也有关于西藏西部、后藏及西藏东部地区发现岩画的记载。学养深厚，通晓梵文、巴利文、藏文和汉文的杜齐教授，首次提出了西藏阿里地区发现的岩画在图像风格上与拉达克具有相似性的观点。

西方人在100多年前对西藏岩画的零星记载，实际上也大致勾勒出西藏岩画的基本特点，即西藏岩画主要分布在藏西的阿里和藏北的那曲，而且这些岩画的内容大多与猎人或者牧人的生产生活相关。

从目前的考古发现来看，西藏岩画的依存方式大致有如下几种：露天崖壁岩画、旷野大石岩画、洞穴崖阴岩画等。

我没有考察过那曲的岩画，对西藏岩画的全部直观认识均来自阿里的日土。日土岩画，大多属于典型的旷野大石岩画。这种岩画的形成时间较早，刻画图形或符号的大石头散布在地表，画面相对较小，单一形象的数量较多，且构图散乱，题材简单。从日土岩画的遗存现状来看，远古的人们之所以在大石头上凿刻岩画，可能与大面积裸露岩石的山体距离他们较近有关。另外，从日土岩画的周边环境分析，这些承载岩画的大石头附近，一般都有充足的水源和便利的交通条件，这表明日土岩画的分布地区应该是远古先民生产生活较为频繁的地区。

虽然两赴阿里，但2007年的第一次阿里之行因为当时的任务不涉及日土县，所以只好止步于狮泉河。实际上，日土县城距离狮泉河仅有120公里，而且有全线硬化的219国道相通。2010年9月9日，我终于第一次踏上了日土的土地。

从狮泉河镇出发，沿着219国道行驶90多公里，藏族司机罗布就将丰田巡洋舰4500越野车停在路边。看到我疑惑的眼神，他笑着用手指了指右手边紧靠219国道的一处山体崖壁，腼腆地告诉我们，那里有岩画。直到这时，我才如梦方醒。虽然早在启程来阿里之前，我们项目组在深圳就做足功课，知道阿里的日土县有很多精美的岩画，并且已经将岩画考察作为本次旅游考察的一项重要内容来对待。但这么快就能如此方便地在国道边近距离欣赏日土岩画，还是大出我们所料。

这处如此方便就能欣赏到的岩画，就是著名的日姆栋岩画。岩画所在的地方属于麻嘎藏布东岸的山前地带，新藏公路219国道从面前穿行而过。下车后，我习惯性地测量了一下这里的海拔，数字显示是4380米。

日姆栋，藏语是鬼神之画的意思。这里的岩画内容非常丰富，主要图像以动物为主，包括牦牛、羊、鹿、豹、骆驼、鹰、马、狗等；岩画中人物形象有狩猎者、舞者、牧者及骑者等；自然物图像有太阳、植物等。此外，还

日姆栋岩画

有一些不好理解的奇怪的图案符号。岩画中最吸引我的是一组四只公鹿被三只豹追赶的图案，公鹿均做回首状。这组岩画刻画精美，线条流畅，手法圆熟，装饰感极强，有着与周围其他岩画截然不同的观感。通过比对凿刻印迹的深浅、刻画风格的异同、画面图案的新旧，我心中产生了一个疑团，这不仅不是同一个部落的创作，也肯定不是同一个时代的创作。很可能日姆栋岩画是由多个时代的创作组合而成的，也有可能其中有些岩画是由外来民族创作的，甚至不排除有近现代人的创作穿插其中。如果真是这样，那就涉及文物的完整性、原真性和艺术性被一定程度地破坏的问题。由于只是个人的猜测，而且我们还在前往县城的半路上，出于种种考虑，我没有向当地干部求证。当时我只在心里默默祈祷，希望那组华丽的岩画不是现代人所为，而是某个特定时代某个族群的某种特殊技法创作的。不过，总的看，日姆栋岩画的图案还是给我留下了深刻印象。

日姆栋岩画所在地属于日土县的日松乡，下坡前行一两公里，就可到达日松乡政府。沿着219国道继续向前行进大约20公里，越野车一个大拐弯，我们就来到了日土县城。日土县城坐落在群山环绕的一处平坦的高原湖盆区，平均海拔4500米。县城方正而小巧，街道整洁而干净，车辆和行人稀少，据说人口不到2000人。

日土属于新的"阿里三围"之一，即雪山围绕的普兰、土林围绕的札达、湖泊围绕的日土。区别于之前提到的历史上的"阿里三围"，这个新的

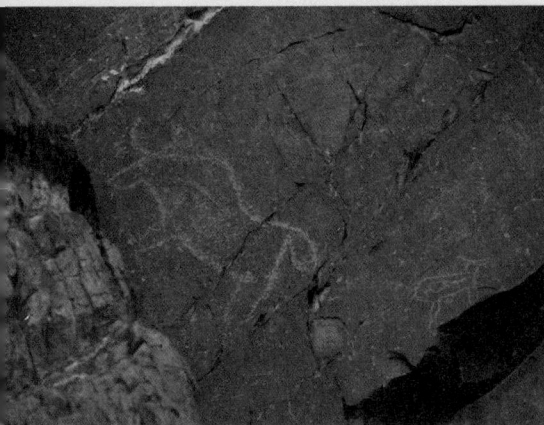

"阿里三围"更多的是从西藏阿里目前的行政区划和地理风貌的角度总结归纳出来的。它与历史上的"阿里三围"或"阿里三部"既有地域相通的地方，也有差异很大的地方，例如日土就是新增加的一围。

日土被誉为湖泊围绕的地方，但我觉得日土也是岩画围绕的地方。除了之前我们考察过的日姆栋岩画外，随后的旅游考察行程里，我们还相继考察了一些散落在不同乡镇或荒原中的岩画。时至今日，在我的记忆中，印象比较深的是鲁日朗卡岩画和拉卓章岩画。

2010年9月11日上午，我们在考察完日土宗遗址后，就来到了位于日土乡的鲁日朗卡山。鲁日朗卡岩画就呈现在鲁日朗卡山背面山脚下的崖壁上，距地面三四米，有十多组画面。岩画图案中除了动物图形外，还有持矛及持弓箭的人物。靠西端的一组岩画中，刻着人和羊的图案。人物两腿分开，双臂张开，好像在驱赶羊群。岩画下方有一头牦牛，牦牛的下面是两个人在跳舞，他们的左侧也有动物图形。

我惊奇地发现，在表现狩猎场面的岩画旁边，还刻画有牛和羊等动物正在交配的图案，这是否反映了人们希望通过野生动物的交配繁殖，扩大其数量以保证狩猎生产的需求呢？从表面上看，动物岩画似乎只是人们对生态环境的客观描绘和记录，但深入分析其画面的内涵，可以发现，古代高原部族与某些动物之间存在着一种特殊的文化关系。

这组岩画的上部，明显采用的是单线条刻制的方法，下部采用的是图像

193

鲁日朗卡岩画

轮廓内全部敲凿成剪影状的手法。鲁日朗卡岩画本身已经开始出现一些有趣的变化，如动物图形由剪影式的通体凿刻手法开始向轮廓线条勾勒的手法转变。这种技法的转变，在鲁日朗卡岩画上全部有完整体现。就其内容而言，不仅没有丝毫藏传佛教的宗教色彩，连源自阿里的本土宗教本教的痕迹也找不到，看来这里的岩画应该是比象雄文明更早的远古藏族先民艺术创作的遗存。

事实上，日土县境内让我至今还记忆犹新的地方，是一个对大多数游人而言不太熟悉的地方：热帮错。这里不仅有着令人窒息的山水美景，还有一处绵延几百米的内容奇特的湖畔岩画。这里的岩画被命名为拉卓章岩画。

2010年9月12日上午，我们驱车由日土县城沿着219国道一路向南，随后向东转向一条通往热帮乡的土路。令我们意外的是，这条土路南侧风景秀丽的程度远远超出了我们的想象。远处雪白的山峰和墨绿的山体横亘眼前，山脚下几户藏族牧民的毡房顶冒出了缕缕炊烟，成群的牛羊在山脚下广阔的草原上悠闲地吃草，小溪边三五成群的黑颈鹤在翩翩飞舞，盛夏的暖阳普照大地，一幅原生态的藏牧美景呈现眼前。我们纷纷下车驻步，没有人说话，大家都静静地欣赏着这不是景区的景区、不是电影的电影。

依依不舍地离开，继续前行。不久，我们就来到了热帮错。从这里开始，我们将驶离之前的土路，向右拐入一片湿地，在没有道路的湿地上颠簸辗转。车子几次走着走着就找不到路了，幸亏遇到一个牧羊人，才找到了一条前往拉卓章岩画的正确路径。后来我才知道，拉卓章岩画的位置，就在我们进入热帮乡的那条土路的隔湖对岸。由于湖面较大，加上没有一条成形的道路，所以能够到达拉卓章岩画的人少之又少。除了当地的牧羊人和一些研究岩画的中外专家学者外，甚少有外人知晓和到访过这里。

拉卓章岩画，是凿刻在热帮错南岸山体上的多组岩画群。热帮错南岸的山体是由花岗岩构成，并不高大，但却怪异嶙峋。沿湖方向的山体石壁上，一组一组的岩画绵延，仿佛一条岩画走廊。

据说拉卓章岩画在藏西日土岩画中的地位很高，尽管我对岩画并没有太多研究，但是这里岩画的内容和手法与我们之前在日土境内考察时见过的其他岩画，有着明显的差异。首先，拉卓章岩画里有许多反映本教宗教符号的图形；而且，在这里的岩画中，大鹏鸟的形象多次出现，可能是在反映象雄文明时期人们对神鸟穹的崇拜。其次，拉卓章岩画里有许多塔状图形。这些塔状图形形式多样，造型各异，有简单的垒石头形状，也有垒石上安放宝瓶的祭坛形状，还有类似于我们现在能够看到的西藏有基座的白塔形状的祭坛。这些形态众多的塔状图形岩画说明本教活动的仪轨似乎与某种祭祀活动有关，由图可知是设有祭坛的。有些塔状物的顶部还有一个三叉状的图形，很可能是一个展开双翅的大鹏鸟的形象。这里的大鹏鸟，应该就是西藏本教文化中的神鸟穹。

拉卓章岩画中出现的鸟图腾，不仅说明了神鸟穹在本教的宗教符号系统中占据了主导和核心的位置，而且神鸟穹大鹏展翅的形象也象征着雪域高原的穹部落传播本教的历史使命。鸟图形的雍仲符号化和神鸟穹信仰的形成，是发源于西藏阿里的原始本教向雍仲本教发展的标志。同时，这也说明，创造了丰富多彩的日土岩画的族群正是西藏高原上历史悠久、神秘莫测的象雄先民。

我们一边考察拉卓章岩画，一边在乱石堆上慢慢走着。越野车时走时停，我们只能一起动手搬动阻挡前进的较大石块。当终于考察完拉卓章岩画的最后一个点，坐在湖边休息时，环顾周边的景致，所有人都被眼前的景色深深震撼！

195

长距离的车行，高海拔的徒步，奇特岩画的吸引，海拔的高差及文化的纵差，已经让我们进入一种有些飘渺的非现实状态中。而此刻我们眼前被群山环绕的热帮错，居然处于一种完全静止的状态。

万物静止，万籁俱寂，时间在那一刻彻底凝固了。我们所有人的呼吸也仿佛凝固了。平静的湖面如明镜一般，将周围的五色群山百分之百全部倒映在湖中。湖天一色，分不清哪儿是真实的山脉，哪儿是水中的倒影。天空阴云密布，与远处的五色群山无缝衔接在一起，如一个巨大的穹顶，将我们一行收纳其中。

我笨拙的文字表达能力实在是无法描述当时的美景。只是记得，当我们返回深圳后，我的一位同事将他手机上拍摄的一张热帮错的照片发给许多朋友，大家都觉得美得无法用语言形容。

这，恐怕就是传说中的令人窒息的美景。

时间不知流逝了多久，直到几只赤麻鸭扑腾着翅膀从湖面腾空飞起，一圈圈涟漪击碎了平静的湖面，打破了宁静，我们才如梦方醒。

梦醒时分是痛苦的，但也正是这份痛苦，在我的大脑里烙下了对热帮错的记忆。

从总体上看，西藏阿里日土岩画的题材内容是十分丰富的，风格更是多姿多彩，大多分布在以班公湖为中心相对集中的地区，画面中出现的单个图像包括有动物、人物、神灵、植物、器物、建筑物、符号及自然物等。80%以上是动物形象，这可看作是西藏岩画的一个重要内容特征。

从日土岩画所反映的生产方式和文化特征上看，主要是表现当地人从事狩猎和畜牧生产的日常生活。日土的狩猎岩画，作为西藏岩画的主要题材类型，既是高原古代以狩猎生产为主的部落集团对当时主要生产活动和收获的形象化记录；同时，狩猎岩画又是人们传达精神世界的表现形式，即它不仅具有平面造型的审美意义，而且可能与原始宗教或巫术有关。

人们相信高山岩石是具有灵性的，在岩石上作画能达到对自然界的某种祈求或对动物的某种"召唤"的目的。这些现象说明，西藏岩画在相当长的一段时期内，是过往生活和停留在高原的古代民族共同创造的文化表现形式和记录方式。

曾经，那些创作岩画的人群和被岩画刻画的人群，就是这样经由青藏高原的山川河谷迁徙到这里，或者是迁徙到他处。他们可能是自称象雄的西藏先民，也可能是来自西方的古老商队，或许是来自北方的游牧民族，也可能是……在没有文字的年代里，这些神秘的人群在他们经过的岩石和峭壁上留下了他们生活的记录，留下了他们狩猎的回忆，留下了他们的宗教信仰，留下了他们旅行的印记。

　　岩画，历经风霜雪雨，始终保持着千年不变的沉默。岩画，是一种人人可以观赏的艺术，但也是一部难以破解的天书。

　　如果有缘，我一定会继续去藏北、藏东、藏南，寻找那些可能与阿里日土岩画血脉相连的图像记忆。

第十一章

野性的诱惑

羌塘是青藏高原的核心，
也是世界上海拔最高、气候条件最恶劣的高原。
这里是长江、黄河、澜沧江、怒江等河流的发源地，
也是西藏最古老的象雄文明的孕育地。
羌塘高原，
养育着世界上游牧生活保留最完整的藏族牧民和
成千上万的高原独特的野生动植物。

在地形图上，我们会发现亚洲大陆中南部明显突起一块世界上海拔最高的高原陆地。在它的腹地，南起冈底斯山—念青唐古拉山，北至喀喇昆仑山—可可西里山，东自外流水系的分水岭横断山脉，西以公珠错—革吉—多玛一线与阿里西部山地，整个环绕成一块硕大的内陆高原。

大自然的鬼斧神工，造成这里多数山脉东西走向，整个地势西北高、东南低，由低山缓丘与湖盆宽谷组成的地形起伏和缓，平均海拔5000米左右，是一个典型的封闭性内流水系的陆地。

由于地势高，生态环境特殊，生存条件恶劣，其绝大部分区域属于"无人区"。这里，就是举世瞩目的藏北高原，藏语称羌塘。

羌塘高原的面积有59.7万平方公里，是青藏高原的核心和主体部分，也是世界上海拔最高、气候条件最恶劣的高原。然而，她却

养育众多野生动植物的羌塘高原

养育着世界上游牧生活保留最完整的藏族牧民和成千上万的高原独特的野生动植物。这里是长江、黄河、澜沧江、怒江等河流的发源地，也是西藏最古老的象雄文明的孕育地。

近年来，中外科学家的科学研究成果表明，羌塘高原是目前世界上所剩无几的尚未被开发的处女地之一。对于人类来讲，高寒缺氧、交通不便已被认为是生命禁区，但也正因如此，这里也成为许多珍稀野生动植物的天然乐园。

为了保护这里特有而脆弱的高原生态系统，国务院于2000年4月4日批准建立羌塘国家级自然保护区，总面积达30万平方公里，覆盖了那曲地区的尼玛县、双湖特别区、安多县，以及阿里地区的改则县、革吉县和日土县等六个县的大部分乡镇村落。目前，保护区的核心区和北部缓冲区依然是无人区，是野生动物的家园。

世事无绝对。我们实在是无法想象，在距今约3亿年前，今天的羌塘高原

199

还是波浪滔天的汪洋大海，属于古地中海。距今约2.4亿年前，由于地壳运动的作用，今天的可可西里地区率先隆起为陆地。到了距今约7000万年前，羌塘已经发育成海拔几百米的陆地。当时气候炎热潮湿，开阔的河谷平原遍布桉树、榕树、蕨类植物等热带、亚热带常绿植物，各种哺乳动物在这里孕育生长栖息生活。这种景象，已经类似今天的海南岛了。

到了距今约3000万年，随着猛烈的喜马拉雅造山运动，青藏高原开始持续抬升，茂密的森林逐渐退化，各种动物快速演化，植被系统一步步向针阔

混交林、灌木丛、草原、草甸演变。三趾马等动物群因不能适应环境的变化而全部灭绝，但同时也出现了西藏野驴、盘羊、鹿、高原鼠等现代动物。

到了距今约50万年前，由于河湖干枯、森林退缩，啮齿类动物，如喜马拉雅旱獭、藏仓鼠等开始增加，野生动物的种类开始接近当代的羌塘高原的动物。也就是在这一时期，藏族的祖先开始在羌塘活动。

到了距今约1万年前，羌塘高原的地理格局基本形成，高山灌木丛已被现代的干旱荒漠植被所取代。野生动物的种类已经与现代物种基本一致，野牦

壮丽的羌塘高原

牛、盘羊、藏野驴、藏原羚、藏羚羊等遍布羌塘大地。

值得注意的是，目前的考古发现证明，羌塘高原现存的大多数哺乳类动物均起源于西藏以外的地区。受气候环境的改变和人类活动的影响，它们不断迁徙并一路进化。像西藏的驴属、盘羊属、犬属等许多物种，都起源于西藏以外的北方地区。

经历了千百万年的自然进化，羌塘高原的野生动物已经从生活习性、生理结构等方面适应了这片神奇的土地为它们安排的一切，真正成为这个独特地区的"主人"。雪灾发生时，野生动物总是能找到相应的抵御灾害的方式。冰雪消融后牧草生长，野生动物又迎来一轮繁育的高峰。虽然干旱少雨，但连绵的雪山冰川又为野生动物提供了绵延不竭的水源。虽然羌塘高原单位面积的生物总量极小，但辽阔的土地还是为野生动物提供了充足的食物。羌塘高原虽然高寒低温，却也阻止了病毒的繁殖蔓延，降低了野生动物的发病率。羌塘高原阳光充沛，能极大地增强野生动物的细胞功能，促进骨骼发育，提高了野生动物抵御自然灾害和繁衍生息的能力。

羌塘高原的野生动物无一例外地具备高度适应环境变化的特征，这些特征既表现在生态学方面，也表现在生理、生化指标方面。如果我们仔细观察，就会发现羌塘高原的野生动物大多具备如下特点：宽阔的口腔，阔大的鼻腔，带刺的舌头，高频的呼吸和脉搏，发达的听觉和视觉，强健的前蹄，丰厚的皮毛及快速的奔跑能力……这一切都是进化的恩赐。

在羌塘国家级自然保护区内，属于国家一级保护野生动物的就有野牦牛、藏羚羊、山羊、西藏野驴、雪豹、黑颈鹤等；属于国家二级保护野生动物的有藏原羚、盘羊、岩羊、猞猁、棕熊、藏雪鸡、红隼、金雕等。除此以外，常见的野生动物还有高原兔、藏狐狸、赤狐、狼、喜马拉雅旱獭、斑头雁、红嘴山鸦、藏雀、棕头鸥、赤麻鸭等。

2010年8、9月，我的第二次阿里之行，几大收获之一就是目睹了许多野生动物。成群结队的藏野驴在圣湖玛旁雍错湖畔与我们的越野车赛跑，三五成群的藏羚羊远远地站在高高的山岗上眺望着我们，灌木丛中突然蹦出的一只毛色金黄的藏狐狸灵巧地在沟壑草丛中穿行，班公湖的斑头雁和赤麻鸭密密麻麻……我们每天都会邂逅各种各样的野生动物，仿佛进入一个野生动物的天堂。

这一次，我见到藏野驴最多的地方是在圣湖玛旁雍错。当然，我们在噶尔县、日土县等地也分别邂逅过数量不等的藏野驴群。但无论是种群数量、偶遇概率还是有趣程度，当属在阿里圣湖玛旁雍错见到的藏野驴群。

阿里神山和圣湖地区，处于噶尔藏布与雅鲁藏布江之间的深陷断裂谷地的中心，这条断裂带不仅是印度洋板块与亚欧板块的缝合线，还是藏西地质非常活跃的地区。

地壳的隆起和凹陷造就了冈仁波齐峰（冈底斯山脉）、纳木那尼峰（喜马拉雅山脉）与玛旁雍错、拉昂错"两山夹两湖"的独特地貌。连绵不断的雪山与碧波万顷的湖面形成强烈的视觉反差，相互依存，又彼此独立。

圣湖玛旁雍错与紧紧相连的鬼湖拉昂错形成了典型的内流水系，并造就了多类型、大面积的湿地生态系统，玛旁雍错由此于2005年被列入国际重要湿地名录。作为西藏最具代表性的湖泊型湿地，圣湖玛旁雍错一直是藏羚羊、野牦牛、野驴、黑颈鹤、藏原羚等野生动物的重要栖息地，也是它们向喜马拉雅山脉迁徙的重要走廊和繁殖地。

2010年第二次阿里之行，正值8、9月份。此间，藏野驴已完成交配，并分化成若干个以十几匹为单位的小群体。藏野驴旧毛已蜕，新毛已长，膘肥体壮。

藏野驴头短而宽，吻部呈圆钝状，耳壳较长，鬃鬣短而直，四肢粗壮，体背呈棕色或深棕色，腹部及四肢内侧为白色，既有与青藏高原环境相协调的隐藏色，又有与其他野生动物截然不同的特色。远远看去，这种似马似驴的藏野驴既矫健强壮又灵动机敏，虽没有马匹的俊朗潇洒，但绝对比中原地区的家驴健壮和灵动，真不愧是羌塘的灵兽。

说起这羌塘的灵兽藏野驴，我与它的第一次相遇，却是出乎意料地充满悲情。

2007年4月底，我率领项目组在玛旁雍错周围进行实地考察。我们驱车来到玛旁雍错西南部时，远远就看到一大群秃鹫围合在一起，似乎在啃食什么动物残骸。当我们的越野车开到距离秃鹫群大约10米时，藏族司机米玛小声地说了一句"是野驴"。我一听，马上兴奋地掏出相机，车还没停稳，就飞一般地冲了下去。

当我跑了七八米时，秃鹫明显受到了惊吓，很不情愿地一只一只扑腾开

展翅的秃鹫

翅膀四处逃逸。那瞬间张翅飞去的秃鹫，体形硕大得令我惊讶。站在地上的秃鹫因收起了翅膀，看上去也就是只大鸟，但它们双翅展开时居然有两米多长，翅膀的宽幅也超过半米，它们飞上天后，有种遮天蔽日的感觉。瞬间，我呆站那里。

随即，我职业性地操起相机一通狂拍。拍完四散的秃鹫后，我的镜头里出现了让我终生难忘的一幕：一头藏野驴僵硬地躺在玛旁雍错湖畔的戈壁滩上，头颅、身体及四肢都较完整，只是被掏出的内脏散落了一地。

这是我第一次近距离目睹藏野驴，没想到竟然是如此惨状。

随行的成员围了过来，几位藏族朋友对野驴的下身处嘟囔着指指点点。领队晋美旺久先生严肃地告诉我，这是一头雄性藏野驴，它的生殖器明显是被人为地割掉的，它是被非法猎杀的，猎杀的目的就是为了获得它的生殖器。现在有一些非法商人在高价收购藏野驴的生殖器，据说服用后有补肾壮阳等好处。我听后，愕然，无语！原以为这头藏野驴是被天敌追杀的，没想到却是被人类蓄意猎杀的，而且猎杀的理由是这么的自私、龌龊和残忍。

藏野驴属于国家一级保护动物，《濒危野生动植物种国际贸易公约》（2013）将其列在附录Ⅱ，非法猎杀这类重点保护野生动物的行为属于犯罪！

2009年修订的《中华人民共和国野生动物保护法》规定："第三十一条　非法捕杀国家重点保护野生动物的，依照刑法有关规定追究刑事责任。第三十二条　违反本法规定，在禁猎区、禁猎期或者使用禁用的工具、方法猎捕野生动物的，由野生动物行政主管部门没收猎获物、猎捕工具和违法所得，处以罚款；情节严重、构成犯罪的，依照刑法有关规定追究刑事责任。"《中华人民共和国刑法》第三百四十一条规定："非法猎捕、杀害国家重点保护的珍贵、濒危野生动物的，或者非法收购、运输、出售国家重点保护的珍贵、濒危野生动物及其制品的，处五年以下有期徒刑或者拘役，并处罚金；情节严重的，处五年以上十年以下有期徒刑，并处罚金；情节特别严重的，处十年以上有期徒刑，并处罚金或者没收财产。违反狩猎法规，在禁猎区、禁猎期或者使用禁用的工具、方法进行狩猎，破坏野生动物资源，情节严重的，处三年以下有期徒刑、拘役、管制或者罚金。"而早在1997年，西藏自治区人民政府就颁布了《西藏自治区实施〈中华人民共和国野生动物保护法〉办法》，并逐步加大力度进行野生动物的保护。

然而，令人遗憾和愤慨的是，在西藏乱捕滥杀野生动物的现象还是会发生。我2007年4月目睹的藏野驴尸骸场景，就是一起典型的非法偷猎事件。虽然我看到的只是一头藏野驴的尸骸，但其性质与在非洲坦桑尼亚的塞伦盖提国家公园里经常可以见到的水牛尸骸场景有着本质的不同！塞伦盖提国家公园的水牛尸骸，是野生动物在"物竞天择，适者生存"的优胜劣汰规则下的自然呈现和必然结果，是非洲野生动物尤其是食肉动物食物链中的重要一环。

在大自然中，不同等级的物种之间的物质与能量的获得与传递过程，是食物链的自然呈现。当然，就外部表现来说，以捕食和竞争关系最为明显。这种自然界的物种关系实现物种间的平衡，并最终推动其不同程度进化。而人类的贪婪已使多种珍贵的动植物濒临灭绝。

我坚信，那些非法猎杀藏野驴的人，定是为了非法牟利。

野生动物是自然生态系统的重要组成部分。野生动物个体的死亡是必然的，但基因通过种群基因库可以长存下去，维持物种的存在。根据物种数量越多越稳定的原则，作为生物圈重要组成部分的野生动物，其在维护自然生态平衡中的作用及其在社会生活中的地位日益受到重视。我们保护野生动物个体，更多的是一种保护种群的手段，本身并非目的。所以美国的黄石国家公园才会引入狼群来控制鹿群的数量。这可谓殊途同归。

保护野生动物，不仅关系到人类的生存与发展，也是衡量一个国家、一个民族文明进步的重要标志之一。

全社会要积极行动起来，不乱捕、不滥杀、不滥食野生动物，保护野生动物从餐桌做起，从衣食住行开始，做一个文明守法的地球公民。我们一定要明白一个简单的道理，保护野生动物也是保护人类生存的环境，当地球上只剩无所不能的人类时，人类也必将无可奈何地灭亡。

我并不是那种狭隘的动物保护主义者，但我是坚定的羌塘高原野生动物保护的拥护者。作为地球上为数不多的净土，它不仅承载了世界上海拔最高的羌塘高原的生态系统，还是大自然留给人类的一份沉甸甸的自然遗产，更是中国为数不多的可以与世界各大著名国家公园媲美的地方。

如果说2007年4月份第一次与藏野驴的邂逅充满悲剧色彩的话，那么三年后的2010年8、9月份，我则迎来了与藏野驴几乎每天都快乐相处的狂欢季节。

2010年8月底的一天，我率队在圣湖玛旁雍错东南岸的扎藏布河谷进行旅游考察。越野车在通往曲普爆炸温泉的土路上颠簸着，一个转弯后车辆开始下坡，坐在副驾驶位置上的我正四处张望，猛地看到不远处有十几头藏野驴正在悠闲地漫步。

这是我第一次近距离见到藏野驴群，它们在靠近山坡的河谷星星点点散布着。越野车在沙石路上疾驶，车尾扬起的大片灰尘引起几头成年藏野驴的警觉。它们纷纷抬起头，耳朵高高竖起，耳廓转向我们的越野车方向，身体一动不动，双眼正好奇而警惕地注视着我们。那情景仿佛在思考：那个会跑的大家伙（越野车）来到我们的地盘究竟想干什么？

当我们的越野车行驶到离藏野驴群最近的路边时，外围的几头野驴迅速向远离我们的河谷深处跑去。有几头几乎是在车身旁与我们并驾齐驱。

刚开始，有四五头藏野驴依次排成一行队列，与我们的越野车一起赛跑。在赛跑的过程中，一头头先后退出了比赛。最后只有一头从始至终一直执着地与我们并驾齐驱。看着它那梗起来的宽大头颅，我不禁想到了"倔驴"的说法。看来，不管是饲养的毛驴，还是野外的藏野驴，都有倔强的天性，只不过在藏野驴身上更加明显罢了。

赛跑了两三公里，这头藏野驴突然向左一转弯，跑开了。或许是它终于觉得自己可能不是越野车的对手，总之，不与我们玩了。我们刚刚高高吊起的兴致被这突然的退场搞得郁闷至极，所有的人顿时陷入深深的失落中。

藏野驴群

　　幸运的是，在考察完曲普爆炸温泉的返程途中，我们又一次邂逅了藏野驴群。这一次，我们是在不远处的一个小山丘附近发现了一群藏野驴，与之前在河谷地带发现藏野驴不同。几头正在静静吃草的藏野驴见到突然出现的越野车后，飞快地翻越了小山丘，在我们的视线中迅速消失得无影无踪。我让司机将车停在路边，拿着相机下了车，向前方的小山丘慢慢走去。忽然，前方100米左右的小山梁上瞬间闪现出几头藏野驴，高高地站在山梁，机警地注视着我们。

　　阿里傍晚的余晖，将金色洒满大地。山梁上逆光中的藏野驴，在金色阳光的照射下，仿佛镶了金边一样，神奇灵秀。我默默地看着眼前的那几头被金光笼罩的灵兽，心中思绪万千。

　　藏野驴喜欢群居，少则三五头，多则成百上千头。它们每个群体都有一个领队，行动时依次排列，鱼贯而行，纪律严明，秩序井然。

　　藏野驴是善于奔跑的野生动物，时速一般都能达到45公里。奔跑时四蹄飞腾，蹄声如雷，沙飞尘扬，场面壮观。好奇的藏野驴在20米以内一般不畏

207

惧人。玛旁雍错湖盆地区自古就是藏野驴从冈底斯山脉向喜马拉雅山脉迁徙的必经之地。每年的7、8月份是藏野驴的发情交配期，其孕期大约为一年。8月的藏野驴不仅已经产完仔，而且已经换完毛，正在休养生息。充裕的食物和舒适的气候，使得每头藏野驴膘肥体壮，毛色鲜亮，是一年中最漂亮的时候。如果对藏野驴感兴趣的朋友，这个季节到羌塘高原，一定不虚此行。

随后的每天，我们在阿里地区的鬼湖拉昂错北岸及东岸、圣湖玛旁雍错的南岸及西岸、巴嘎乡去顿久寺的途中、公珠错北岸、噶尔县门士乡、噶尔藏布河谷、日土县日松乡等近距离多次目睹藏野驴群。

一次次的意外邂逅，一次次的彼此相随，藏野驴群的数量之大远远超出我们的预想，以至于我们考察组的每个人都对这种棕色体背、黑色脊纹、白色腹部的羌塘精灵记忆深刻。

2010年8、9月份的阿里之行多处所见的藏野驴群，让我对羌塘高原的野生动物的生存状况有了直观的感受和惊喜的发现，也让我看到了各级政府对保护野生动物的重视和成效。我听当地人说，虽然现在情况有所好转，可仍难见到过去那种成百上千头藏野驴在一起吃草休憩的壮观景象。

在阿里考察时，除了成群的藏野驴给我们留下了极为深刻印象外，还有一种野生小动物也让我们兴趣盎然。那就是活泼可爱的"小胖子"——喜马拉雅旱獭。

喜马拉雅旱獭是一种大型啮齿动物，属青藏高原特有的物种，藏族人也把它叫作雪猪。喜马拉雅旱獭栖息在海拔5500米以下的高原荒漠草原、高原高寒荒漠、山地荒漠等靠近水源的高原环境。喜马拉雅旱獭是典型的家族性动物，通常由多个家族形成一个群聚。它们远距离迁徙的能力较差，但有极强的挖掘能力，通常可以将重达3~5公斤的砾石推出地面。这种穴居的小动物除了冬季的冬眠外，一般都非常活跃，经常到处觅食和窜洞，而且是逢洞必进，加上喜欢互相追逐嬉戏，所以在每年的6~9月份，是喜马拉雅旱獭最活跃的季节。

2010年8、9月的阿里之行，虽然在多处见过喜马拉雅旱獭，但对其中两个地方的印象最为深刻。

8月26日，从普兰县城去噶尔东的途中，我第一次近距离见到大规模的喜马拉雅旱獭。从207省道至噶尔东中间这片广袤的地区，属于鬼湖拉昂错南

喜马拉雅旱獭

岸的湖盆阶地与孔雀河东北岸阶地交汇的区域，海拔4500～4800米，是典型的高原荒漠草原。通往噶尔东的是一条土路，严格地讲，是没有路，只是地面上断断续续出现的一些不太明显的车辙痕迹暗示我们这可能是一条路。我们先是遇到几只孤零零的藏羚羊四处游荡，随后又遇到一只通体黄棕色的藏狐在溪谷沟壑间快速穿行。

　　野生动物的频繁出现引起我们对周边环境的极大兴趣，大家开始透过车窗仔细观察。当我们的越野车行进到一大片平坦的荒漠草原时，我猛地发现一只小动物在不远处的地表来回跑动。它的身体胖乎乎的，跑起来扭来扭去，样子有些像硕大的老鼠，我不敢确定到底是什么，于是就请教藏族司机。他朝车窗外一看，笑着说是雪猪。我当时没听明白，他又补充了一句"就是你们汉族人说的旱獭"。

　　这是我第一次近距离见到这种传说中的雪猪，也就是喜马拉雅旱獭。虽然我们坐在行驶中的越野车上，但仔细看，就发现原来附近有许多这种喜马拉雅旱獭。只是因为它们那黄褐色夹杂青灰色的体毛具有极强的自然隐蔽性，如不仔细辨认，很难一下看到。但那时，只要你发现了一只，那么很快，你就会发现它的周围还有许多这样的"小胖子"在跑来跑去，一会儿就钻进洞穴，一会儿又探头探脑，十分机灵可爱。

　　第二次是8月30日，在通往色龙寺的路上。那天我们在考察神山冈仁波齐的内圈转山道，也就是绕冈底斯山南侧的因揭陀山的小环山路线。考察完江扎

209

寺后，我们又开始前往神山脚下的色龙寺。通往色龙寺的道路，本来就是沙石路基，从来没有硬化过。经过长期的车碾人踏、雨水冲刷，现在已经基本上失去了道路的平坦性、安全性、指向性，已与周边山坡融为一体了。

在进入最后一个山谷时，原来的道路已经被雪山冰川融化的雪水完全覆盖。我透过越野车的挡风玻璃，看到从远处高高的神山冈仁波齐山脚流出的万千溪流像一块硕大飘动的绸缎一样，覆盖了整个山谷较为平坦的谷底。

我突然意识到，我们正在涉水向上爬坡。好在我们乘坐的是性能良好、动力强劲的丰田4500越野车，否则我还真有些担心。原来的路已经完全被水浸没，根本看不到了。只是偶尔在一些路段还能依稀辨别出曾经用石头简单垒砌的路肩。经过多年的冰川雪水冲刷，整个山谷变成了一条溪流纵横的河道，我们的越野车仿佛在溯溪一般，缓慢前行。

我知道，很多大城市的户外运动爱好者经常会在远离城市的郊野玩溯溪。但坐着越野车溯溪的人一定很少，而在海拔5000米的地方玩越野车溯溪的恐怕少之又少。而我们此次纯粹是"被溯溪"了。

车行在海拔越来越高的路段上，当我们看到远处的几间简陋的寺庙时，藏族司机告诉我们，那里就是色龙寺了。知道离目的地不远后，我们的心情也放松了。

我坐在车内开始东张西望。就在我们越野车驶过的地方，一只、两只、三只、四只、五只……越来越多的喜马拉雅旱獭从洞穴内跑了出来，或迅速钻入另一个洞穴，或抬头一动不动地注视着我们，或相遇后用鼻子嗅来嗅去，甚至还有一起从一个洞穴钻出来紧紧拥抱的……我迅速拿起长焦相机，在剧烈颠簸的车内按下了快门，锁定那难得一见的画面。如果仔细观察，这条山谷没有被水淹没的地方几乎处处都有喜马拉雅旱獭的踪迹。只是我怎么也没有想到，在这个人迹罕至的通往色龙寺的山谷，会遇上数量如此众多的喜马拉雅旱獭。它们个个圆滚滚、胖嘟嘟，正享受

通往色龙寺的道路

着一年之中难得的好天气。

　　喜马拉雅旱獭虽然样子招人喜爱，但却是西藏高山草甸草原上最主要的一种害兽。喜马拉雅旱獭喜欢啃食莎草科、禾本科牧草根茎，对草原生态环境的破坏极大。同时，旱獭是鼠疫杆菌的自然宿主，其体外寄生虫是鼠疫的传播者，直接危害人类健康。

　　但喜马拉雅旱獭也有一定的药用价值，它的骨、肉、肝、胆、心、油脂等均可入药，能医治皮肤病、妇科疾病、骨折、肝病、中毒病等。但人绝对不要食用其肉，尤其要告诫外来的旅游者，不要近距离接触或捕杀旱獭，否则很容易感染鼠疫等恶性疾病。

　　在撰写本书的过程中，2012年7月和8月，我两次被邀请前往新疆考察。在新疆伊犁著名的天山山脉、"百里画廊"唐布拉大草原，以及喀什地区被誉为"冰川之父"的慕士塔格峰山脚下，前往中国海拔最高的边防口岸——红其拉甫口岸的路途中，我同样也发现了旱獭的踪影。

新疆的喀什，以及与西藏的阿里地区相连的和田地区，均位于帕米尔高原的东部，新疆喀什的塔什库尔干、叶城与西藏阿里的日土县、改则县，自然地貌、气候特点十分相似，唯有人文环境大相径庭。

与西藏阿里的旱獭深灰的毛色相比，新疆的旱獭毛色更加金黄鲜亮。虽然旱獭体态浑圆可爱，能引起很多人尤其是旅游者的极大兴趣，我还是担心它们对草原生态造成破坏。所幸得到陪同的新疆当地畜牧系统工作人员答复，旱獭的数量以及危害已经被很好地控制了。

除了野驴、旱獭给我留下深刻印象外，还有一种罕见的大型飞禽也让我如痴如醉。这就是世界上唯一生活和繁殖都在高原的黑颈鹤。

黑颈鹤，世界上最晚被发现的一种鹤。有幸的是，黑颈鹤是在中国被发现的；遗憾的是，最早发现黑颈鹤的并不是中国人，而是一名俄国人。

说起这名俄国人，他成名并不是在中国发现了黑颈鹤。事实上，他是最早穿越丝绸之路的西方人之一，真实身份是一名俄国军人，他的名字叫作尼古拉·米哈依洛维奇·普尔热瓦尔斯基。由于他的名字实在太长，我们不妨将其简称为"普氏"。

19世纪中后期，英国在中亚大举扩张，并成功地将印度和阿富汗变为殖民地。俄国也不甘落后，除了占领帕米尔高原以西地区，还急于扩张到帕米尔以东地区。对于极具侵略野心的英、俄等西方列强来说，新疆和西藏在整个世界地理格局中的军事战略地位至关重要。

1870年，普氏在俄国军方、俄国地理学会和圣彼得堡植物园的资助下，以俄国军人为主体，组建了自己的探险队，并开始了第一次探险。这次探险的目的是探索俄国南部的蒙古，尤其是鄂尔多斯高原，试图确定黄河的源头，并希望最后能够到达青藏高原的西藏拉萨。

普氏一生先后四次到达中国西部进行边疆探险，其最终目标都是西藏的拉萨。但事与愿违，他一生都没有到达过拉萨。离拉萨最近的一次，是到达了距离拉萨270公里的地方，最终因当地军队的顽强阻拦而被迫放弃。虽然普氏的西藏拉萨梦没有实现，但他却在中国的新疆和青海有了许多震惊世界的发现。

他虽然没有实现到达西藏拉萨的目的，但却为俄国军方提供了新疆喀什噶尔阿古柏叛乱的情报，并为俄国地理学会勘测绘制了路线长达7000英里的地图，同时还制作了5000种植物、1000只鸟、130种哺乳动物、70个爬行动物的标本，其成果之丰硕震惊了圣彼得堡科学院。

1867～1888年，普氏有11年完全是在中国探险，先后完成了远东乌苏里地区探险、内蒙古及青海探险、罗布泊探险、西藏探险以及黄河源头探险五次探险活动。

普氏曾经深入柴达木盆地，登上了巴颜喀拉山脉，成为向黄河和长江上游挺进的第一位欧洲人。我们熟知的新疆"三山夹两盆"的地理结构就是由他最先标注在中亚地图上的。

在1879年的第三次探险中，普氏在新疆发现并猎获了野马。俄国的生物学家惊喜地发现，这种野马是"世界上一切野马之母"。他们高度评价普氏的这一发现，认为是了不起的探险发现。也正因为俄国科学界的高度评价，俄国沙皇亲自将这种野马命名为"普尔热瓦尔斯基马"，也就是今天我们熟知的"普氏野马"。

据说，当初成吉思汗征服西方的时候，胯下坐骑正是驯化过的这种普氏野马。

如今，可可西里高原上跑动的普氏原羚也是以他的名字命名的。实际上，以普氏命名的物种还有许多。

除了在世界上引起轰动的"罗布泊位置之争"外，普氏对新疆虎的描述也激起了后人的兴趣。毋庸置疑，普氏的许多探险工作都是开拓性的。

1888年10月20日，普氏病倒在吉尔吉斯斯坦的伊塞克湖畔。伊塞克湖位于亚洲中部天山山脉西麓的湖盆地带，湖面海拔1600多米。在世界高山湖泊中，伊塞克湖的面积仅次于南美洲的的喀喀湖，但湖水深度世界第一。

弥留之际，他留下了这样的遗言："我死以后，墓碑上只需简单地写上'旅行家普尔热瓦尔斯基'。"

普氏不仅完成了一般意义上的地理学考察，还依采集到的标本资料整理撰写了三卷科学巨著《哺乳动物纲》《鸟纲》和《冷血脊椎动物纲》，这为后人研究中国西部地区留下了珍贵资料。

令人惋惜的是，普氏当年记录的有些物种今天已经完全消失了。值得欣慰的是，黑颈鹤，这种普氏于1876年在中国青海湖第一次发现的鸟类，时至今日还能在我国的青藏高原等地有幸见到。

如今，黑颈鹤已被列为中国国家一级保护野生动物，《濒危野生动植物

黑颈鹤

物种国际贸易公约》（CITES）也将其列为国际级珍贵鸟类，国际鸟类红皮书把它定为亟须拯救的鸟类。

　　黑颈鹤，藏语音译为"宗宗"，是藏族同胞十分喜爱的吉祥神鸟。黑颈鹤头颈黑色，头顶裸露部分为红色，也就是丹顶，身体呈灰白色。因其脖子上方三分之一为黑色，故名黑颈鹤。

　　第一次见到黑颈鹤，是在2010年8月底的一天。那天午后，我正带领项目组前往阿里地区噶尔县门士乡，去实地考察古代象雄王国的都城穹隆银城遗址。我们的越野车在门士乡通往札达县城的一条土路上颠簸。在快驶入一片土林地貌时，透过车窗，我发现远处一片开阔的湿地里有几只白色的鹤在活动。我好奇地询问我身旁的藏族司机：这是不是青藏高原上的黑颈鹤？在得到肯定的回答后，我马上请司机停车，抓起相机冲了下去。

　　不远处是一片原生态的灌丛湿地，几只颈黑身白的鹤正静静地低头在草丛中寻觅着食物，时而两条长腿迈着优雅的步伐缓缓地踱来踱去，时而双翅展开昂着骄傲的丹顶在天空中飞来飞去。远处洁白的雪山连绵起伏，近处金黄泛绿的湿地平坦开阔，空中黑白相间的黑颈鹤翩翩起舞。我一边感叹大自然的美好，一边用相机迅速记录下眼前难得一见的美景。

　　黑颈鹤，通常栖息在海拔2500～5000米的高原地区，主要生活在我国的青藏高原和云贵高原，以及其外围。每年3月，黑颈鹤由越冬地北上飞往青藏高原，4月下旬进入繁殖期，5月产卵，6月幼鹤出壳，10月前必须学会飞行。10月下旬，黑颈鹤将集体飞往云贵高原或者藏东南等地过冬。

我2007年的第一次阿里之行，恰好是在4、5月份，所以并没有见到黑颈鹤。4月底至5月初，阿里天气寒冷，刚刚由云贵高原飞来的黑颈鹤正处在繁殖期和产卵期，正躲在只有它们才知道的秘密栖息地，紧张地完成一年之中最重要的任务。这个时期的黑颈鹤是一年之中最忙碌和最虚弱的，也是最低调的。

2010年8、9月份的西藏阿里之行，在长达一个月的时间里，我在阿里的多个地方都见到了黑颈鹤。从普兰县的圣湖玛旁雍错，到日土县的班公湖湖畔、热帮错湖畔、日松河流域、邦达错等地，从两三只到十几只都有。

在号称世界第三极的偏远的阿里，见到这么多的黑颈鹤栖息，欣慰之余，也滋生了一丝隐隐的担忧和猜测：西藏阿里平均海拔居世界之冠，气候变化大，冬天积雪多，食物短缺，任何动物在这里生存都面临着巨大的挑战。这么多黑颈鹤来到阿里，是不是由于其他地区人类活动的范围进一步扩大，而使其被迫迁徙到更加遥远、更加艰苦的阿里呢？

我不知道，我也不希望是这样。

作为羌塘高原的有机组成部分，阿里境内的野生动物，尤其是珍稀濒危物种十分丰富。野生物种的多样性和稀有性，与阿里生态环境的脆弱性和严酷性形成了巨大的反差。而这一切，直接影响并决定着阿里地区野生动物物种的存活率和濒危度。

作为世界上高地生态系统的典型代表，作为世界上为数不多的尚未大面积开发的地区之一，阿里，可能是地球上海拔最高的最后一处高原野生动物的乐园。

第十二章

天湖传奇

阿里的日土县，
不仅是青藏高原与帕米尔高原的接合部，
而且湖泊众多，
被誉为湖泊环绕的地方。
虽然地广人稀，海拔高，但基于其紧邻
帕米尔高原、羌塘高原及克什米尔等
国际关注度较高的地区，
自古就是兵家必争之地。

日土县，位于中国西藏的西北边陲，阿里的最北部。

日土县，北接新疆和田，南邻阿里地区的噶尔县，西临印控克什米尔地区，东靠阿里的改则、革吉两县，主要山脉有昆仑山脉、喀喇昆仑山脉、冈底斯山脉和阿龙干累山，处在青藏高原与帕米尔高原的接合部，平均海拔4500米左右，是真正的"世界屋脊的屋脊"，也被誉为"藏西门户"。

日土，是藏语的音译，意思是"城堡坐落在形似枪叉支架的山上"。日土北倚喀喇昆仑山脉，南邻冈底斯山脉，是典型的高山宽谷湖盆高寒区。整个县群山环绕，河流纵横交错，湖泊星罗棋布，积雪终年不化的加过拉日雪山静静地守护在这里。

公元3世纪，日土就处于象雄王朝的统治之下。公元7世纪，松赞干布征服象雄（羊同），日土纳入吐蕃版图。公元10~17世纪，

班公湖

日土是古格王国的辖地。到了1686年，即清康熙二十五年，拉萨的噶厦政府才在这里建立了日土宗。

可能很多朋友并不熟悉日土，但只要提到班公湖，大家就会眼前一亮。

日土湖泊众多，也被称为湖泊环绕的地方，主要湖泊有班公湖、鲁玛江冬错、郭扎错、邦达错、龙木错、结则茶卡、芒错、芦布错、骆驼错、松木希错、月牙错、阿克萨依湖、恰贡错、阿翁错、清澈错等。其中，班公湖面积最大。

2007年第一次去阿里的时候，由于工作范围不涉及日土县，虽然我们已经到达了狮泉河，距离日土只有120公里，但还是遗憾地未能踏上日土的土地，一睹班公湖的风采。三年后的2010年再次来阿里，由于这次的任务包括日土全县旅游规划，所以我们一行在依次考察完普兰县、噶尔县后，终于如愿以偿地第一次踏上日土的土地。

217

日土县城

　　日土全县的面积达81046平方公里。2010年第六次人口普查资料显示，日土总人口为9485人，其中农牧业人口占7739人。人口密度约为0.1人每平方公里，属于典型的地域辽阔、人口稀少地区。当时，日土县旅游局干部介绍，县城常住人口不足1000人。难怪我们在县城工作生活的那段时间，街上鲜有车辆和行人经过，安静得令人诧异。据说在大雪封山的冬季，整个日土县城更是人迹罕至。

　　幸运的是，我们这次由狮泉河北上日土是在9月初，恰是一年中最好的季节。这个季节的日土，温暖而舒适。需要说明的是，这里的"温暖而舒适"是一个相对关系，并不是我们在低海拔地区所谓的"温暖而舒适"。即使在如此"温暖而舒适"的季节，我们每天也要穿上户外抓绒衣。

这次来到日土，班公湖是必须考察的。由于之前我已经考察过圣湖玛旁雍错、鬼湖拉昂错等西藏知名湖泊，所以当我来到这个被誉为"长脖子天鹅"的班公湖面前时，不像最初见到圣湖那般激动和兴奋，而是一种恬淡的欣赏。

班公湖是一个国际湖泊，东西走向长达155公里，南北平均宽约4公里，南北最宽处为15公里，最窄处只有5米。班公湖的面积很大，中国境内的湖面面积约为413平方公里，比圣湖玛旁雍错还大一些。如果算上克什米尔地区的部分，班公湖的湖面面积达609平方公里。我曾经在据日土县城最近的班公湖岸边测了一下海拔，大约是4200米，比圣湖玛旁雍错的海拔低了300多米。

如果我们从空中俯瞰班公湖，整个湖面深嵌在一个高山环绕的河道型湖盆地带，这条河道绵延上千公里，我们看到的班公湖湖面像一只天鹅。最吸引人的是那段细细的如同天鹅细长颈部的湖面，深深地向西伸入克什米尔地区。

班公湖，最奇特的并不是它的形状，而是其"一湖分咸淡"的独特水质。中国境内的班公湖湖水是淡水，克什米尔地区的湖水却是咸水。这种一湖之内既有咸水又有淡水的湖泊，在全世界也极为少见。究其原因，这与班公湖主要的汇水流域在中国境内有关。班公湖的主要汇入河流是玛嘎藏布、乌江（多玛曲）等。由于这些河流都是由周围雪山冰川融化的雪水汇集而成，所以中国境内的班公湖东段补给均为淡水；但是由于淡水补给不足，加上阿里地区又是高蒸发量耗水地区，所以班公湖中西段为咸水。因此，中国境内的班公湖大部分为淡水，而克什米尔地区的湖水则为咸水。

来班公湖之前，就已多次耳闻这里是鸟类的天堂。

班公湖东段的淡水区湖面宽阔，水草丰美，景色宜人，这里有世界上海拔最高的鸟岛。每年的5～8月，成千上万的鸟类在鸟岛上繁衍后代，场面壮观。而我们到达的9月份，最好的观鸟季节已经过去。虽然还可以在湖面上见到赤麻鸭、斑头雁、棕头鸥等许多水禽，但万千水鸟飞翔的景象却只能凭借想象了。事实上，班公湖不止一个鸟岛，还有老鼠岛、月亮岛、天鹅岛、草岛等诸多岛屿，但最著名的还是鸟岛。

在当地人的带领下，我们来到了班公湖东段靠近219国道的一处高地。站在这个山头放眼望去，四周群山环绕，班公湖一望无际。离我们不远处的湖面上，有一个光秃秃的小岛浮出水面。当地人告诉我们，那就是著名的天

班公湖鸟岛

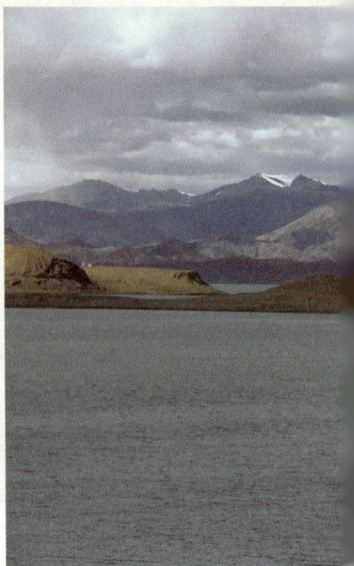

神秘的班公湖

鹅岛。

据说十几年前，这个小岛上每年都有大量的天鹅飞来繁衍后代，后来经常有人偷偷上岛大量捡拾天鹅蛋，天鹅就不再光临了。这个曾经的天鹅岛，目前只留下了一个有关天鹅的岛名，却再也见不到真的天鹅了。听着这个看似平淡的真实故事，看着眼前蔚蓝如海的班公湖，心中生出难言的酸楚之情。因为这次来日土考察之前，我曾有一个小小的心愿，期望在世界上海拔最高的天鹅岛上见到美丽的天鹅。看来，这只是一厢情愿的奢望。

由于不是最佳的观鸟季节，即使是来到距离鸟岛最近的湖岸边观看，也见不到成千上万的水鸟腾飞嬉戏的场景。还好有湖面上经常飞起的斑头雁和赤麻鸭，算是给了我们一丝安慰。

我们在湖岸周围考察的这一天，只见到两组看似旅游的人群。一组是两男两女的自驾游车友，鲜艳簇新的户外冲锋衣、长镜头的单反相机、落满尘土的丰田越野车，都表明这是一群来自大都市的年轻人。

另一组有七八个人，既有穿专业户外冲锋衣的，也有穿西服正装的，看着不像专程出来旅游。恰巧陪我们的当地人认识其中的一两位，方知他们是来日土检查工作的，顺便参观一下这大名鼎鼎的班公湖。虽然是顺路而来，但其中有两位的相机确是专业级的，而且还配着28-300的佳能小白镜头。攀

出浴美女般的班公湖

谈了一阵，才知他们是援藏干部，对西藏充满了好奇和热爱。他们想在西藏工作的三年时间内，尽可能地多看看西藏的山山水水，所以早就装备了专业的摄影器材。得知我们是来自深圳的为日土县编制旅游规划的专家组成员，他们表现出极大的热情，并与我们分享了他们对于西藏旅游、阿里旅游的一些切身感受。

不知不觉，夕阳开始西下。忽然，阳光冲破厚厚的云层，耀眼的余晖瞬间照亮眼前的蓝色湖面、绿色湖岸，远处，一位衣着鲜艳的藏族放羊女正赶着一大群羊儿沿着湖畔走来。一幅绝美的班公湖牧羊图！我的心里仿佛被什么触碰了一下，迅速举起长镜头相机，快速锁定眼前这难得一见的美景。

班公湖是美丽的。无论从什么角度观看，群山环绕的班公湖都是湖面博大而壮阔，湖水清澈而变幻。清晨，薄雾下的班公湖，朦朦胧胧，如出浴的美女，身着薄纱，婀娜动人，养眼养心。中午，阳光照射下的班公湖，清澈如洗，如马尔代夫的蔚蓝海水，退去我们旅途的辛劳，洗涤我们心灵的烦恼。傍晚，夕阳西下，变化莫测的云层在夕阳的投射下，为整个湖区的山水穿上了斑驳的睡衣，恬静而神秘，令人陶醉。

在日土县考察期间，我多次听到关于班公湖名字由来的故事。原来，班公湖的"班公"两字是印度语，意思是一小块草甸。按照藏语，班公湖应该被称为"错木昂拉仁波湖"，意思是"明媚而狭长的湖泊"，也有称作"长脖子天鹅"。这个命名，一方面可能与此湖的整体形状似天鹅有关，另一方面也可能是与这里曾经是世界上海拔最高的天鹅栖息地有关。

如今，西藏阿里的班公湖，已经是许多到这里的游人心目中必去的地方，可谓名扬四方。无论是正式出版的地图，还是相关书籍资料中，似乎一直都在沿用"班公湖"这个名称。但是对于阿里的人，尤其是日土人来讲，特别不愿意用这个名字称呼这个美丽的湖泊。究其原因，这可能与中印之间的领土纷争有关。

在公元10世纪至1846年（清道光二十六年）期间，日土与附属于西藏地方政府的拉达克王朝为邻。拉达克王朝被印度锡克王国控制下的道格拉人征服，后又被克什米尔吞并，西藏的日土县从此处在与印控争议地区接壤的边界。从北边的空喀山口开始，穿过错木昂拉仁波湖（班公湖）这一段全长350公里。

日土县的这一地段，与中印接壤的其他地段一样，至今尚没有正式划界。长期以来，中印双方都是按照彼此的实际控制区域形成了一条传统性"国界"。

1954年，印度官方地图将其单方面号称拥有主权的班公湖两岸（3950平方公里）和碟木卓克（1900平方公里）两块地方划入其版图，形成了中印之间的争议。上述两块地区，自古就是日土当地人世世代代进行生产生活的耕地和牧场。近200年来，原日土宗政府和扎西岗寺，一直在这些地区行使守山看界、差税征收、司法管辖、头人委派、土地测绘、军事巡逻等主权。印度方不顾历史史实，在1952年至1962年期间，先后多次侵占日土县大片土地。1962年中印战争爆发，中国军方经过自卫反击，消灭了印军在日土县西部的部分军事据点。目前，对于这一段边界线，中印仍有争议。

我们中国占大部分面积的班公湖，为什么要用一个印度的名字呢？在本人写下以上这几段文字的2012年11月，中国的新版电子护照地图中已经明确划定了中国在南海、藏南和阿克赛钦地区的主权范围。这一举措，显示了中国政府维护中国领土和主权完整的鲜

日土的牧羊业自古发达

明态度。现在是时候为班公湖正名了，希望更多的中国人，以后能够记住那个寓意美好的"错木昂拉仁波湖"。

如果去日土旅游，除了自然资源禀赋较高的错木昂拉仁波湖（班公湖）外，还有一处是以人文资源取胜的去处，那就是位于日土县日土镇日土村的日土宗遗址。

2010年9月10日上午，我们驱车来到了距离日土县城大约10公里的日土宗遗址。这个季节的日土，村路两边是大片的金黄色青稞田。行车途中，我们偶尔会在远远的田间，看到一家一户的藏族同胞在忙着收割青稞。

天气晴朗，阳光普照，牧羊女说说笑笑地在雪山湖泊边放牧，红嘴乌鸦在蓝天白云下自由地翱翔，骄阳下散发着祥和。当地人收获的喜悦似乎也感染了我们考察组一行，大家愉快地四下张望，生怕错过每一个有价值的瞬间。随着进藏次数的增多，尤其是有了2007年第一次远赴阿里的经验，我深

223

日土宗山

深知道，在行进途中的每一个瞬间，哪怕是乘车的动态过程中，都可能有意想不到的惊喜和收获，无论是从工作需要的角度，还是从个人兴趣爱好的角度，我都绝不能让任何人间美好从自己身边悄悄溜走。有些东西，一旦错过，将后悔终生。

很快，我的目光就被远处一座孤零零拔地而起的小山所吸引。与西藏阿里那数不清的高大山脉相比，这座山的体积小得像个孩子。但令人意外的是，这座孤零零的小山山体从上至下依山就

日土宗遗址

势地排布着众多只剩残垣断壁的古老建筑，活脱脱一个古老的城堡。相对于周围平坦的青稞田和广袤的草场来讲，这整座山的山脊上高低错落的建筑物所勾勒出的天际线，瞬间让我想到了拉萨的布达拉宫。

太像了！只不过相对于布达拉宫而言，这座山体上的建筑物更加低矮、更加破旧，但是那象征权威的高高在上的感觉，却如出一辙。

这就是日土宗山。据民间传说，这里原是格萨尔王大将贤巴的城堡，后为日土宗政府所在地。

山脚下是一个并不很大的村庄，依着山脚密密麻麻地排列着的房屋以土坯房为主，大多关门闭户，可能是外出收割或者放牧去了。我们在山脚下的一条小溪边逗留了一阵，就开始上山了。

越野车将我们从山脚一直带到半山腰。从这里开始，机动车就不能前行了，只能徒步。我们沿着曲曲折折的上山土路，穿过参差的新老建筑，慢慢向山顶徒步前进。

日土宗山的历史是非常纷乱复杂的，一如它高高低低、层层叠叠、新旧混搭的建筑遗址一般。据说，日土宗山城堡的前身是象雄王朝时期当地人所建的前沿哨卡。

由于日土处在羌塘高原的西部边缘，所以青藏高原牧区最崇尚的格萨尔王的传说也在这里出现了。象雄王朝统治的后期，青藏高原的氏族部落联盟开始逐渐瓦解，并开始出现奴隶制社会的前兆。不同部族和不同民族之间频繁发生战争。有战争就一定有成败，有成败就一定论英雄。

战争中诞生的英雄，在刀光剑影的洗礼下，衍生出许许多多神奇莫测的传奇故事。这些传奇故事融合了藏族自古的自然崇拜和古老信仰，经过民间的代代相传，一个关于格萨尔王古老传说的内容框架就基本形成了。令人称奇的是，这个介乎幻想与信仰之间的格萨尔王传说，居然可以跨越语言、民族、风俗、地域等的差异，在以藏族人为主体的青藏高原及其周边广大草原地区一直广为流传！

《格萨尔王传》也被誉为世界上迄今为止演唱篇幅最长的英雄史诗，它是多民族文化融合和民族共享的草原游牧文化的艺术结晶，更是形象化的古代藏族的历史画卷。

公元7世纪，格萨尔王建立了岭国，他的大将军贤巴敏如泽在日土宗山的东面建立了一座城堡，贤巴去世后也埋葬于此。后人将此城堡命名为贤巴卡尔城堡。算来，这应该是日土宗山上的第一座城堡。

除了山顶东面的贤巴卡尔城堡，还有10世纪末当地头人昂巴在西面修建的新密派卡噶佛殿。13世纪，竹巴噶举派依山而建日布丹佛殿。15世纪，萨迦派又在东面兴建了夏巴殿。17世纪，格鲁派在山顶中央修建了日土县境内唯一的藏传佛教寺庙——伦珠曲典寺，并在西面的山坡建立了分庙果奴殿（尼姑庵）。

伦珠曲典寺是日土县境内唯一的寺庙，曾经在后藏声名显赫，鼎盛时共容纳五个教派的喇嘛达430人之众，建筑面积超过5000平方米，其历史与拉萨的色拉寺相当，距今有500多年历史。

17世纪，日土宗本在山坡最西面建立了宗政府城堡。18世纪，又修建住持堪布的拉让宫殿（相当于汉传佛教的方丈院）。至此，日土宗山的建筑规模基本奠定，后人将其统称为琼宗噶莫城堡。

由于同一座山上既有格鲁派寺庙，也有竹巴噶举派寺庙，所以教派之争也就在所难免。关于这点，当地人给我们讲述了一个传说。

据说有一天，寺庙上空阳光灿烂，一个浑厚的声音从远处传来："你们两派不要争吵，现在大家不妨订立一个标准。哪一派能够率先举行寺庙的开光仪式，那么寺庙就属于该派。"喇嘛们商定了一个吉日，做好一切准备。噶举派的上师喇嘛就住在山下不远的地方，而格鲁派的上师喇嘛云丹杰巴却住在日土一个非常偏远的地方。当格鲁派的僧人提前一天前往迎请上师喇嘛时，云丹杰巴喇嘛淡定地说："你们不必担忧，今天我就不去了。明天早上太阳升起之前，一定要记住打开门。"僧人们祈祷了一番，

日土宗山伦珠曲典寺外墙

心神不宁地返回日土宗山。与此同时，住在山下的噶举派喇嘛正得意扬扬地打着如意算盘："明天时辰一到，这里肯定就是我们噶举派的了。"第二天，当噶举派上师喇嘛一大早起身去为弥勒佛开光时，却发现弥勒佛头顶金光闪闪，原来是格鲁派的上师喇嘛云丹杰巴已经开过光了。噶举派上师喇嘛觉得颜面全无，于是离开日土去了印度。从此，日土的寺庙就变成了格鲁派的了。

据说，寺庙里还有些佛像伸着舌头，是因为他们为这里成了格鲁派的寺庙而感到十分遗憾。不过，在我们前往实地考察的时候有些寺庙的建筑正在进行维修，我们只看了几间佛殿，没有看到伸舌头的佛像，也是一憾。

对于这个传说，我始终觉得应该是格鲁派在西藏兴起后，格鲁派僧人表达骄傲的一种附会说法。

虽然日土宗山顶的寺庙及周边建筑大多低矮破旧，但走到室外放眼四周，除了远处连绵不断的雪山，宗山四周全是广阔的草场。宗山东有马达草场，南有加康珠夏，西有热曲雄布挤，西北有沃雄，北面有沃羌雄，东北有藏康夏。

227

日土宗山遗迹

　　山脚四周是一片片金黄色的青稞田，远远望去，还能见到一块块的青稞田里，一些藏族人正在不紧不慢地进行收割。当日晴空万里，阳光温暖舒适，我一边呼吸着世界屋脊上清新的空气，一边欣赏着东南方圣洁的日土神山——加伟雪山，不禁被眼前这难得一见的秋日美景所陶醉。

　　一只黑色的红嘴乌鸦飞过眼前，干扰了我的清趣。虽然我们在日土宗山上兜兜转转、上上下下，似乎有价值的地方都进行了考察，但我始终觉得好像还是少了一样东西。是什么？一时竟好像电脑死机一般，什么也想不起。

　　下山的途中，越野车在陡峭的山路上颠簸而下。我一边透过车窗看着窗外变幻的景色，一边紧张地思考着那个一直没有想起的问题。是什么呢？现在日土宗山上的寺庙都属于格鲁派，而格鲁派是在明代时产生并迅速壮大的一个新兴藏传佛教教派。格鲁派与其他教派最大的不同在于，它是在印度佛教完全衰亡的时代由藏族的佛教高僧完全依靠自己的力量创立的教派。"明代""格鲁派""印度"，当这几个关键词在我脑中闪过后，我马上意识

金黄的青稞田

到，我刚才一直无法启动的记忆是什么了。

明朝统治的时候，西藏的阿里恰好是古格王朝占据统治地位。这个由拉萨的吐蕃王室后裔创建的古格王朝，统治中心位于今天阿里札达县19公里外的象泉河南岸札布让的一座土山上。

偏安此地700多年的古格王朝，鼎盛时控制着今天阿里的大部分地区。古格王国一直都崇尚佛教，经常派人远赴克什米尔学习佛经，并翻译了108部佛经。公元1042年，古格王从印度迎请高僧阿底峡至阿里弘法，使这里成为当时西藏的佛教中心。许多重要的佛教经义都是从古格所在的阿里传入西藏其他地方的。

同时，古格王国毗邻中亚和南亚的独特地理区位，也一直是沟通西藏与中亚、南亚等地的重要商埠。如此传承了20多代王统的强盛国家，却在明代崇祯三年（1630年）戏剧性地灭亡了。究其原因，主要是第二十七代古格王赤扎巴扎西德在来自印度果阿省的葡萄牙传教士安东尼奥·德·安多德神

229

父的影响下，先是于1624年改信了天主教，后来又相继实施了严酷的灭佛运动，激起了古格社会各阶层的强烈反抗。格鲁派寺院集团主导，除了动员古格官员、军官和民众，还联合了古格王国的死敌拉达克，并请拉达克派军队助阵。在多重势力的强力打压下，拉达克王趁火打劫，不仅生擒了古格王赤扎巴扎西德，将其投入拉达克首府列城的监狱，而且还将古格政权直接接管，古格王国于是灭亡。阿里，从此开始了被拉达克统治的时代。

在古格王赤扎巴扎西德改信天主教后的第三年，也就是公元1626年，葡萄牙传教士安东尼奥·德·安多德神父开始在札布让建立第一座教堂。4月11日，古格王宫的广场上竖起了木头做的十字架。第二天，即西方的复活节，举行了隆重的奠基仪式。随后，安东尼奥·德·安多德神父又从印度引入许多传教士，并在今天日土县境内的日土宗山开辟了教堂。

没错，正是在这座山上，300多年前，曾经建立过一座天主教堂。只是，我一直没有见到过这座教堂。是考察行程仓促令我们无缘相见，还是它早就灰飞烟灭了？我不得而知。

我知道的是，目前国内能看到的天主教教堂基本上都修建于清末同治、光绪年间，其实早在明代，中国境内第一座天主教教堂就出现在广东肇庆。

1583年，著名传教士利玛窦从海上抵达广东肇庆。1585年，利玛窦在澳门葡萄牙商人的慷慨资助下，于广东肇庆城外的西江边修建了一栋由青砖和石灰建成的两层楼建筑，并取名圣童贞院。有趣的是，当时一直支持兴建教堂的肇庆知府王泮还专门为这座天主教教堂取了一个非常中国化的名字——仙花寺。

教堂落成典礼的当天，教堂正门上悬挂的就是王泮亲笔题写的"仙花寺"匾额，中堂悬挂的也是王泮题写的"西来净土"匾额。后来，当地人就习惯性地称这座圣童贞院为仙花寺了。

据说，一开始利玛窦在肇庆仙花寺的传教工作开展得并不顺利，头两年仅仅招收了三名教徒，除了家住仙花寺附近的邻居儒生陈理阁，有一位是当地秀才，再有就是一个流落街头、得了不治之症的孤寡老人。其中，陈理阁对利玛窦的影响最大。据说，利玛窦最初传教时说到"天主"时，用的是拉丁语Deus的音译"徒亚斯"，这对中国人来说既不顺耳，也不好理解。于是儒生出身的陈理阁就提出以"天主"一词来代替"徒亚斯",因为中国的儒家文化推崇"最高莫若天"。利玛窦接受了陈理阁的建议,并随即将"天主教"作为在中国的正式译名。

2006年,我曾应邀前往肇庆考察这座现在已不为人知的天主教教堂遗址。从阅江楼沿着西江大堤走不远,就是著名的崇禧塔。沿着崇禧塔旁边一条曲曲折折的下山小路,就来到了西江边的一块掩映在树林中的空地。这里的西江江面开阔,绿荫掩映中,一座明代的青砖建筑孤零零矗立在那里。该建筑的风格是明显的中西合璧,隐隐透着一丝略显怪诞的岭南风韵。

遮天蔽日的大榕树下,环境清幽,似乎是一个很适合厌倦都市生活的人们散心休憩的地方。当地的朋友用广东话开玩笑说,他们叫这里"憨居"。如果按照字面意思,"憨居"大概是一群憨憨的人喜欢待的地方。事实上,"憨居"是一个广东话的专有词语,意思是傻瓜。但我知道,朋友们并没有任何不敬之意,他们只是想利用广东话与普通话之间"字同而意不同"的巧合,有意识地制造一个美丽的文字游戏,自娱自乐而已。只是,这两个字的字面意思,用在这个废弃的天主教教堂,还真有些小资味道。

实际上,远在西藏阿里的第一座天主教教堂,只比广东肇庆这座内地第一座天主教教堂建立的时间晚了不到50年;比同样是由利玛窦修建的北京第一座天主教教堂南堂晚了仅仅11年。

身处中原的朋友们可能会觉得,如此遥远和艰险的地方,应该是与世隔绝的,是不可能受到任何外界影响的。然而眼前的事实一再告诉我们,历史上的阿里,与外界交流的频繁程度,远远超出今天我们的想象。

了解了日土宗山的历史沿革,也就大致了解了日土的前世今生。

第十三章

大梦昆仑

对于众多痴迷丝绸之路、勇于挑战自我的中外旅行者来说，
中国有一条举世无双的顶级旅行线路：
能够溯源黄河文明和长江文明，
能够横跨世界屋脊青藏高原，
能够穿越世界唯一的四大文明交会地，
能够真正贯通中国的地脉、文脉和商脉。
这条旅行线路，
不仅能让人了解中国的过去、现在和未来，
而且必将是每个人亚洲旅游体验的终极梦想。
撑起这个梦想的，
就是巍巍昆仑。

　　在中国，对于众多痴迷于自驾旅行的人来说，有一条顶级的自驾线路一直是他们心中的最高理想。在国外，对于众多痴迷东方文化、勇于挑战自我的先锋旅行者来说，有一条能够溯源黄河文明和长江文明，能够横跨世界屋脊青藏高原，能够穿越世界唯一的四大文明交会地，能够真正贯通中国的地脉、文脉和商脉的一条世界顶级的旅行线路，那是全世界热爱旅行的人们的终极梦想。

　　这条线路，不仅包括了"中国人的景观大道"318国道的精华段川藏线、横亘于世界屋脊的"天路"219国道、举世闻名的丝绸之路等，沿途经过40多个少数民族聚居区，还穿越横断山脉、喜马拉雅山脉、冈底斯山脉、昆仑山脉、天山山脉、祁连山脉等世界著名山脉，并将经历盆地、平原、丘陵、山地、高原五种地形。

　　这条线路就是西安—兰州—敦煌—喀什—和田—阿里—拉萨—成

318国道边的鲁朗扎西岗村

都的自驾线路。

地图上可见，这条线路非常完美地在中国西部画了一个大大的"C"。中国的英文是China，我就姑且将这条世界级的旅游线路命名为"中国之路"吧。谁能够走完这条路，谁就会明白中国的过去、现在和未来。

它不仅是一条自然景观极致的线路，更是一条人文荟萃极致的线路。无论是从西安出发，还是从成都出发，中途一定会经过东西文明的交会处帕米尔高原的。帕米尔高原，也是从西安到罗马这条伟大的丝绸之路上最为艰险的一段。

帕米尔高原在哪里？

依稀记得，30多年前读书时，中学地理课本中描述中国的最西端就是帕米尔高原。在少时的印象中，帕米尔高原遥远得似在天边，神秘得近似传说。

在中国的南海之滨深圳，我们公司大会议室的一面墙壁上，分别挂着两

233

张大号地图：左边的一张是世界地图，右边的一张是中国地图。我曾经无数次默默地站在中国地图前端详，尤其是当我们为西藏阿里地区制定各类旅游规划时，我曾经多次注意到紧邻阿里西北部的帕米尔高原。因为那里不仅是西藏与新疆的接壤处，而且还是中国地理的最西端，同时，那里更是世界上最多文明曾经交汇的十字路口。

作为地球上两条巨大的山带，即阿尔卑斯–喜马拉雅山带和帕米尔–楚科奇山带的山结，帕米尔高原周围延伸出五大山脉：天山山脉、昆仑山脉、喀喇昆仑山脉、喜马拉雅山脉、兴都库什山脉。全世界有14座8000米以上的山峰都与帕米尔有关，因此，帕米尔也被称为"万山之祖"。

"帕米尔"是塔吉克语，有"世界屋脊"之意，在英文中，"帕米尔高原"（The Pamirs）是一个复数，它解释了这座高原独特的地理构造：帕米尔共分为八"帕"，每一个"帕"都是一个相对独立的小世界。在当地人的语言中，"帕"是高寒而宽阔的河谷。这八"帕"共同构成"帕米尔"，其由北向南依次为：和什库珠克帕米尔、萨雷兹帕米尔、郎库里帕米尔、阿尔楚尔帕米尔、大帕米尔、小帕米尔、塔克敦巴什帕米尔、瓦罕帕米尔。

　　历史上，尤其是清朝全盛时期，整个帕米尔高原都属中国管辖。后来因为种种原因，现在郎库里帕米尔的一部分和塔克敦巴什帕米尔仍属中国，瓦罕帕米尔属于阿富汗，其余帕米尔的大部分属于塔吉克斯坦。

横亘于世界屋脊的219国道

帕米尔高原

　　帕米尔高原，高高地矗立于欧亚大陆的中心偏南，将亚洲大陆分割成东亚、南亚、西亚和北亚等。亚洲不同地区的人民，在彼此隔绝的情况下，操着各自不同的语言，分别发展着自己独特的文明。

　　人类是需要联系的，文明是需要交流的。最终，这座难以逾越的帕米尔高原，反而命中注定般地成为亚洲各地区相互交流的路口。那条举世闻名的沟通东西方文明的丝绸之路，其咽喉位置就位于帕米尔。而这一段丝绸之路，也是最艰苦、最神秘的一段。

　　提起高原，可能

作者在新疆红其拉甫口岸的中国界碑留影

炊烟

我们更加熟悉黄土高原、云贵高原、青藏高原等，但是我们很难在学校的地理教材或者其他相关地理资料中见到关于帕米尔高原的详细介绍。虽然帕米尔高原只有一小部分位于中国境内，但是这一小部分，对中国和世界文明进程的影响，却是超乎想象的巨大！

帕米尔很远，但它在很早以前就已经进入中国人的视野了。

西汉张骞出使西域，开辟了丝绸之路。西出玉门关后进入新疆，沿塔里木盆地南北边缘一路西进，分为南北两道。北道从今天的喀什市（古为疏勒国都）翻越帕米尔，经撒马尔罕到达伊朗。南道从莎车（古为莎车国）经瓦罕走廊翻越帕米尔，经阿富汗来到伊朗。南北两道在伊朗会合后继续西行，最远抵达北非和罗马。不管是北道还是南道，丝绸之路最艰难的一段肯定是在帕米尔。

尽管困难重重，但中华大地的丝绸、漆器、瓷器、茶叶，以及火药、指南针、印刷术和造纸术四大发明，还是源源不断地通过帕米尔流通到西亚和欧洲；同样，来自西方的葡萄、黄瓜、胡椒、大蒜、芫荽、玻璃等也通过帕米尔进入中华大地。除此以外，佛教、景教、伊斯兰教等宗教也是通过这里

237

玄奘法师东归大唐的瓦罕走廊峡谷口

进入中国。帕米尔高原四周诞生的古代中国、古代印度、古代波斯和古代埃及四大文明体系，也因为穿越帕米尔的丝绸之路，虽天各一方，却也彼此欣赏和相互交融。

唐玄奘西天取经的故事，对于我们中国人来说是家喻户晓的。当年，唐玄奘就是经过帕米尔高原的瓦罕走廊东归大唐。2012年8月17日上午，我计划带队前往新疆喀什地区塔什库尔干县的红其拉甫口岸实地考察，那里是中国海拔最高的边防哨所和国际陆路口岸。

半路上，我们的车队离开主路，行驶到一处空旷的台地。台地下是一大片绿绿的草原，远处两三座毡房冒着炊烟，羊群和马匹在草原上静静地吃草，一幅典型的恬静诗意的草原人家画面。穿过绿绿的草原，对面是一个看起来并不明显的峡谷。我四处张望，期待着发现更多吸引我的景观元素。令人失望的是，除了这片草原，就是对面那条不起眼的峡谷。这种景观在新疆比比皆是，难道还有什么新奇之处吗？为什么要安排我们来这里考察呢？

陪同的当地政府工作人员看出了我的疑惑，右手一指对面的峡谷，平静地告诉我，那里就是瓦罕走廊，唐玄奘西天取经就是经过那里东归大唐的。

帕米尔高原上的塔什库尔干

　　这条出乎意料的信息令我顿时兴奋起来。随后，在政府工作人员的介绍下，我逐渐了解对面那条不起眼的峡谷的重要战略意义和历史价值。

　　从新疆喀什地区的塔什库尔干穿过对面的瓦罕走廊，向西北可以去到塔吉克斯坦，正西就是地图上像手臂一样远远伸向阿富汗的狭长的中国边界国土，向西南翻过海拔4703米的明铁盖达坂就能到达巴基斯坦控制的克什米尔地区。真是"一廊通四国"，难怪地理位置如此重要。

　　随后我又陆续了解到：中国历史上第一位到达印度取经的东晋法显法师，也是从帕米尔高原的瓦罕走廊东归中原的；一代天骄成吉思汗，曾在阿富汗的兴都库什山下请教来自中原的"长春真人"丘处机。73岁高龄的全真龙门派掌门人丘处机，也是经过帕米尔高原的瓦罕走廊，赶到兴都库什山与成吉思汗相会的。

　　由于帕米尔高原的大部分地区属于塔吉克斯坦，所以在塔吉克语中，帕米尔有"世界屋脊"的意思。事实上，帕米尔高原就是青藏高原的有机组成部分，其向东发育出的昆仑山西部边际，正好在新疆塔里木盆地和青藏高原之间形成一个天然壁垒。而被称为"雪域天路"的219国道，正好穿越昆仑山脉，变天堑为通途，将西藏和新疆的陆路交通有机地连接在一起。

　　对于任何一个中国人来讲，昆仑并不仅仅是一条山脉的名称，它更是一个由远古神话、不老传说、地理坐标、文学渲染、离奇想象等杂糅在一起的神秘概念。

　　在中国古代的神话体系中，以西王母为代表的西方昆仑神话占有崇高的主体地位。在《山海经》中，昆仑山被定义为海内最高的山，这座地处西北方的大山，是天帝的都城，是众神居住的地方。昆仑山在中国古代神话中的地位，与希腊神话中的奥林匹斯山类似。

　　西王母是昆仑神话体系中最原始的女神，在中国神话体系中非常重要。从战国时期开始，直至鼎盛期的汉代，西王母已经成为中国历史上第一位传播范围广、传播时间长、具有民间宗教性质、兼具人类形态的神。《山海经》卷十二"海内北经"中对西王母有着这样的描述："西王母梯几而戴胜杖。其南有三青鸟，为西王母取食。"意思是西王母依靠在一张短腿案桌旁，头上戴着王冠。她的南面，有赤首黑目、力大善飞的三青鸟为她取食。这些既有类似人类帝王生活场景描述，又有明显非现实神话色彩的特点，不仅因与中原文化的巨大差异而平添神秘感，而且更加彰显西王母高高在上的威严形象。

　　关于西王母的原型，不同的人有不同的理解和认识。有人认为西王母是女人，有人认为是藏羌人种，还有人认为其原型来自印度。

　　同济大学的朱大可教授认为，西王母名叫湿婆，梵语叫作"siva"，一译"西瓦""希瓦"，当然也可译作"西王"，来自身毒（印度），是印度教三大主神之一。朱大可教授认为，湿婆与西王母无论是在外形头饰、是否持杖、修行地点等，还是在神格上都是基本一致的。他同时认为，西王母常年居住的"昆仑之丘"，也就是湿婆常年修炼的神山，就是位于今天西藏阿里冈底斯山脉主峰的冈仁波齐峰。而位于神山冈仁波齐东南的圣湖玛旁雍错，则是湿婆与妻子雪山女神沐浴之地，也就是中国人所描绘的西王母行宫——瑶池。

　　至于湿婆是如何中国化的，以及湿婆为何由男身转变为女身，我们不得而知。但是有一点是肯定的，那就是长期以来，人们对于西王母是否确有其

西天瑶池玛旁雍错

人，一直争论不休。

　　但通过这些年在西藏、青海、甘南、川西等的实地考察和相关研究，尤其是逐步开始涉猎古老的象雄文化和昆仑文化后，我开始隐隐觉得，西王母很可能确有其人，而且应该不是来自印度。

　　根据《穆天子传》《史记·周本纪》等史料推断，西王母不仅确实存在，而且很可能是古代活跃在青藏高原上某一支母系氏族部落的首领。甚至，根据广泛分布在西藏、新疆、青海等地的岩画及神鸟崇拜图形等远古艺术内容和特征的相似性推测，西王母也可能是象雄王国其中一支游牧在青海一带的母系氏族部落的首领。

　　在佛教经帕米尔高原、西域、河西走廊等地传入中原之前，西王母一直活跃在中原大地汉民族的精神世界中。直至汉代佛教传入后，西王母的信仰才渐渐淡化，但至今仍对中国长江以北地区有一定的影响。我出生、长大在中国北方的城市，儿时经常能听到大人们或多或少地提到王母娘娘（西王母）的故事。

241

在中华文明史上，昆仑山地位显赫，被尊为"万山之祖""龙脉之祖"。在中国的道教文化中，昆仑山是"万神之乡"。

我非常理解，古代深处中原大地的人们，因为鲜有机会见到飘渺浩瀚的大海以及雄伟壮丽的雪山，所以他们就选择了这两类既遥不可及又充满想象空间的载体作为孕育神话体系的土壤。我们耳熟能详的东海蓬莱神话，以及西部昆仑山神话就是这样被创造出来的。

昆仑山，高大，神秘，可望而不可即，它具备了激发中国人无穷想象力的能量，具备了容纳中国人大胆、恣意想象的空间，成为被古老文明浸淫已久的中国人创造性灵感迸发的一个巨大出口。但是，那时中国人心中的昆仑山，与今天我们熟知的那条横跨新疆、西藏、青海、四川等地的昆仑山脉，其实并不是一回事儿。

在汉朝以前，中国人认为母亲河黄河的源头就在昆仑山。但这个所谓的昆仑山的具体位置在哪里，没有人知晓，都是由远古的神话传说一代代传下来的。

到了汉武帝时期，张骞奉命出使西域。在今天新疆的和田地区，他见到了一条河道遍布玉石的河流（和田河），不知何故，张骞固执地认为这条河就是黄河的上游。后来，汉武帝根据张骞的汇报，就将新疆和田河的源头山脉命名为昆仑山。

从此，一座只存在于中国人远古想象中的山脉终于落了地，有了具体的地理坐标。只不过，此昆仑非彼昆仑也。而这一切，都来自张骞的一个误判，造成一代盛世君王汉武大帝与历史开了一个大大的玩笑。以上史实，在《史记·大宛列传》中可以见到。

今天，我们所知道的昆仑山是由帕米尔高原向东发育出的一条巨大山脉，冰川面积超过3000平方公里，冰川融水形成中国几大江河的源头，包括长江、黄河、澜沧江、怒江和塔里木河等。令人诧异的是，昆仑山具有"一山南北两重天"的景象。

昆仑山以北，是中国面积最大的盆地——塔里木盆地，海拔高度800~1300米，它的中部就是世界第二大沙漠、中国第一大沙漠塔克拉玛干沙漠。昆仑山以南，是被称为"世界屋脊"的青藏高原，平均海拔4000~5000米，也被称为地球的第三极。昆仑南北，海拔、地貌、气候、物产、民族、信仰、习俗等，均大相径庭。

正是这条绵延2500多公里的昆仑山脉，撑起了中国半壁江山的脊梁。昆仑山的东段处于中国三大自然区（西北干旱区、东部季风区、青藏高原区）的交会处；中段和西段处于西北干旱区与青藏高原区的分界线。昆仑山的西段不仅直通中国最西端的帕米尔高原，同时也是新疆与西藏的天然分界线。在通往西藏的四条公路中，其中有两条必须翻越昆仑山。路途最短、最安全的青藏线必须翻越昆仑山东段；海拔最高、走的人最少的新藏线必须翻越昆仑山西段。

遗憾的是，除了全线走过滇藏线外，我至今还没有全线走完过以上两条公路，以及最著名的自驾线路——川藏线。实际上，至今给我留下最深印象的是新藏线（219国道）的西藏段，也就是从拉孜县到阿里狮泉河这一段。因为和阿里的缘分，从2007年到2010年，我乘坐越野车走过三趟新藏线西藏段，也就是一个半来回。因为2010年7月刚刚开通拉萨至阿里的航线后，我那次是先乘飞机过去，后乘越野车返程的。

2010年9月，我又率项目组从狮泉河一路向北，沿着219国道向新疆方向沿途调研。印象中，到达过最接近新疆的地方应该是阿里日土县一个叫松西的地方。只要到过阿里的人都知道，219国道的新疆起点是喀什的叶城。在阿里地区任何一个县城工作生活的人们，尤其是狮泉河的人，都对昆仑山北侧的新疆叶城有着超乎寻常的熟悉。

后来，我终于弄清楚，原来阿里地区远离西藏首府和物资集散中心拉萨，两地相距超过1500公里，而物产丰富的新疆距离阿里狮泉河最近的县城就是叶城，两地的距离不过900公里，所以，从新疆叶城运送生产生活物资去西藏阿里是最经济和便捷的选择。正是由于阿里地区的大部分外来物资是从新疆的叶城运送过来的，所以身处"世界屋脊的屋脊"阿里的人们对新疆叶城并不陌生就可以理解了。自从在阿里知道这个位于昆仑山脉北麓的新疆县城的名字后，我就一直对那里充满无限的好奇和向往。

在去新疆喀什之前，我一直朦朦胧胧地误以为叶城是属于新疆和田地区的，因为在我的记忆中，和田是新疆的最南端，且与西藏接壤。2012年8月，我应邀前往新疆喀什地区，在考察过程中，我才知晓，原来叶城并不属邻近的和田地区，而是喀什地区的一个县。叶城不仅是中国西部边陲的军事重

帕米尔高原的古丝绸之路

镇，而且还是中国核桃之乡、石榴之乡、玉石之乡、歌舞之乡。

　　说到叶城，可能很多朋友觉得陌生。如果说叶尔羌，可能知道的人会多一些。

　　公元840年，在亚洲腹地帕米尔高原，以西迁的回鹘人为主体的部落联盟以丝绸之路重镇喀什噶尔（今天的喀什）为政治中心，建立了一个崭新的地方政权——喀喇汗王朝。

　　这个王朝对今天新疆最大的影响有两个方面：一是引进了伊斯兰教；二是在其统治时期逐步形成一个具有伊斯兰宗教信仰和习俗、以阿拉伯字母为文字、以喀什噶尔语为官方语言的维吾尔民族。

　　在喀喇汗王朝统治时期，一条发源于帕米尔高原喀喇昆仑山口、冲积绿洲又很宽广的河流引起他们的注意。他们以自己的母语突厥语命名了这条河——叶尔羌。1211年，成吉思汗的蒙古大军西征中亚和西域，喀喇汗王朝被灭。但是"叶尔羌"这个名字，却扎根在昆仑山北麓的土地上。

　　从15世纪后半叶到16世纪初期，以吐鲁番为中心的东察合台汗国的满速尔汗为了与瓦勒争夺丝绸之路的控制权，多次进军哈密卫，并最终于1513年占领了哈密。当时的明朝政府因为内部意见不统一，遂于1529年放弃了哈密，并暂时关闭了嘉峪关。

正是由于嘉峪关的关闭，东西方的陆路贸易严重受阻，海上丝绸之路才兴旺起来。

公元1514年，满速尔汗的胞弟速檀·赛义德以古代莎车国都城叶尔羌城为都城，建立对后世有重大影响的叶尔羌汗国。叶尔羌汗国鼎盛时期的疆域北抵天山，南达昆仑，东至嘉峪关以西，西至帕米尔高原，与印度相邻。正是这个叶尔羌汗国的建立统一了天山南北，阻挡了瓦勒蒙古人的入侵势力，重新打通了陆路丝绸之路，开创了随后近200年的中原与西域传统交往与密切合作的黄金时代。

也正是这个以成吉思汗后裔为主建立起来的叶尔羌汗国，让后人更加清晰地记住了"叶尔羌"这三个字。

明朝时，叶尔羌汗国都城的中文译名被确定为"叶尔羌"。实际上，县城取名最早来源于叶尔羌河，叶城是叶尔羌城的简称。清光绪九年（1883年）拟设叶城县，县治在叶尔羌回城（今天的莎车），光绪十年（1884年）正式设叶城县，县城迁移至喀格勒克。从此，以喀格勒克为中心的地区就叫作叶城，而老的叶尔羌回城就叫作莎车了。

西汉时，叶城这里也是西域三十六国之一的西夜国，是丝绸之路南线的必经之处。叶城，也是历史上丝绸之路的商贸路线通往西藏的一个重要分岔点。从古至今，由于叶城区位重要，物产丰富，历来都是兵家必争之地。

公元650年6月28日，吐蕃王朝的缔造者松赞干布病逝，因其子早亡，王位由年幼的嫡孙继承，国家大事全部委托当时的宰相禄东赞（也就是噶尔·东赞域宋）负责。

禄东赞是何许人也？

他直接促成了吐蕃松赞干布迎娶大唐文成公主与尼泊尔赤尊

公主。那幅举世闻名的《步辇图》，反映了当时松赞干布派人到长安迎接文成公主进藏这一历史事件，图左二那位身材消瘦干练，身着华丽藏袍，腰系配饰的，就是禄东赞。

从吐蕃王朝内部来看，作为摄政王的禄东赞同时也是噶尔氏家族的头人，为了将吐蕃的控制权长期牢牢地掌握在噶尔氏家族手中，他必须想出一套行之有效的办法来加强自己家族对吐蕃王朝的统治。从吐蕃王朝外围来看，作为吐蕃都城的拉萨虽然已经集中了许多西藏各地主要利益集团的宗教和政治需求，把本来相距甚远又各自孤立的各利益集团从散乱状态逐步发展成为一种趋于类似国家状态的水平。但对于这个建国历史十分短暂的王朝来说，如果只是维持在当时的那个水平，不对外发展而一味求稳，则结果可能只有不断增加的地区间的领土纷争，最终必然走向分裂。

由于吐蕃本身地广人稀，绿洲稀少，随处可见的高耸的雪山将各个地区天然阻隔，形成了一个个孤立的地理单元，如果没有一个有利于各地区发展和满足各利益集团期望的具有强大向心力的解决方案，那么噶尔氏家族凌驾于其他家族之上的统治地位将面临巨大威胁，而吐蕃王朝本身也将面临分崩离析的危险。在当时的宰相禄东赞看来，只有以军事行动扩大领土，才能让各地区获益，从而弥补它们因为归顺吐蕃所遭受的损失。

于是，在噶尔氏家族的主导下，吐蕃开始了长达数十年的对外军事扩张。他们先是南下占领今天的林芝地区，然后又消灭了其东北方向的吐谷浑（今天的青海、甘南、川西一带），随后向北出兵西域的于阗（今天新疆的和田地区）。

吐蕃王朝之所以在随后的很长时期内不遗余力地向北扩展，其目标主要就是区位优越、土地肥沃、农业发达、物产丰富的河湟地区，也就是今天青海的海东地区。同时，还有另外一个重要的原因，这里还有丝绸之路的一条重要通道——青海道。

从古代的长安到玉门关、阳关的这一段丝绸之路被称为东段，是由三条不同的路线组成，其中路途最遥远的一条是南线，即从今天的陕西凤翔经甘肃天水、陇西、临夏，过青海乐都、西宁，再拐入甘肃张掖，这一段也就是丝绸之路的青海道。

丝绸之路之所以在这个地区拐了这么大一个弯，主要是为了避开主干道上的一个重镇——武威。武威位于甘肃省中部，南邻祁连山，北接腾格里沙漠，是兰州通往河西走廊的第一站。因其处在东西交通的咽喉要道，区位至关重要，所以自古以来就是兵家必争之地。

公元前121年，骠骑大将军霍去病远征河西，击败匈奴，汉武帝为表彰其武功军威而将此地命名为"武威"，并随即开辟了河西四郡：武威、酒泉、张掖和敦煌。从汉武帝时代开始，历代王朝都曾在这里设郡置府。前凉、后凉、南凉、北凉和隋末的大凉政权均先后在此建都。要想控制丝绸之路的东段，就必须先控制河西走廊的咽喉——武威。

每当甘肃的武威饱受战乱而河西走廊的丝绸之路受阻时，南线的青海道就自然扮演了主干道的角色。也正因为河湟地区如此重要，大唐王朝一直牢牢地控制着这一地区。在此之前，河湟地区曾经一度被吐谷浑实际占有。

说起吐谷浑，很多人只知其名，并不知晓它的历史和由来。实际上，吐谷浑并不是本地部落，而是来自东北的移民部落。公元4世纪，即南北朝时期，本来居住在辽东地区的鲜卑人吐谷浑因慕容部落内部的争斗负气出走，带领一支族人离开故乡东北，经过长途跋涉，西迁至今天甘肃省临夏。

性格刚烈、骁勇好战的鲜卑人很快就以此地为根据地占领了今甘肃、青海两省黄河以南的大部分地区，并建立了吐谷浑国。丝绸之路的青海道，正好就横穿吐谷浑国境。这段丝绸之路一直被世人忽略，实际上却四通八达：向东可以到达北魏，向北可以穿越河西走廊到达柔然、东魏和北齐，向西可到达西域，向南即可通往吐蕃。

公元7世纪中叶，吐蕃赞普松赞干布与大唐文成公主联姻后，由吐蕃首都拉萨通往唐朝首都长安的交通干线兴盛起来，史称唐蕃古道。由吐蕃前往大唐长安的唐蕃古道与由西域通往大唐

冬季的甘加草原

八角城遗址

甘加草原的白石崖

的丝绸之路青海道在一个地方历史性地交会了。这个地方，就是今天位于甘肃省甘南州夏河县的八角城。

2012年3月，我来到了向往已久的甘肃甘南的甘加草原。由于天气寒冷，草原一片枯黄，颇有一丝苍凉之感。远处一道白色的石崖仿佛一座天然的屏风般高高耸起。在这座山崖的南面，一座十字形的城池横亘在我的眼前。当地人介绍说，这就是全国重点文物保护单位——汉代的八角城遗址。

与我在内地见到的许多古城的正方形城墙不同，八角城的城墙是十字形。利用外凸的城角，城墙外所有的地方都处在城墙上弓箭手的射程之内，最大限度地消除了防御死角。在冷兵器时代，主动舍弃一部分内城面积，目的是换取易守难攻的军事优势。这种规划设计的理念和智慧，让我这个做旅游规划的人钦佩不已。同时，这也委婉地透露出这里是兵家必争之地的历史信息。

当时的我被眼前的景象所震撼，被历史的迷雾所遮蔽。为什么在这个甘肃与青海相邻的鲜卑人与藏族人居住的偏远之地，居然有如此规模庞大而又历史悠久的汉代古城存在呢？

八角城，处在甘肃临夏至青海乐都的途中，是古代甘肃与青海交通的咽喉枢纽，是汉朝、匈奴、吐谷浑与吐蕃相互角力的要塞，是丝绸之路青海道上罕见的驻屯边防的古城堡。

在过去2000多年中，无数的统治者都在此主宰，八角城见证了这里丝绸之路的繁荣、唐蕃古道的忙碌、兵戎相见的血腥、政权更迭的无常。

公元663年，吐谷浑被吐蕃所灭，八角城沦为吐蕃的兵寨。随后几年，吐蕃联合于阗攻占了龟兹拔换城（安西都护府所在地，今新疆的阿克苏），唐朝的安西四镇一度失守。这就引出了后来家喻户晓的薛仁贵西征的历史故事。到了公元8世纪末，吐蕃统治了新疆

八角城城门洞

至今仍有人居住的八角城内

八角城城墙及护城河

吐鲁番，并控制了整个南疆地区。据说，那时的吐蕃还曾一度攻陷唐朝首都长安。

可能很多人都会不自觉地臆想，处在世界屋脊上的藏族人由于连绵雪山的阻隔和恶劣气候，自古都甚少与外界联系，都是默默地在自己的土地上游牧或者耕种。在中原文化熏陶下的人们的想象中，西藏是遥远的、神秘的、模糊的，最后变成了臆想的。

事实上，西藏与外部世界的交流远远早于中原。西藏阿里与中亚、西亚、南亚，以及与西域乃至中原的交流远远早于以拉萨为政治中心的吐蕃王朝。仅以与中原的交流为例，以西藏阿里为政治中心的象雄王朝（唐朝称为大小羊同）就比以拉萨为政治中心的吐蕃王朝更早派出特使前往大唐王朝的长安。

从2005年开始，我每年至少进藏一次。这二十几次进藏经历，每一次都加深了我对西藏的了解，也更加激发了我对西藏历史文化的好奇，于是也就开始陆陆续续地涉猎许多与西藏相关的书籍和资料。随着了解的进一步加深，我慢慢对西藏的地缘政治、经济、文化、宗教等有了一些心得。所以，现在我对汉唐时期西藏势力以军事扩张为目的进入南疆地区也就不以为奇了。

只不过，我一直好奇的是，他们是如何翻越巍巍昆仑雪山进入南疆的呢？

历史上由西藏进入南疆主要有东西两条通道。西边的一条是经过后藏（今天的日喀则）、象雄（今天的阿里）、大小勃律（今巴基斯坦实际控制的克什米尔巴尔蒂斯坦），翻越帕米尔高原，向西进入中亚，向东通过著名的瓦罕走廊进入西域各地。（瓦罕走廊是阿富汗连接中国新疆塔什库尔干县境内呈东西向的狭长地带，是古丝绸之路的重要组成部分）东边的一条是经过羌塘高原到柴达木盆地，然后走丝绸之路上的青海道，经过今天青海省海西州的茫涯进入昆仑山以北地区的新疆南部，再沿丝绸之路南线到达南疆各地。

唐朝时，由于勃律南邻印度次大陆，北接中亚，东靠西藏阿里，是吐蕃进入南亚、西亚、中亚和西域的必经之地，地理位置

吐蕃驿站遗址

十分重要，所以经常被吐蕃侵占，公元7世纪一度被吐蕃消灭，分裂为大勃律和小勃律两个国家。由于小勃律是吐蕃进入西域的咽喉要道，直接威胁到唐朝的安西四镇，所以大唐王朝经常与吐蕃在此兵戎相见。

吐蕃进入西域并不是一时兴起，而是基于当时的政治需要和长远的战略需要。绿洲众多、气候舒适、物产丰富的西域各国，尤其是与今天西藏相邻的昆仑山北麓地区，为吐蕃的可持续发展提供了一个巨大的欲望空间。为了长久地占有西域，吐蕃王朝曾经在西域设立驿站，一般由四人组成，分别来自不同的部落，主要的任务就是为往来两地的吐蕃人提供食宿马匹等，据说还有完整的规章制度。这些驿站的设立，为吐蕃加强统治西域起过重要作用。

巍巍昆仑山脉，对于平原地区的人们来讲，是一道无法逾越的天然阻隔。但对于生长在青藏高原的人们来说，那只不过是环境的常态和生存的必然而已。翻越昆仑山脉，探索山外的世界，寻找更大的发展空间，那是任何一个雄心勃勃的吐蕃赞普的使命。直到11世纪，随着周边突厥游牧民族的兴起，以及吐蕃王朝因地方割据而内部矛盾不断激化，藏族势力才被逐出新疆。

公元1218年，成吉思汗在西征中亚时，曾率兵进入新疆的喀什噶尔、叶尔羌等地。就在当时，一支蒙古骑兵奉命由叶尔羌南下，翻越昆仑山脉后，进入西藏阿里及拉达克地区。此举一方面可能是侦察地形，另一方面也可能是征兵需要。

蒙古骑兵走的这条路，很可能就是今天由新疆叶城至西藏阿里狮泉河的那条新藏公路（219国道）的前身。公元1292年，元朝在今天日喀则地区吉隆县所在的地方设立了纳里速古鲁孙都元帅府，统管阿里军政事务。正是在成吉思汗为首的蒙古势力统治时期，昆仑山脉南北首度在政治上趋于完全统一。

昆仑山脉，一条神奇的山脉，千百年来，见证着世界四大文明的交会，见证了西藏和新疆在中国乃至世界的相互交流和彼此影响。至今，它还深刻地影响着一代代中国人的文化气质和国民性格。

后记

2015年元月，我终于完成了《喜马拉雅的灵魂——西藏阿里旅行随笔》的初稿。

记得2010年9月下旬，我完成第二次西藏阿里之行返回深圳后，经常处于一种人在深圳、心在阿里的既黏合又抽离的分裂状态。阿里的一幕一幕，就好像微电影一样，经常毫无预兆地出现在我眼前。与此同时，一股越来越强大的情绪慢慢在胸中集结膨胀。终于有一天，我顿悟了。

看来，我该为阿里做一件事情了。

西藏阿里，在世人的眼中，是永远无法企及的"世界屋脊的屋脊"。而在我的心里，是"最远的西藏，最近的天堂"。

越来越多的人憧憬西藏阿里，但因其超高的海拔、稀薄的空气、遥远的路途、高昂的费用、未知的危险等一系列令人望而生畏的高门槛，大多心有余而力不足。

由于帮助西藏阿里发展旅游产业的工作原因，我曾分别于2007年、2010年两次远赴西藏阿里。在地方政府的帮助和支持下，我基本上走遍了自然资源与人文资源最为精彩的普兰、札达、噶尔与日土这阿里西四县的山山水水。

作为西藏文明的源头，西藏阿里神秘的历史、璀璨的文化、壮丽的风光，不仅远远超越了我们的想象，更是深深震撼着我们的心灵。

西藏阿里，可能是中国乃至世界上综合门槛最高的自然与人文相结合的旅游目的地，它可能并不适合所有人前往旅游，但是作为西藏阿里的首席旅游顾问，我有责任和义务为全世界打开一扇窗，令大家足不出户就能了解这片可能是地球上最后的净土。

2010年11月10日晚，我打开笔记本电脑，郑重敲下了"西藏阿里旅行随笔"这八个字。这意味着，从那一刻起，我将正式开始履行自愿为西藏阿里写一本书的庄严承诺。

在过去的四年多时间里，我绝大多数的业余时间都奉献给了这本书的写作。面对西藏阿里浩瀚而缥缈的历史、广袤而复杂的地理、悠久而灿烂的文化、多元而神秘的宗教、绚丽而独特的民俗，与我当时手上匮乏的资料、脑中纷乱的线索、眼前陌生的词语以及频繁差旅的凌乱，形成了巨大的落差和矛盾。

写作的过程是艰难而痛苦的，犹如我在2010年8月的阿里转山，一言难尽。

这本书得以出版，首先要感谢深圳海天出版社人文社科编辑部主任张小娟女士。没有她的慧眼识珠，这本书恐怕还养在深闺人未识呢。同时还要感谢这本书的责任编辑孙艳老师，是她精益求精的工作态度，以及开放包容的编辑理念，令这本书在保持原有风格的基础上增色不少。

在此，我需要郑重地感谢一位老朋友——德伦·晋美旺久先生。2007年4月，正是在晋美旺久先生的全程陪伴下，我踏上了第一次阿里之行的漫漫长路。2010年8月，我第二次在阿里工作期间，意外地邂逅正在阿里出差的晋美旺久先生，并多次相约在普兰县小聚。然而世事难料，在本书写作的过程中，晋美旺久先生因病抢救无效，于2012年4月12日在拉萨突然逝世。阿里一别，竟成永诀！回想从2005年第一次进藏认识晋美旺久先生开始，我们曾多次在拉萨、林芝、日喀则、阿里等地愉快地交流与旅行。那些美好的画面，至今仍经常出现在眼前。我相信，笃信自己的前世在阿里的晋美旺久先生，现在一定如愿地徜徉在阿里神山圣湖一带。

这本书得以完成，还需要感谢西藏旅游股份有限公司董事长欧阳旭，霍全生博士，以及西藏阿里地区行政公署、阿里地区旅游局、普兰县人民政府、噶尔县人民政府、日土县人民政府等。同时，我要由衷地感谢在两次阿里之行中，给我提供过帮助和支持的所有朋友。恕我不一一点名致谢，因为匆匆走过，因为一面之缘，因为数量众多，我至今还遗憾地没有记全所有帮助过我的藏族朋友的姓名。但你们的善良和形象，将永远珍存在我西藏阿里之行的记忆中。当然，我也要真诚地感谢深圳市榜样旅游项目设计有限公司的同事们，是你们对西藏阿里的崇敬、挚爱和杰出表现，让我们有机会一次次走进雪域高原。

最后，感谢我的家人长期以来对我的理解、包容和关爱。你们是我爱的归宿，也是我不断前行的永恒动力。

苏洪宇

写于2015年2月4日立春，深圳湾

修订于2016年10月9日重阳，深圳南山

"行走文丛"让读者期待

　　"行走文丛"是海天出版社近年精心策划打造的一套文化散文丛书，它以作者亲身行走寻访为切入点，将沿途所见、所闻、所思及相关的历史文化呈现为优美、深刻的文字，区别于那种走马观花、浮泛浅陋的游记，虽然也是行走，但着眼处不在"走"，而是对当地现实及历史文化的再思考、再发现和再认识。作者们目光所及，步履所涉，思考幽微，见识独到，对一些习以为见的历史文化景观及人文现象，进行了重新认识、梳理和反思。丛书力求做到图文并茂，雅俗共赏。打开本书，必是一次与精彩文字和优美图片的美丽邂逅！

已出版书目：

《走马黄河之河图晋书》　　　　　　　　陈为人著

《太行山记忆——石库山藏》　　　　　　陈为人著

《到一朵云上找一座山——穿行滇南》　　黄老缌著

《自在山海间——路上的中国故事》　　　大　力著

《田野上的史记——行走岭南》　　　　　熊育群著

《一个人的国家地理》　　　　　　　　　朱千桦著

《静静守望太阳神——行走甘南》　　　　王小忠著

《喜马拉雅的灵魂》　　　　　　　　　　苏洪宇著

走马黄河

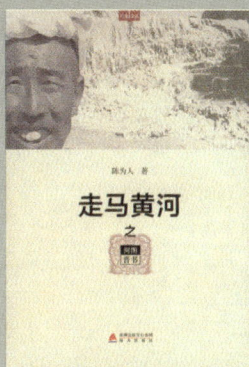

陈为人 / 著
定价：35.00元

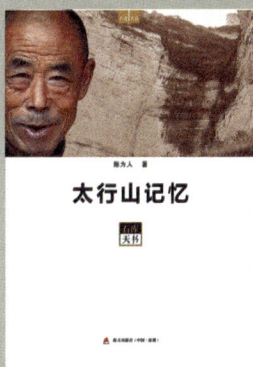

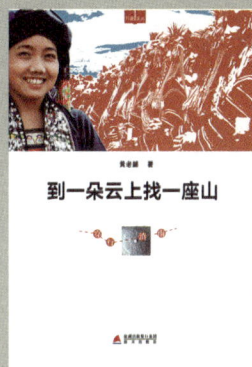

太行山记忆

陈为人 / 著
定价：35.00元

到一朵云上找一座山

黄老鳃 / 著
定价：39.00元

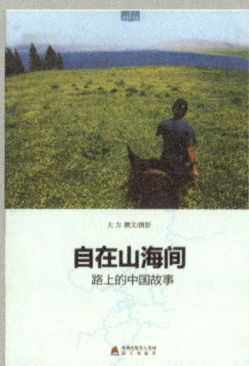

自在山海间
路上的中国故事

大力 / 著
定价：38.00元

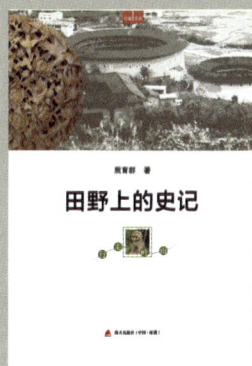

田野上的史记

熊育群 / 著
定价：36.00元

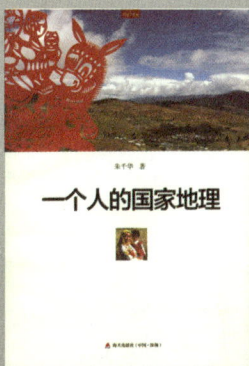

一个人的国家地理

朱千桦 / 著
定价：39.80元

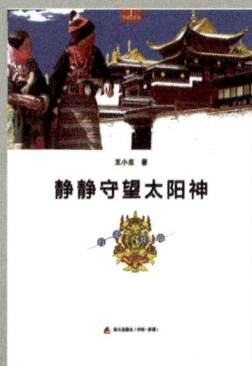

静静守望太阳神

王小忠 / 著
定价：42.00元